약탈이
시작됐다

약탈이
시작됐다

최인석 장편소설

창비

차례

(베수비오) 화산 비탈에 네 집을 지어라.

　　—니체

1

비는 지긋지긋하게 쏟아졌다. 하늘이 물 같았다. 젖은 책가방은 무거웠고, 길은 멀고 낯설었다. 운동화에 물이 들어가 양말이 젖고 발이 젖어 기분까지 더러워졌다. 도대체 왜 내가 이 낯선 곳을 헤매고 다녀야 하는 것인가. 성준은 불만에 차 있었다. 흙탕물이 뒤엉킨 골목길을 그는 철벅철벅, 물을 걷어차며 함부로 걸어 올라갔다.

늦봄길 145호, 그것이 그가 찾아야 하는 주소였다. 세탁소를 지나 구멍가게를 지나 연탄 가게를 지나……. 연탄 가게라니, 아직 이런 것이 있었단 말인가. 성준은 난생처음 연탄 가게라는 것을 보았다. 시커먼 연탄 수레가 처마 밑에 세워져 있었고, 얼굴이 시커먼 남자가 라면을 입안에 쑤셔 넣다 말고 빗줄기를 뚫고 골목을 걸어가는 그를 멍한 눈으로 내다보았다. 늦봄길 137, 이라는 팻말에 연탄 먼지가 시커멓게 달라붙어 있었다. 분식집, 그 옆에는 미장원, 그 앞에는 흙탕물과 연탄 가루를 뒤집어쓴 공중전화 부스……. 비디오 대여점이 143호였다.

그는 발을 멈추고 그 너머를 쳐다보았다. '평양주점', 술집이었다. 곱창, 돼지갈비 따위의 메뉴가 유리창에 덕지덕지 붙어 있었다. 이곳이 용태네 집? 성준은 잠시 기가 질렸다. 그는 주소를 확인하기 위해 술집 전면을 이쪽저쪽 살펴보았다. 술집 출입문 위쪽에 작고 푸른 표지판이 붙어 있었다. 늦봄길 145호. 분명했다. 용태네 집은 술집이었던 것이다……. 성준은 다시 한 번 이런 심부름을 보낸 담임선생을 원망했다.

번쩍, 시퍼런 번개가 눈앞을 스쳐 지나고, 이어 하늘이 깨어져 내리는 듯한 굉음이 울려 퍼졌다. 빗줄기가 더욱 사납게 쏟아지기 시작했다. 성준은 그 서슬에 미닫이를 밀고 안으로 들어섰다.

술집 안은 어둡고 조용했다. 아직 장사를 시작하지 않은 것일까. 시큼한 술 냄새가 끼쳐 왔다. 담배 냄새, 먼지 냄새, 그리고 온갖 구질구질한 냄새가 그의 젖은 얼굴에 달라붙었다. 흙바닥이었다. 리놀륨도 마룻바닥도 콘크리트도 아니고, 맨흙바닥. 나무 탁자가 몇 개 보이고, 그 주위에 의자들이 흩어져 있었다. 벽에 등심 안심 갈비 삼겹살 따위의 메뉴가 붙어 있었고, 그 옆에는 비키니를 입은 여배우가 소주병을 끌어안은 채 성준을 향해 축축하게 웃고 있었다.

다시 시퍼런 번개가 내리쳐 술집 안이 잠시 극장 스크린처럼 환해졌다.

여보세요. 그는 간신히 목구멍에서 소리를 끌어 올렸다. 한참을 기다렸으나 대답하는 사람이 없었다. 여보세요. 이번에는 좀 더 큰 소리를 내보았다. 인기척은 없었다. 한참이 지나도 아무도 내다보지 않았다. 그는 한두 걸음 안쪽으로 들어섰다. 주방에 높다랗게 쌓인 양은 냄비와 접시 들, 그 너머에 가스 화덕과 환풍기가 보였다.

왜 아무도 내다보지 않는 것일까. 도대체 이 집에는 사람이 없는 것일까. 그는 다시 조심스레 불러보았다.

"용태야."

조용했다. 그는 조금 더 목청을 높였다. 용태야. 인기척이 없었다. 사람이 없는 것 같았다. 이번에는 더 큰 소리로 외쳤다.

"아무도 없어요?"

기다려보았으나 역시 응답은 없었다. 성준은 좀 더 대담하게 안쪽으로 걸음을 옮겼다. 한번 휘둘러보고 사람이 없으면 돌아가는 수밖에 없었다. 차라리 속 편했다. 용태가 이런 곳에서 산다는 것을 아는 사람이 학교에 있기나 할까. 담임선생 서봉석도 아마 알지 못할 것이다. 주방을 끼고 돌자 비좁은 통로가 있었고, 한쪽은 창고와 화장실, 다른 쪽은 방문들이 줄을 이었다. 통로를 걸어가다 말고 성준은 우뚝 멈춰 섰다. 사람이 있었다.

방 안에, 미닫이가 열려 있었고, 그 안에 사람이, 한 여자가, 거울 앞에 서 있었다. 용태 없어요, 하고 물으려다가 그는 꿀꺽 마른침을 삼키며 입을 닫았다. 여자는 상체를 벗은 채 거울을 들여다보며 양손으로 자신의 젖가슴을 움켜쥐고 있었다. 여자의 흰 등, 거울 속에 더욱 희게 빛나는 젖가슴, 뒤쪽으로 틀어 올려 대나무 젓가락을 아무렇게나 꽂은 머리칼, 치마 아래로 늘어뜨려 흩어진 블라우스, 그리고 다시 여자의 젖가슴…….

성준은 꼼짝도 하지 못한 채 한참 동안이나 그녀를 지켜보았다. 여자는 젖가슴을 놓았다가 다시 움켜쥐고, 그랬다가는 다시 쥐어 위쪽으로 틀어 올리고, 다시 움켜쥐었다가 안쪽으로 밀어 넣기도 하고, 고개를 이쪽저쪽으로 돌리며 허리를 틀어보기도 했다. 그동안 거울 속의 여자는 내내 몽롱하게 도취된 표정이었다.

온 세상이 고요해지는 것 같았다. 빗소리가 아득히 멀어졌다. 그 방 안의 광경은 스크린 위에서 펼쳐지는 일 같았다. 가슴이 방망이질을 하고 입안이 바작바작 말라갔다. 무슨 말이든 해야 한다는, 이렇게 쳐다보고 있어서는 안 된다는, 아니, 뒤로 물러나야 한다는, 숨어야 한다는 생각이 든 것은 성준이 그 모든 것을 한참 동안이나 지켜보고 난 다음이었다. 그가 뒤로 물러나기 위해 한 걸음을 조심스레 옮겼을 때, 거울 속의 여자가 그를 발견했다.

"어서 오세요."

탁한 음성이었다. 성준은 얼어붙었다. 말이 나오지 않았다. 여자는 전혀 놀라는 기색이 없었다. 천천히 그를 향해 몸을 틀었다. 마침내 젖가슴이 송두리째 그의 눈앞에 드러났다. 성준은 마치 자신이 오래전부터 그 순간을 기다리고 있었던 것 같은 기분이 들었다. 도전적으로 그를 빤히 쳐다보는 그녀의 젖가슴에서 그는 시선을 옮길 수 없었다. 여자는 마치 일부러인 듯 느릿느릿, 성준의 눈을 똑바로 들여다보며 블라우스를 끌어 올려 젖가슴을 가리고 노곤한 손짓으로 천천히 단추를 채웠다. 그사이에도 성준은 입안이 바작바작 마르는 것을 느끼며 아무 말도 못 한 채 그녀를, 어쩌면 그녀의 젖가슴을, 그녀의 몸이 천천히 가려지는 것을 지켜보고 있었다.

"아직 장사 시간 안 됐는데. 술 먹으러 왔어?"

여자가 흐느적이듯 한 걸음 그의 앞으로 다가왔다. 노곤하고 친근한 어조, 오랜 친구에게 말을 건네듯 무람없는 어조였다. 성준은 뒤로 물러서며 말했다.

"아, 아닙니다."

"그래. 비가 이리 오니……. 나도 아침부터 술 생각이 나긴 하더라."

"아니, 그게 아니라……."

여자는 마루 끝에 걸터앉아 빤히 그를 쳐다보았다. 오래전부터 알고 지낸 사람을 바라보듯 그녀의 시선에는 아무런 거리낌이 없었다.

"그럼, 배고파? 라면이라도 끓여줘?"

그는 다시 뒷걸음질했다. 그, 그게 아니라……. 어째서 이리 말이 제대로 나와 주지 않는 것인지 알 수가 없었다. 온몸이 마비된 것만 같았다. 함부로 몸을 움직였다가는 이 술집 어느 구석인가가, 아니면 그의 몸뚱이 어딘가가 쩍, 하고 갈라져버릴 것만 같았다. 여자는 방을 나오자 샌들을 발에 꿰고 일어나 하느작하느작 걷기 시작했다. 그의 앞을 스쳐 가는 그녀에게서 진한 살냄새가 훅 끼쳐 왔다.

"우산은 저기 내려놔."

그가 손에 쥔 우산에서 여전히 물이 떨어지고 있었다. 성준은 마루 끝에 우산을 내려놓았다.

"비가 내리는 게 꼭……."

그녀는 통로를 빠져나가 의자에 주저앉았다. 오후의 희미한 햇살이 가까스로 빗줄기를 타 넘어 흘러드는 침침한 공간 속에서 그녀의 움직임은 하늘하늘 흔적도 없이 해체되어버릴 듯 느리고 한가하고, 어딘가 비현실적이었다. 그녀가 딸깍, 라이터를 켜 담배에 불을 붙였다. 후우, 긴 한숨 소리와 함께 담배 연기가 흩어졌다. 그 소리가 성준의 마비된 몸과 마음을 갑자기 일깨워 주었다.

"용태 찾으러 왔습니다. 권용태요."

흠칫 여자의 몸이 굳는 것 같았다. 그러나 이내 그녀의 몸은 침침한 공간 속에 묻혀버렸다. 눈을 부릅뜨지 않으면 잘 보이지 않을 것 같았다. 성준은 다시 말했다.

"담임선생님이 무슨 일인지 알아보라고 해서요."

그녀는 그를 돌아보지도 않았다. 대꾸도 하지 않았다. 담배를 피울 뿐이었다. 후우, 후우. 이따금 담배 연기 뿜어내는 소리가 났다. 비 쏟아지는 소리가 술집 안까지 흘러들었다. 어둠이 끈적끈적 성준의 얼굴에 달라붙었다. 그는 가야 할까, 하고 생각했다. 용태에 대해 알아봐야 했다. 그러나 그는 가고 싶었다. 이대로 있어서는 안 될 것 같았다. 아니, 그는 가고 싶지 않았다. 거기 있고 싶었다. 기다려야 할 것 같았다. 무엇을? 그는 알지 못했다. 뭔가를. 그가 알지 못하는 것을. 기다리면 알게 될 것이다. 기다리면 알게 될까……. 그는 기다렸다.

담배꽁초를 바닥에 떨어뜨리고 신발로 비벼 끈 그녀가 천천히 일어났다. 용태란 놈이……, 하더니 그녀는 하느작하느작 주방으로 걸어 들어갔다.

"라면이라도 먹자."

쏴아, 수돗물 쏟아지는 소리가 들렸다. 성준은 쭈뼛쭈뼛 통로를 벗어나 탁자들이 놓인 곳으로 갔다. 담배 연기가 아직도 허공에 흩어지는 중이었다. 빗줄기가 창으로 날아들어 부서지고 흘러내렸다.

"가방이라도 좀 벗어놓고 앉지그래."

성준은 움직이지 않았다. 앉지도 않았다. 어서 가야 한다, 하고 그는 생각했다. 생각뿐, 그는 움직이지 않았다. 무엇인가 알 수 없는 것이 이 비 내리는 저녁에 그를 여기 이 기묘한 술집에 붙잡아두고 놓아주지 않았다.

"용태는…… 어디 아픈가요?"

"용태란 놈이……."

그뿐이었다. 그녀는 더 이상 말을 잇지 않았다. 한참이 지난 뒤에야 문득

"술이나 한잔하든지."

하더니, 그녀는 막걸리병과 사발을 들고 돌아왔다. 의자를 끌어와 탁자 앞에 놓으며 그녀는 말했다. 앉아. 다리가 떨릴 듯했으므로 성준은 의자에 엉덩이를 붙였다. 그제야 두 다리가 몹시 긴장을 하여 뻣뻣해졌다는 것을 알았다.

그녀는 사발에 막걸리를 가득 채워 성준 앞으로 밀어놓았다. 그는 아무 말도 하지 않았다. 먹지도 않았다. 고등학생에게 술을 권하는 그녀가 온전한 정신인지 잠시 의심스러웠다. 그러나 술집을 하는 사람들은 다 그럴지도 모른다. 세상의 그 많은 고등학생들이 어디에서 술을 구해 마실 것인가. 여자는 또 하나의 사발에 막걸리를 넘치도록 따라 단숨에 들이켰다. 아아, 살 것 같다. 그녀의 작은 외침은 공허하고 적막했다.

그녀가 블라우스를 입었다고는 하지만 위에서부터 두 개의 단추는 열려 있었다. 그녀가 몸을 움직일 때마다 얼핏얼핏 흰 젖가슴이 드러났고, 그것이 눈에 뜨일 때마다 성준은 가슴이 울렁거렸다. 제발 더 이상 그것이 보이지 않았으면, 하는 심정이었으나 그의 두 눈은 틈만 나면 어김없이 거기 닿았다.

이 여자는 이곳에서 일하는 작부일까. 아니면 용태의 누나일까. 설마 용태의 누나가 이런 데서 일을 하지는 않을 것이다. 여자가 다시 막걸리를 사발에 따랐다.

"넌 용태하고 같은 반이냐?"

"네."

"반장?"

성준은 아니라고 대답했다.

"공부 잘하는 모양이지?"

성준은 이번에는 대답하지 않았다.

"참 잘생겼구나."

그녀는 그를 쳐다보지도 않았다. 딴생각을 하며 허공에다 대고 혼잣말을 늘어놓는 것 같았다. 눈이 아득하고 멀었다. 이곳을 보는 눈이 아니라 어딘가 저 너머를, 머나먼 곳을 바라보는 눈길이었다.

"결혼은 했냐?"

하고 그녀가 물었을 때 성준은 어이가 없었다. 그녀가 취했는지도 모른다는 생각이 들었다. 아니면 정신이 오락가락하는 여자일까. 벌써 오래전부터 이 여자는 혼자서 술을 마시고 있었는지도 모른다. 대답을 해야 하는 것일까. 여자는 대답을 기다리지 않았다. 혼자 맥없이 짤막하게 웃더니, 눈길을 허공에 던진 채 중얼중얼 이야기를 늘어놓았다. 집은 어디냐? 살기 좋은 동네구나. 우리도 얼마 전까지 그 동네에서 살았어. 부모님은 다 계시겠지. 용태란 놈

때문에 네가 고생이구나. 이 먼 데까지 찾아오고. 그 정신 빠진 놈
은…….

성준은 가야 했다. 학원에 갈 시간이 이미 지나 있었다. 취한 여
자와 얘기를 해봐야 아무 소용도 없을 것이다. 그러나 그는 무슨 얘
기든 들어야 했다. 용태가 벌써 일주일째 출석을 하지 않는 이유가
무엇인지 알아내야 했다. 그러나 가족이 없으니 알아낼 길이 없지
않은가. 언제까지 기다릴 수는 없었다. 그는 가방을 짊어지고 일어
섰다.

"용태 어머니에게 전해주세요. 담임선생님이 전화 한번 해달라
고 하셨어요."

"전화…… 뭐하러 그런……."

더 이상 거기 머물러 있을 필요가 없었다. 그는 출입문을 향해 돌
아섰다. 실내는 아까보다 훨씬 더 컴컴했다.

"그놈은…… 집에 없다. 집을 나갔어."

성준은 되돌아섰다. 가출했단 말인가?

"어디 가면 그놈을 찾을지 혹시 넌 알겠냐?"

그놈, 이라고 부르는 것이 심상치 않았다. 이 여자가…… 용태의
어머니일까? 그는 그녀를 쳐다보며 생각했다. 이렇게 젊은 여자가?
그럴 리가 없었다. 성준은 자신의 어머니와 그녀를 비교해보았다.
용태의 어머니라 보기에는 무리였다. 그녀는 기껏 서른쯤으로 보
일 뿐이었다. 그녀의 희고 피둥피둥한 젖가슴이 생각나 성준은 혼

자 얼굴을 붉혔다. 같은 반 학우 어머니의 젖가슴을 엿본 셈인가.

"한잔해. 막걸리는 괜찮다."

그녀는 아까 따른 막걸리 사발을 그를 향해 밀어놓았다.

"넌 친구를 잃고 난 아들을 잃었으니, 우리끼리 한잔한들 누가 뭐라겠냐."

성준은 용태를 친구라고 생각해본 적이 없었다. 그저 같은 반 학우일 뿐이었다. 용태에게 친구가 있었던가? 그는 늘 혼자였고 성적이 좋지 않았으며 수업 시간에 늘 잠을 자거나 휴대전화로 게임을 하거나 만화를 그렸고, 툭하면 결석을 했다. 담임선생도 그의 결석을 일일이 단속하기를 포기한 지 오래였다.

"안녕히 계세요."

그가 인사를 하자 그녀는 안 돼, 하고 말했다. 그냥 가면 안 된다. 여기까지 찾아왔는데. 그래도 손님인데. 내가 파전이라도 부쳐줄 테니까 먹고 가. 김치전을 부치든지. 뭐가 좋아? 그러나 그녀는 움직이지 않았다. 침침한 어둠 속 더러운 탁자 귀퉁이에 앉아 있을 뿐이었다. 라면 끓으면 그거라도 먹고 가. 오직 나른하고 지친 음성, 아무것도 하고 싶지 않은 어조였다. 괜찮아요. 그가 말했다. 그러자 그녀는 어른 말 들어, 하고 말했다. 그러나 그녀는 일어서지 않았다. 막걸리를 한 잔 더 마시고, 담배를 마저 피우고 그녀가 일어서기까지, 번개가 세 번을 더 번쩍이고 사라졌다.

라면과 파전, 겉절이와 두부김치가 앞에 놓였다.

"어서 먹어라. 시장할 텐데."

김이 모락모락 피어오르는 라면과 파전의 유혹을 거절하기는 어려웠다. 성준은 앉아서 먹기 시작했다. 겉절이의 맛은 환상적이었다. 맵고 시원하고 자극적이었다. 막걸리도 한잔해라. 그녀가 사발을 다시 그의 앞에 밀어놓았다. 그는 사발을 들어 한 모금 마셨다. 뜻밖에 맛이 나쁘지 않았다. 동네 형들과 함께 소주를 한두 번 마셔본 적은 있었지만 막걸리는 처음이었다.

"그놈이 참 착한 놈인데…… 마음이 약해서……."

그녀가 혼잣말처럼 중얼거렸다. 용태가 착하다고? 그를 특별히 나쁜 아이라고 할 수는 없을지 모른다. 하지만 착하다고는 할 수 없었다. 그는 말끝마다 씨 자 돌림의 욕을 달고 살았다. 거칠고 반항적이었다. 교사들을 전혀 존중하지 않았다. 굳이 그런 태도를 감추려고 하지도 않았다.

"사내자식이니까 뭐 큰일이야 생기겠냐만…… 며칠만 기다리면 돌아올 것 같기도 한데……."

빗줄기 소리가 거침없이 미닫이를 넘어 들어왔다. 그녀가 막걸리 사발을 비우자 성준은 두 손으로 사발을 다시 채워주었다. 그렇게 하는 법이라고 그는 동네 형들에게 배운 적이 있었다. 너도 한잔 더 해라. 달다. 성준도 또 한 사발을 마셨다. 주룩주룩, 비 쏟아지는 소리가 아득히 멀어졌다가 우렛소리와 함께 돌연 유리창을 난타하며 가까워지고, 번갯불이 시퍼렇게 틈입해 들어왔다가 재빨리 사라지고…… 성준은 시간을 잊은 채 앉아 있었다.

그가 마침내 일어서자 그녀는 주머니에서 부스럭부스럭 돈을 꺼냈다.

"오느라고 애썼다. 차비라도 해."

그는 받지 않았다. 가야 한다는 생각이 들자 성준은 알 수 없이 서운했다.

"어른이 주면 고맙습니다, 하고 받는 거다."

그녀는 성준의 팔목을 잡고 놓아주지 않았다. 차비라기에는 터무니없이 많은 돈, 만 원짜리 대여섯 장이 그녀의 손에 쥐어져 있다. 성준의 어머니는 저 돈을 벌기 위해서 이삼 일, 어쩌면 일주일 동안 일을 해야 할 것이다. 그는 괜찮다고, 버스 타고 가면 된다고 말했으나 그녀는 막무가내였다. 성준이 간신히 그녀의 손을 뿌리칠 때마다 그녀는 얼른 다시 붙잡았다. 그녀의 따뜻한 손을, 승강이를 하는 동안 블라우스 안에서 격하게 움직이는 그녀의 젖가슴을 성준은 민감하게 의식하고 있었다. 어느 틈에 그녀는 성준의 바지 주머니에 지폐를 쑤셔 넣었다.

"친구 엄마가 주는 용돈이라고 생각하고 받아둬. 맛있는 거 사먹어."

성준의 아버지는 직장을 잃은 지 오래였다. 어머니가 식당 일을 하고 청소 일을 하여 생계를 지탱했다. 용태네도 가난하기는 마찬가지일 것이다. 이 돈을 받는 것이 죄를 짓는 것은 아닐까.

어쩔 수 없는 일이었다. 성준은 미닫이를 밀었다. 빗줄기는 한결 가늘어진 것 같았다. 안녕히 계셔요. 그는 꾸벅 인사를 하고 돌아섰다. 그때였다. 그녀가 그의 등에 대고 물었다. 이름이 뭐라고 했냐? 그는 이름을 말해주었다. 그녀는 음미하는 듯 한성준, 하고 뇌더니, 이렇게 덧붙였다.

"담임선생님한테는 우리 용태가…… 아파서, 몸살이 나서 당분간 학교 못 간다고, 그렇게 얘기해주면 안 되겠냐?"

성준은 그것이 무슨 뜻인지를 잠시 헤아려보아야 했다. 담임선생에게 거짓말을 하라는 뜻이었다. 그러니까 그의 주머니에 그녀가 쑤셔 넣은 돈은 단순히 택시 타고 가라고 주는 것도, 맛있는 거사 먹으라고 주는 것도 아닌지 모른다. 거짓말을 교사(敎唆)하며 그에게 지불하는 일종의 공작금 같은 것인가. 성준은 어찌해야 할지 알 수 없었다. 돈을 꺼내 돌려줘야 하는 것일까. 그가 뭐라고 대답하기도 전에 그녀는

"고맙다, 우리 성준이. 비 오는데 어서 가봐라."

하더니 문을 닫았다. 성준은 다시 미닫이를 열고 안으로 들어가고 싶었다. 단순히 돈을 돌려주기 위해서가 아니었다. 그녀 앞에 앉아 있고 싶어서였다. 알 수 없는 일이었다. 그녀와 함께 언제까지나 거기 앉아 있어도 될 것 같았다. 그는 철벅철벅 흙탕물을 함부로 걸어차며 골목을 걸어나갔다. 우산을 받치고 있었다고는 하지만 금세 온몸이 후줄근히 젖어 들었다. 어째선지 몸이 온통 지저분

해져버린 기분이었다. 학원이고 뭐고, 우선 뜨끈한 물로 목욕부터 하고 싶었다.

용태는 가출했다……. 그런 식으로 학교에서 사라져버리는 아이들이 가끔 있었다. 지난 학기에도 그의 학년에서 남학생 둘이 가출하여 학교를 떠났다. 용태도 그런 아이들 중 하나일 뿐이었다. 집안 환경을 보면 놀랄 일도 아니었다. 바람이 불어 우산이 뒤집혔다. 그는 우산을 펴며 고개를 틀어 골목을 돌아보았다. 진창으로 뒤덮인 늦봄길은 함정처럼 깊고 침침했다. 으스스, 몸이 떨렸다. 거기에서 조금 전까지 벌어진 일이 마치 꿈속의 일인 듯 아득했다. 무사히 빠져나온 것이 천만다행이라는 생각이 들었고, 동시에 다시 그 골목으로 들어갈 수 없다는 것이 아쉬웠다.

다시 여기 올 일은 없을 것이다. 뭔가 소중한 물건이라도 두고 온 듯 발걸음이 시원하게 떨어지지 않았다. 머뭇머뭇 모퉁이를 돌아서며 그는 다시 한 번 골목을 돌아보았다. 골목 안에 반짝 가로등이 켜지고, 평양주점이라는 붉은 간판에도 불이 들어왔다.

성준은 가슴이 철렁 내려앉았다. 내일, 학교에 가면 담임선생에게 뭐라 말해야 할 것인가?

2

이튿날 성준은 종일 담임 서봉석이 부르기를 기다렸다. 그러나 그는 부르지 않았다. 잊은 것일까. 종례 시간까지도 그를 부르지 않으면 어떻게 해야 할 것인지, 성준은 생각이 복잡해졌다.

점심시간까지도 봉석은 그를 부르지 않았다. 영우와 함께 식당에서 밥을 먹는 동안에도 성준은 마음이 놓이지 않았다. 뭐라고 대답해야 할 것인가?

"어제 왜 학원에 안 왔냐? 얼굴이 왜 그래? 뭔 고민 생겼어?"

영우는 성준과 같은 학원에 다녔다. 키가 다소 작았다. 턱이 빨아 주걱턱이라는 별명을 가진 그는 성질이 급해 한꺼번에 여러 질문을 쏟아내기가 일쑤였다. 그에게 주걱턱이라는 별명 외에 주둥이라는 또 하나의 별명이 붙은 이유였다. 그냥, 하는 성준의 대답이 끝나기도 전에 그는 연이어 늘어놓았다.

"윤지 있잖아. 걔 우리 학원 등록했어. 어제 왔더라. 남자새끼들이 벌써 기 싸움이 치열하다. 너도 걔한테 관심 있잖아."

한때 성준은 윤지를 짝사랑한 적이 있었다. 그러나 그녀에 관한 이상한 소문이 돌았다. 중학교 때 가출한 적이 있다는 소문부터 원조교제를 한다는, 혹은 한 적이 있다는 소문, 임신을 하고 낙태를 했다는 소문까지, 한번 시작된 소문은 더욱 과장스럽고 더욱 치명적인 쪽으로 악화되어 퍼져나갔다. 그러나 예뻤으므로 여전히 그녀는 남학생들의 관심의 표적이었다. 성준은 믿지 않았다. 다 헛소문에 지나지 않을 것이라고 생각했다. 그토록 예쁘고 그토록 깨끗하고 그토록 가냘픈 그녀가 그런 짓을 했을 리도 없고 할 리도 없었다. 그 흰 얼굴, 큰 눈, 붉은 입술, 길고 연약한 목……. 그는 자신의 마음을 그녀에게 고백하지도 못했다. 한때 그녀와 친밀한 사이였다는 것마저 믿어지지 않았다.

"우리 약탈 지역에 가볼래?"

영우가 은밀하게 속삭였다.

"미쳤냐?"

성준은 농담일 것이라고 생각했다. 그곳은 위험한 곳이었다. 간혹 젠체하며 갔다 왔다고 떠벌리는 아이들이 없는 것은 아니지만 대개 허세였다. 고등학생 따위가 드나들 수 있는 곳이 아니라는 것을 누구나 알고 있었다. 영우는 성준 옆으로 옮겨 앉아 그의 귀에 바싹 얼굴을 들이밀고 속삭였다. 우리 형이 며칠 전에 갔다 왔어. 난리도 아니래. 텔레비전이 깨어져 나가고 경찰차가 뒤집히고 화염병이 날아다니고……. 맥독(McDoc)이 순식간에 방화로 전소됐대. 전투경찰이 무장해제를 당해서 팬티 바람에 피티체조를 하고. 폭도 두엇이 머리가 깨어져 길바닥에 나뒹굴었대. 전투경찰이 곤봉 한번 휘두르면 그냥 머리가 수박처럼 깨어져 나간다는 거야. 한번 잠깐 가서 구경이라도 하고 오자. 아, 형 얘기 들은 뒤부터 궁금해서 엉덩이가 들썩거린다. 응? 성준아, 가보자. 위험할 것 같으면 금방 달아나 버리면 될 거 아냐.

그때 윤지가 식판을 들고 그들의 앞을 지나갔다. 성준은 잠시 눈이 부셨다. 영우는 얼른 그녀를 향해 고개를 치켜들며 안녕, 하고 인사를 건넸다. 그녀는 잠깐 그를 돌아보고 안녕, 하고 답했다. 그 환하고 명랑한 어조를 성준이 감상할 틈도 주지 않고 주둥이는 벌써 말들을 쏟아내고 있었다. 너 학원 숙제 다 했어? 나 좀 보여줄래? 다 했는데 논술이 걱정이다. 넌 어떻게 했어? 논진가, 주젠가, 관점인가, 암튼, 다 결정했어? 난 어떻게…… 그가 말을 끝내기도 전에 윤지는

"논술을 보여주면 뭐해?"

하고는 멀어져갔다. 영우는 투덜거렸다. 쳇, 도도하긴. 아저씨들하고 놀다 보니까 우리 같은 고딩들은 사람으로 보이지도 않겠지.

성준은 그녀의 뒤를 좇다가 외면했다. 눈이 부셨으나 1학년 초 무렵처럼 가슴이 고통스러울 정도로 두근거리지는 않았다. 그저 조금쯤 가슴이 쓰라릴 뿐이었다. 그녀는 그가 손을 뻗을 수 있는 영역 너머로 사라져버렸다. 어떻게? 알 수 없었다. 소문 때문에? 꼭 그런 것은 아니었다. 어쩌면 그 희고 가는 목덜미 때문인지도 모른다. 어쩌면 조개껍질처럼 작고 앙증맞은 귀 때문인지도 모른다. 그 붉고 아슬아슬한 입술 때문일 수도 있다. 저 가늘고 호리호리한 종아리 때문이었는지도 모른다. 아무튼 그녀는 그의 영역 바깥에 존재했다. 그것을 깨달은 이후 그는 훨씬 마음이 편안해졌다. 포기가 그를 길들인 것일까.

야, 윤지 화장한 것 같지 않냐? 저 입술 봐. 저거 화장 안 하고 저렇게 붉을 수 있냐? 분명 뭘 발라도 발랐어. 저 뺨도. 발그레하잖아. 뭔가 바른 게 틀림없어. 화장 기법이 말이다, 도가 텄다. 저 정도 경지에 이르려면 아마 오륙 년은 꾸준히 연마를 했을 거다. 소문이 맞는 거야. 원조교제를……. 거기까지, 그것이 성준이 들을 수 있는 한계였다. 그는 식판을 들고 그 자리를 떠났다. 같이 가, 같이. 우리 매점 가서 커피 한잔하자. 허겁지겁 영우가 뒤를 좇아왔으나 성준은 못 들은 척 주방 쪽으로 급히 발을 옮겼다. 식판을 내려놓고 돌아서는 그 잠깐 사이에 그는 주방에서 분주히 설거지를 하는 여자들을 보았다. 어머니는 식당에서 바로 저런 일을 할 것이다. 저들은 일당 얼마를 받을까. 아아, 아버지는 언제쯤이나 되어야 직장을 구하게 될까. 윤지의 아버지는, 역시 소문에 따르면, 변호사였다…….

종례 시간에 들어왔을 때에도 서봉석은 성준에게는 한마디도 하지 않았다. 그는 청소 상태가 점점 더 나빠진다고 잔소리를 늘어놓은 다음, 남학생들의 두발 상태와 여학생들의 지나친 화장에 대해서 경고했다. 한번 걸리면 남자놈들 머리에는 고속도로를 내주고 여자놈들 얼굴에는 페인트칠을 해줄 거다, 이것들아. 알았냐? 또 치마는 그게 뭐냐? 왜 그렇게 끌어 올려? 학교 밖에서는 어떻게 하고 다니는지 내가 알 수도 없는 노릇이고, 알고 싶지도 않다만 학교 안에서는 좀 자제해야 할 거 아니냐. 명령이다. 알았냐? 부탁이다. 알았냐?

마지막으로 그가 한 잔소리는 약탈 지역에 관해서였다. 그쪽으로는 가까이 갈 생각도 마라. 알았냐? 어제도 스타벅스가 불탔어. 일곱 사람이 다치고 스물일곱 사람이 연행됐어. 신문 봐서 다들 알지? 호기심으로 구경 나갔다가 봉변 치르지 마라. 거기 갔다가 발각되면 경찰서에 끌려가는 것으로 끝나지 않아. 학교에서도 최소한 반성문 오천 장 정도의 처분을 내릴 거야. 다들 알았지?

며칠에 한 번씩 듣는 얘기들이었다. 귀 기울이는 학생은 많지 않았다. 저마다 교실에서 뛰쳐나갈 준비에 바빴다. 영우는 뒤에서 투덜거렸다. 저 잔소리쟁이. 저러니까 저 나이 되도록 장가도 못 가지. 차렷. 경례.

서봉석은 출석부를 흔들어대며 꺼떡꺼떡 출입구로 걸어가다가 멈춰 서더니 돌아서지도 않은 채 허공에 대고 소리쳤다. 한성준, 교무실로 따라와. 성준은 가방을 꾸리며 궁리했다. 뭐라고 말할 것인가?

교무실로 들어설 때까지도 그는 여전히 망설이고 있었다. 서봉석은 국어 참고서를 뒤적거리다가 고개를 들어 그를 맞았다.

"그래, 그 녀석 어떻게 된 거냐? 가출이라도 했어?"

심드렁한 어투의 그 말이 결정적으로 성준을 용태 어머니 쪽으로 밀어붙였다.

"아뇨. 독감에 걸렸대요. 며칠 쉬어야 할 것 같대요."

"독감, 독감이라……."

봉석은 여전히 참고서를 뒤적거리며 중얼거렸다.

"그 녀석 독감 아닐 때도 하루 이틀 결석하는 건 습관이었잖아."

깨끗한 흰 와이셔츠에 주황색 넥타이, 언제나 변하지 않는 그의 차림새였다. 말끔한 면도 자국이 선명했고, 단정히 빗질이 된 머리칼은 일과가 끝나가는데도 크게 흐트러진 자취가 없었다. 고지식하고 소심한 사람, 천생 교사, 그것이 서봉석에 관한 학생들의 중평이었다. 그러나 실력은 빼어났다. 참고서의 풀이가 잘못되거나 해답이 잘못된 문제를 그는 어김없이 짚어냈다.

"걔네 집 무슨 가게를 한다고 했던 것 같은데……. 부모님은 만나봤어?"

성준은 어머니를 뵈었다고 대답했다. 침침한 방 안에 희게 떠오른 그녀의 젖가슴이 눈앞을 스쳐 갔다.

"아, 그래, 모자가정이었어……. 무슨 가게야?"

성준은 술집이라고 말할 수가 없었다. 그래서는 안 될 것 같았다. 그가 머뭇거리자 봉석은 고개를 들어 또렷한 눈으로 성준을 쏘아보았다.

"뭐 하는 가게야?"

뭐라 해야 할 것인가? 전혀 준비하지 못한 질문이었다. 술집, 이라는 말이 곧 목구멍에서 새어 나갈 것만 같았다. 그렇게 말하는 것은 용태만이 아니라 용태 어머니에 대한 배신이라는 생각이 들었다. 사실을 말하는 것일 뿐인데 왜? 용태 어머니는 그에게 거짓말을 요구했다. 만 원짜리 지폐 여섯 장, 그리고 파전과 막걸리와 겉절이와…… 그녀의 흰 젖가슴과……. 머릿속이 어지러웠다.

"이 녀석 보게. 왜 말을 못 해?"

불현듯 대답이 튀어나왔다.

"나중에 직접 물어보세요, 용태한테."

봉석은 눈을 가늘게 뜨고 그를 노려보았다.

"너 거기 가보긴 한 거야?"

성준은 그렇다고 대답했다. 그러나 왜 많고 많은 아이들 중에서 자신을 보냈는지는 아직 알지 못했다. 그는 차라리 그것을 물어보고 싶었다. 아무렇게나 구멍가게라고 대답할까. 동네 슈퍼에서도 술은 판다.

"그런데 무슨 가겐지 몰라?"

"알아요."

"알아? 그런데 왜 대답을 못해?"

뭐라 할 것인가? 그는 머뭇거리다가 용기를 내어 이렇게 대답했다.

"프라이버시 문제라서요."

뜻밖에 봉석은 화를 내지 않았다. 피식, 웃음을 내놓더니 고개를 끄덕거렸다.

"좋아. 내가 알아보지. 용태 어머니께 학교로 전화 좀 하시라는 말씀은 전해드렸어?"

성준은 그렇다고 대답했다.

"전화 안 왔는데……."

그는 책상 위의 메모꽂이를 뒤적이며 말했다.

"알았어. 수고했다. 가봐."

교무실을 나서면서 성준은 벌써 후회하고 있었다. 결국 거짓말을 하고 말았다. 만일 거짓말이라는 것이 발각되는 경우에는, 그때는……. 서봉석이 그를 불러 꾸짖을 것은 당연했다. 용태네 가게가 술집이라는 것을 끝내 말하지 않은 것에 대해서는 스스로가 자랑스러웠다. 용태에게 직접 물어보세요. 프라이버시 문제라서요. 그런 말이 불현듯 떠오르다니. 그러나…… 어찌됐건 그는 담임을 속였다. 결국 용태 어머니의 한마디 말에서 벗어나지 못했다. 아니, 단순히 말 한마디가 아니라 만 원짜리 여섯 장의 힘이었을까? 아니, 아니다. 그보다는 몰래 훔쳐본 그녀의 흰 젖가슴이 그를 알 수 없는 곳으로 끌어가고 있는 것은 아닐까?

어디로?

운동장에 다시 빗줄기가 흩날리기 시작했다. 그는 우산을 펴지 않은 채 운동장으로 걸어 들어갔다. 축구를 하는 아이들이 숨을 헐떡이며 그의 곁을 스쳐 치달려 갔다. 번쩍 불이 들어오던 늦봄길의 가로등과 그 골목이 생각났다. 그는 자신이 그곳으로 가고 싶어 한다는 것을 깨닫고 깜짝 놀랐다. 왜? 어째서 거기를 간단 말인가?

학원이 그를 기다리고 있었다. 학원에 가기 전에 라면이라도 먹으려면 서둘러야 했다.

3

　전철 종각역 부근에서 약탈이 시작된 것은 석 달쯤 전부터였다. 어떻게, 왜, 그런 일이 벌어진 것인지는 아직까지 아무도 알지 못했다. 자정이 가까워오는 시각, 아직 즐거움을 찾아 헤매는 젊은이들, 택시를 잡는 사람들, 손님을 골라 태우려는 택시들, 버스를 기다리는 사람들, 택시들 때문에 버스 정류장에 차를 대지 못하여 대로 한복판에서 승객을 내려놓고 태우는 버스들로 뒤얽혀 거리는 활기와 혼란으로 들끓는 중이었다. 그 시간쯤 그곳에서 택시나 버스를 기다려본 사람이라면 누구나 알 듯 평소와 크게 다를 바 없는 광경이었다.

　종각 건너편에 있는 햄버거 가게 맥독 안은 차츰 편한 자리를 차지하기 위한 사람들의 눈치 싸움이 시작되고 있었다. 그곳 맥독은 24시간 영업을 하는 곳으로 잘 알려져 있었다. 흔히 술을 마시다가 막차를 놓친 젊은이들이 들러 커피나 치즈버거를 하나 시켜놓고 앉아, 다시 전철이나 버스가 다닐 시간이 되기를 기다리는 곳으로 이용되었다. 뿐만 아니라 잘 곳 없는 사람들이 커피 한 잔 시켜놓고 엎어져 잠드는 경우도 있었고, 무작정 집에 돌아가기가 싫어 밤을 새우는 중고교 학생들도 종종 그곳을 이용했다. 종각역을 거처로 삼은 노숙자들도 가끔 동전을 몇 개 들고 나타나 치즈버거를 질겅 거리며 한 자리를 차지하고 밤을 새웠다. 1시쯤이 되면 탁자가 하나도 남아나지 않았다. 늦게 나타난 사람이 다른 손님이 이미 차지한 탁자 곁 의자에 끼어 앉는 일은 흔했다. 그렇게 하여 본의는 아니지만 낯선 사람들끼리, 심지어는 낯선 남녀가 한 좌석에 나란히 앉아 동침을 하는 일도 심심찮게 벌어졌다.

아직 가게 안에서 잠에 빠진 사람은 없었으나, 차츰 밤을 새울 작정으로 찾아든 사람들이 늘어나는 중이었다. 자정이 삼십 분 지났을 무렵, 이십 대 후반으로 보이는 두 남자가 가게 안으로 들어섰다. 술을 마시기는 했으나 크게 취한 것 같지는 않았다. 그들은 치즈버거와 콜라를 주문하여 들고 탁자들과, 그 사이로 비죽이 비어져 나온 의자와 무릎과 다리 들을 피하여 빈 의자를 찾아 걸음을 옮겼다. 봄 양복 차림에 와이셔츠와 푸른 넥타이를 맨 남자가 앞장을 서고, 콤비 차림에 검은 가방을 멘 남자가 그 뒤를 따랐다. 빈 의자는 중앙에 남아 있었다. 푸른 넥타이가 탁자 모서리에 부딪혀 비틀거리다가 콜라를 쏟았다. 콜라는 그 탁자에 앉아 있던 삼십 대 초반의 머리에 쏟아졌다. 죄송합니다, 죄송합니다……. 푸른 넥타이가 허겁지겁 휴지를 꺼내 그 삼십 대 초반의 얼굴과 머리와 탁자를 닦았다. 허둥거리는 사이에 검은 가방을 멘 남자가 그의 엉덩이에 부딪치면서 또다시 콜라를 쏟았고, 그 콜라는 이번에는 삼십 대 옆에 앉아 있던 십 대의 머리에 쏟아졌다. 아 씨발, 이거 뭐야. 미안, 미안하다. 아 씨발, 어디 대고 반말이야. 고딩이라 만만해? 미안해. 자, 이걸로 좀 닦아라. 아 씨발, 말 어디서 배웠어? 계속 반말이네. 너도 반말하고 있잖아. 아 씨발, 누가 먼저 했어? 아 좆팔, 넌 팔 줄 아는 게 씹뿐이냐? 그렇게 시비는 시작되었다. 거기에 삼십 대와 푸른 넥타이가 끼어드는 바람에 네 사람 사이의 싸움이 되고, 옆자리의 다른 손님들이 조용히 좀 해, 나가서 싸워, 싸가지 없는 것들이 어른 주무시는데 뭐 하는 짓들이여, 좆만 헌 것들이 싸울 줄도 모르네, 주둥이로 고만허고 나가서 주먹으로 혀봐라, 하고 거드는 바람에 곧 가게 안의 모든 사람들이, 심지어는 두 사람의 아르바이트생들까지 끼어드는 큰 싸움으로 확대되었다. 처음에는 일어나서 다투는 사람은 넷뿐이었는데, 곧 여섯 사람이 되고, 열 사람이 되고, 열다섯 사람이 되더니, 어느새 가게 안의 모든 사람들이 일어서서 저마다 큰 소리로 떠들어대고 있었다.

그때였다. 아, 씨발. 누군가가 고함 소리와 함께 의자를 하나 집어 들어 카운터 안으로 던졌다. 아르바이트생이 기겁을 하여 카운터 밑으로 몸을 감췄다. 아, 좆같아. 누군가가 의자를 거리를 향한 커다란 유리창으로 집어 던졌다. 그다음에는 쓰레기통이 날아가고, 탁자가 뒤집히고, 카운터 안에 있던 주방 기구들이 허공을 날아다니고, 케첩과 겨자와 쟁반과 유리잔과 접시가 날기 시작했다. 곧 유리창이 깨어져 나가고 출입문이 터져 나가고 대합실의 버스 시간표처럼 큼지막하게 카운터 위를 장식하고 있던 호사스러운 메뉴판이 박살이 났다.

몇몇 사람이 가게 밖으로 도주하여 나오고, 그 뒤를 쫓아 또 몇몇이 뛰쳐나오고, 아직 차들이 오가는 차도 한가운데에서 추격전이 벌어지고, 싸움이 벌어지고, 멀쩡히 길을 가던 사람들이 의자에 맞아 쓰러지고, 놀라 멈춰 선 차의 사이드미러가 깨어지고, 거리의 노점이 부서지고, 돌멩이가 날고, 빈 병이 사람의 머리를 깨고, 햄버거 가게 옆의 커피 전문점 유리창이 깨어져 나가고, 그 옆의 미용실 유리창이 또 박살이 나고, 그 옆의 안경 가게 유리창이 박살이 나고, 그 무렵에는 종각 앞 거리가 모든 사람들이 뒤엉켜 싸우고 다투고 쫓고 쫓기는 싸움판이 되어 있었다.

나중에 알려진 사실이지만, 그 와중에 몇몇 사람들이 안경 가게 안으로 들어가 값비싼 외제 명품 색안경을 들고 나오는 것을 목격했다는 사람도 있었고, 금은방의, 시계방의 유리창을 일부러 돌과 쓰레기통을 던져 깨뜨리는 사람들을 보았다는 목격자도 있었다.

심지어는 햄버거 가게의 고기와 빵을 들고 재빨리 골목으로 사라지는 사람도 있었다. 싸우는 사람은 싸우고 훔치는 사람은 훔쳤다. 싸우던 사람이 훔치기도 하고 훔치던 사람이 싸우기도 했다. 차를 타고 가던 사람이 내려서 싸우기도 하고, 싸우던 사람이 남의 차를 몰고 사라져버리기도 했다. 순찰차가 한 대 나타나 사람들을 뜯어말리려 했으나, 곧 그들마저 싸움의 소용돌이에 휘말려 싸움꾼들과 구별할 수 없게 되고 말았다. 어느새 햄버거 가게에서는 불길이 치솟았다.

순찰차들이 열 대가 나타나고, 폭동 진압 장비로 무장을 한 전투 경찰이 출동하고, 빠시게, 어쩌고, 함성을 질러대며 밀고 들어오기 시작하고서도, 한참 동안 싸움과 약탈은 계속되었다. 재빨리 달아난 사람도 있고, 경찰에 붙잡힌 사람도 있었다. 야릇한 일은 경찰이 출동하자 서로 평생 원수진 듯 악착같이 싸우던 사람들 대부분이 싸움을 중지하고 언제까지나 굳건한 한편이었다는 듯, 이번에는 경찰을 향하여 일제히 욕설을 퍼붓고 돌을 던지고 의자를 던지고 병을 던지기 시작했다는 점이었다.

1시 반쯤 상황은 종료되었다. 신기하게도 사람들로 뒤얽혀 난장판이었던 거리에 차들이 다시 오가기 시작하자 언제 그런 일이 벌어졌더냐, 싶을 만큼 거리는 순식간에 적어도 외면적으로는 평온을 되찾았다. 약탈당한 상점이 아홉, 경찰 추산 피해 금액이 일 억, 부상자가 열일곱, 다행히 사망자는 없었다. 경찰은 폭력 행위로 열다섯 명을 체포했다.

누구나 그것으로 사건은 일단락되었다고 믿었다. 상점 주인들은 보험금을 받기도 하고, 못 받기도 하고, 그럭저럭 피해를 수습하여 이튿날에는 다시 멀쩡히 장사를 시작했다. 피해가 가장 컸던 햄버거 가게는 철야로 복구 작업을 강행한 끝에 사흘 뒤에는 가게를 열 수 있었다.

일주일 뒤에 비슷한 일이 다시 벌어졌다. 이번에도 햄버거 가게, 비슷한 시각, 비슷한 싸움과 더불어 시작되었다. 지난 번 사건과 다른 점이 있다면 그것은 사소한 멱살잡이 싸움이 순식간에 가게 안의 모든 사람들에게, 거리의 모든 사람들에게 퍼져나가 마치 계획이라도 한 것처럼 금세 약탈로 악화되었다는 점이었다. 마치 그렇게 하기로 약속되어 있었다는 듯 사람들은 싸움과 약탈에 휩쓸렸다. 근처 술집에서 술을 마시던 사람들, 노래방에서 노래를 부르던 사람들, 케이크 전문점에서 얌전히 화이트 카페모카를 마시고 티라미수를 먹던 사람들까지 뛰쳐나와 싸움에 휩쓸렸다. 차를 세워 놓고 옷 가게의 옷들을 쓸어 담아 사라진 사람도 있었고, 복구한 지 며칠밖에 지나지 않은 금은방의 유리창과 출입문을 깨부수고 금반지와 금돼지와 금열쇠를 휩쓸어 달아난 사람도 있었다. 사람들 사이의 싸움은 잠깐에 지나지 않았다. 싸움은 핑계요 목적은 약탈이었다는 듯, 그렇게 사람들은 일사불란하게 상점들을 때려 부수고, 불을 지르고, 노점에 불을 지르고, 차에 불을 지르고, 누구에겐지 알 수 없는 울화를 터뜨려 개새끼들아, 죽나 사나 한번 붙자, 고함을 지르고, 근처의 포장마차를 끌어와 도로에 바리케이드를 치고, 식당에서 의자와 탁자를 끌어다가 바리케이드를 치고, 휘발유를 끼얹어 불을 붙이고 어느새 출동한 경찰에 대적했다. 가게에서 술을 꺼니 주거니 받거니 퍼마시고 빈 병은 경찰에게 던지고, 닭집에서는 닭을 가져다 먹고 뼈다귀는 경찰에게 던졌으며, 식당에서는 삼겹살과 불판을 꺼내다가 고기를 구워 먹고 마늘과 불 붙은 숯과 불판을 경찰에게 던졌다.

2시 무렵에야 약탈은 진압되었다. 스물두 명이 체포되고 일곱 명이 구속되었다.

사흘 뒤에 사건은 다시 벌어졌다. 시작된 시각은 비슷했다. 자정을 사십 분쯤 넘긴 뒤, 역시 사소한 말다툼으로부터, 이번에는 전철역 입구에서 첫 싸움이 시작되었고, 시작되자마자 곧 거리의 모든 사람들이, 심지어는 차를 타고 가던 사람들까지도 아무 데나 차를 세워놓고 내려서 싸움에 끼어드는 바람에 금세 거대한 싸움으로 발전했고, 곧이어 사방에서 약탈 행위가 벌어지고, 바리케이드가 설치되고, 방화가 시작되고, 술판이 벌어지고, 경찰이 출동하자 사람들은 곧 경이로운 단결력으로 모든 싸움을 중단하고 경찰에 대적했다. 경찰이 해산을 종용하는 방송을 시작하자, 약탈자들 가운데 누군가가 핸드 마이크를 내놓았다. 놀라운 일이지만 핸드 마이크는 하나둘이 아니었다. 야 이 개새끼들아, 이리 와 한판 붙자! 누가 죽나 한번 해보자! 조금만 기다려봐라. 내가 지금 경찰대 시험 준비 중이다, 이 졸병 새끼들아. 내가 죽으면 그냥 죽냐? 니들 중에서 한 놈도 죽는다, 이 떠그럴놈들아! 이리 와, 씨발놈들아! 한판 붙자, 일대일로 한판 하자! 적어도 네 개의 핸드 마이크가 동시에 욕설을 질펀하게 쏟아냈다. 아니나 다를까, 노래도 터져 나왔다. 동해물과 백두산이 마르고 닳도록……. 저 푸른 초원 위에 그림 같은 집을 짓고……. 솔솔솔 오솔길에 빨간 구두 아가씨……. 내 몸에 핏줄이 비바람에 젖어도……. 너도 날 좋아할 줄은 몰랐어 어쩌면 좋아 너무나 좋아……. 허겁지겁 출동하여 지휘 차량 안에 앉아 그 광경을 지켜보던 종로 경찰서장은 기가 차서 개판 오 분 전이군, 하고 코웃음을 치지 않을 수 없었다.

경찰이 물대포로 진압을 시작하자마자 군중은 먼지처럼 순식간에 흩어졌다. 몇몇이 체포되고 몇몇이 구속되었다.

이튿날 종로 경찰서장은 기자들 앞에서 말했다.

"약탈이 시작될 것이라는 기대로 그 시간쯤이면 불온한 자들이 그곳으로 모여드는 것으로 보입니다. 이에 대처하고자 불온한 자들이 종각 근처에 모여드는 것을 막기 위한 방법을 모색할 예정입니다."

기자가 물었다.

"무엇으로 불온한 자와 건전한 시민을 구별할 수 있습니까?"

"아직 공개할 수는 없지만 여러 가지 방법이 있을 수 있다고 생각합니다. 시민 여러분의 의견도 청취할 예정입니다."

경찰의 대비에도 불구하고 이틀 뒤에 다시 사건이 벌어졌다. 경찰은 그것을 폭동이라 부르고 언론은 약탈이라 불렀다. 폭동이건 약탈이건 규모는 날이 갈수록 점점 더 커졌다. 참가 인원이 기하급수적으로 불었다. 자정이 가까워질 무렵부터 경찰 병력이 종각역 부근에 배치되었으나 폭동, 혹은 약탈이 벌어지는 것을 막을 수는 없었다. 어디선가 작은 싸움이 벌어지면 그 주변이 걷잡을 수 없는 패싸움과 난동으로 소용돌이치고, 곧이어 약탈과 파괴, 방화로 악화되었다. 거의 이삼 일에 한 번, 간혹은 이틀을 연달아 약탈은 끈질기게 벌어졌다. 자정이 가까워지기 전 종각 근처 상점들은 서둘러 문을 닫아걸었다. 포장 술집이 드문드문 영업을 계속할 뿐이었다. 그런데도 사람들은 자정이 가까워지면 종각 근처로 꾸역꾸역 모여들었다. 계단에 앉고, 벤치에 앉고, 가로수나 가로등에 기대서고, 커피를 마시거나 주스를 마시면서, 친구들과 잡담을 주고받으며, 휴대전화로 음악을 듣거나 동영상을 보면서 그들은 무엇인가를 기다렸고, 그들이 기다리는 무엇인가는 어김없이 벌어졌으며, 그러면 불에 기름을 끼얹은 듯 인근이 뜨거운 싸움으로 타올랐다.

경찰청의 일부 간부들은 종각 인근에 통행금지를 실시해야 한다고 주장했으나 그것은 바로 피해 당사자들에 의해 거부되었다. 종각 인근의 건물주들, 상점주들은 당장 피해가 있다고는 해도 건물이나 가게 자체의 거래가 끊기거나 가격이 떨어지는 것을 가장 두려워했다. 언론은 경찰의 발상을 비웃었다. 약탈을 막을 생각을 해야지 통행금지라니? 이 무렵부터 언론은 '종각 사태'라는 애매한 표현을 버리고 '종각 폭동'이라는 표현을 쓰기 시작했다.

이삼 일에 한 번씩 어김없이 약탈이 발생하는 상업지역, 그것은 참으로 기이한 사태였다. 뚜렷한 원인도 목적도 없는 것 같았다. 사람들은 때가 되면 모여들어 서로 싸우고 돌을 던지고 부수고 훔치고 불을 질렀다. 몇몇 사람들이 체포되면 그 자리를 훨씬 더 많은 군중이 채웠다. 약탈도 진압도 습관이 되었다. 때가 되면 치솟아올랐다가 멈추는 시청 앞 서울광장의 분수처럼, 종각 약탈은 때가 되면 터졌다가 사그라졌다.

그사이 약탈 자체보다 더 기이한 사건이 몇몇 벌어졌다. 경찰 두어 명이 약탈에 가담한 사실이 드러났다. 경찰은 쉬쉬하며 그런 사실을 은폐하려 했으나 몇몇 신문과 방송이 보도함으로써 공개되었고, 그것은 사회적으로 크나큰 충격을 주었다. 일부 중고등학생이 약탈에 가담했다는 것도 알려졌다. 교장과 교육감, 교육부 장관이 사과를 하고 재발 방지를 약속했다. 바로 그날 또다시 약탈이 발생했고, 또다시 두 명의 고교생이 경찰에 체포되었다. 그들은 폭행이나 방화보다 주로 약탈에 가담했는데, 유명 상표의 옷이나 운동화, 가방 등을 훔친 것으로 밝혀졌다.

학교에서 교사들이 종례 시간마다 약탈 지역에 대한 출입을 경고하기 시작한 것이 그 무렵부터였다.

4

성준이 들어섰을 때 그녀는 알몸으로 거울 앞에 서 있었다. 그는 물러섰다. 왜? 등 뒤에서 누가 물었다. 그는 돌아보았다. 마루 끝에 윤지가 앉아 말끔한 낯으로 그를 쳐다보았다. 윤지는 이쪽을 등지고 선 용태 어머니를 가리키며 입술을 비틀어 비웃었다. 그러거나 말거나 성준은 방을 향해 한 걸음 다가갔다. 거울 속에서 그녀가 그를 바라보았다. 흰 등 흰 엉덩이 그리고 거울 속의 흰 젖가슴이 눈부셨다. 성준이 없냐? 누군가가 큰 소리를 냈다. 성준은 다시 돌아섰다. 서봉석이 윤지 옆에 엉덩이를 내려놓고 앉아 대답을 강요하는 낯으로 그를 쳐다보았다. 왜 여기에 와서 나를 찾는 것일까. 그러나 성준은 용기를 내어 방 안으로 들어섰다. 그녀의 흰 젖가슴이 훨씬 또렷이 눈에 들어왔다. 거기 얼굴을 묻어야 했다. 그녀가 돌아섰다. 아, 마침내 그 눈부신 젖가슴이 그를 향해 다가오고 있었다. 그는 두 팔로 힘껏 그녀를 끌어안고 젖가슴에 얼굴을 묻었다. 향기로운 살냄새가 몰큰 얼굴에 뒤덮였다. 성준은 어느 틈에 그녀를 쓰러뜨렸다. 뜨거운 그녀의 살이 그의 몸에 휘감겼다. 막 절정으로 치달아오르는 순간, 깔깔, 방정맞은 웃음소리가 들려왔다. 성준은 고개를 돌렸다. 마루 끝에서 윤지와 봉석이 그들을 구경하며 웃어대고 있었다. 갑자기 부끄러워져서 그는 벌떡 일어섰다. 윤지와 봉석은 웃음을 그치지 않았다. 그를 동물처럼 구경하는 시선도 거두지 않았다. 그는 허둥거리며 옷을 찾기 시작했다.

그 순간 성준은 잠에서 깨어났고, 깨어난 순간 몽정을 했다는 것을 깨달았다. 잠결인데도 뜨겁고 부드러운 그녀의 젖가슴이 아직 그의 손 아래 놓여 있는 듯 생생했고, 윤지와 봉석의 웃음소리가 귓전을 울렸다. 아아, 몽정이라니. 곧 아랫도리가 축축하고 불쾌하게 젖어 드는 것이 느껴졌다. 그는 팬티를 벗어 발치에 던져버렸다. 하필 용태의 어머니라니……. 나라는 놈은 도대체 뭐가 잘못된 것일까. 윤지나 봉석은 어찌하여 나타난 것일까. 하필이면 윤지와 담임 앞에서 그 짓을……. 낯이 뜨거워졌다. 꿈속의 일이라는 것이 얼마나 다행인가.

"고만해!"

하는 고함 소리가 들려왔다. 성준은 숨을 죽였다. 아버지와 어머니는 아직 싸우고 있는 것일까. 어머니가 웅얼거리는 소리가 이어졌다. 고만하라잖아! 다시 아버지의 고함 소리. 왜 고만해? 왜 고만해? 왜 항상 내가 고만해야 해? 어머니도 고함을 지르기 시작했다. 그들의 싸움은 어젯밤, 성준이 잠들기도 전에 시작되었다. 성준은 휴대전화를 열어 시간을 확인했다. 새벽 3시였다. 지겹고 화가 났다. 도대체 저렇게 싸우면서 어째서 헤어지지 않는 것일까. 차라리 빨리 헤어져버리는 편이 나을 것 같았다. 사나흘에 한 번씩 어김없이 그들 부부는 싸움을 벌였고, 한번 시작되면 몇 시간 동안이나 계속되었다.

잠이 쉬 올 것 같지 않았다. 성준은 조심스레 일어나 창문을 활짝 열고 담배에 불을 붙였다. 서늘하고 축축한 밤공기가 흘러들어 땀을 식혔다. 담배 연기를 빨아들이면서도 그는 아버지와 어머니의 다툼에 귀를 기울였다. 돈, 빚, 봉급, 은행…… 그런 말들이 드문드문 섞여 나왔다. 돈 때문이었다. 돈을 벌 생각을 않는 아버지가 어머니는 못마땅한 것이고, 도대체 돈을 벌 아무런 방법이 없는데 무작정 재촉을 하는 어머니가 아버지는 불만스러운 것이다. 왜 어머니는 아버지를 좀 내버려 두지 않는가. 일자리를 찾을 수 없는 것을 어쩌라는 것인가. 왜 아버지는 막노동판에라도 나가 돈을 벌 생각을 않는 것인가. 어째서 아르바이트 같은 일자리라도 찾아보지 않는 것인가.

담배 끊어! 어머니가 소리쳤다. 화들짝 놀라 성준은 움츠러들었다. 그러나 곧 그것이 아버지에게 하는 말이었다는 것을 깨달았다. 어머니의 말이 이내 이어졌다. 능력 없으면 못 피우는 거야. 차라리 내가 목숨을 끊었으면 좋겠지? 내가 사라져버리기를 바라는 거지? 아버지가 벽을 치며 부르짖었다. 알아서 하세요. 알아서 하시라고. 어머니의 비웃는 얼굴이 눈앞에 선했다. 아아, 제발 고만 좀 싸웠으면. 내가 도둑질이라도 해 와? 강도질이라도 해? 아이고, 답답해, 아이고, 내 속이 터져……. 어머니가 흐느껴 울기 시작했다.

아버지 어머니가 저렇게 다투는 바로 그 시간에 요상한 꿈을 꾸며 몽정을 하다니. 성준은 자신이 혐오스러웠다. 그는 공책으로 허공을 부지런히 휘저어 담배 연기를 창밖으로 내보냈다. 담배를 피운 다음에는 늘 하는 짓이었다.

나는 결코 아버지처럼 싸우지 않을 것이다. 나는 절대로 어머니처럼 싸우는 여자를 아내로 맞지 않을 것이다. 성준은 이를 악물며 다짐했다.

짐작은 할 수 있었다. 어머니는 벌써 성준의 학원비를 걱정하고 있을 것이다. 수강료를 내야 하는 날이 다가오고 있었다. 그는 아침에 일어나면 학원에 다니지 않겠다고 말하기로 마음먹었다. 혼자 공부하겠다고 말하는 것이다. 그러나 혼자 공부해도 될까. 자신이 없었다. 대학? 젠장, 내 성적으로 대학을 갈 수 있을까? 대학에 들어가지도 못할 거라면 없는 돈을 쥐어짜 학원에 갖다 바치는 것이 무슨 의미가 있는 짓인가? 낭비에 지나지 않았다. 사실 학원에 다니면서도 그의 성적은 거의 오르지 않았다……. 대학이란 윤지 같은 애들이나 가는 것이다. 공부를 잘하건 못하건 집안 형편이 넉넉한 아이들, 얼굴만 봐도 편안한 집에서 걱정 없이 사는 것이 분명한 그런 아이들. 만에 하나 그가 대학에 합격한다 해도 어머니가 등록금을 마련할 수 있을까? 어려울 것이다. 어머니가 또 어디선가 빚을 얻어 와야 비로소 가능할 것이다……. 일찌감치 포기해야 했다. 그것으로 적어도 아버지와 어머니의 걱정을 한 가지 덜어줄 수는 있지 않은가. 아니, 그렇지 않았다. 그가 대학을 포기했다고 하면 그것이야말로 아버지와 어머니에게 더 큰 걱정거리가 되고 말 것이다.

아아, 대학이 아니라 지금 당장 학교를 때려치우고 술집 종업원이라도 해야 하는 것인지도 모른다. 빵 공장에라도 들어가야 할지도 모른다. 그것이 그의 처지에 가장 잘 어울리는 일일 것이다.

아버지와 어머니가 싸우는 소리는 더 이상 들리지 않았다. 다행이었다. 그들이 싸우는 소리를 들으면 어째서 이다지 가슴이 두근거리고 화가 나고 슬프고 무섭고 걱정이 되는 것일까. 어린 나이도 아닌데. 성준은 다시 이부자리에 누웠다. 요는 축축했다. 정액이 흘러내린 부분이 젖어 있었다. 다시 수치심으로 얼굴을 붉히며 그는 휴지를 가져와 북북 문질러 그 부분을 닦았다.

내가 그녀를 사랑하는 것인가? 문득 그의 뇌리를 스친 생각이었다. 그러나 그럴 리가 없었다. 그런 여자를? 어떻게? 그가 지난 한 달 사이 종종 그녀를 떠올린 것은 사실이었다. 가볼까, 하는 생각도 했다. 아니, 사실은 그녀를 생각하지 않은 적이 없었다. 그녀의 흰 젖가슴, 그리고 나른한 어조가 시도 때도 없이 떠올라 그를 사로잡았다. 그때마다 그는 가보고 싶은 충동에 시달렸다. 그러나 왜 간단 말인가? 가서 뭘 하려고? 그 자신도 알 수 없었다.

꿈속에 나타난 용태 어머니와의 섹스가 몽정으로 이어진 것이 벌써 세 번째였다. 용태네 집에 다녀온 바로 그다음 날 시작되었다. 한 달이 채 지나지 않았는데 세 번. 늘 시작은 거울 앞이었다. 거울 앞에서 그녀가 옷을 벗고 있고, 그는 황홀경에 빠져 바라보는 것이다……. 내가 변탠가? 그는 걱정이 되었다. 제시카 알바 같은 섹시한 영화배우도 아니고, 크리스티나 아길레라나 브리트니 스피어스처럼 늘 벗고 나서는 가수도 아니고, 하다못해 국내의 흔해빠진 아이돌도 아니고, 하필이면 친구의 어머니라니? 더구나 술집을 하는.

술집을 하는 게 어때서? 성준의 어머니는 식당 주방에서 일했다. 아마 돈을 더 잘 버는 것은 용태 어머니 쪽일 것이다. 만일 그런 것도 돈을 버는 것이라 할 수 있다면 말이다. 불현듯 성준은 그녀의 이름이 궁금해졌다. 십중팔구 말자나 영자, 행자, 정숙, 그런 이름일 것이다. 어떻게 하면 이름을 알아낼 수 있을까? 한번 궁금해지자 그 생각을 뿌리칠 수가 없었다. 용태의 생활기록부를 보면 알 수 있을 것이다. 어떻게 하면 용태의 생활기록부를 볼 수 있을까?

바깥에서 코를 고는 소리가 들렸다. 어머니가 마루에 쓰러져 잠든 것이 분명했다. 아버지는 코를 골지 않았다.

어머니는 주간 당번이면 7시에 집을 나서야 했다. 24시간 영업을 하는 음식점이 어머니의 직장이었다. 김치찌개부터 자장면, 돈가스와 스테이크까지, 그곳 주방은 세상에 알려진 모든 메뉴를 만들어 내놓았다. 어머니는 야간 당번일 때는 아침에 집에 돌아오는 대로 쓰러져 코를 드르릉거리며 잠들었다. 그런 때 성준을 위해 아침밥을 짓는 일은 아버지의 몫이었다. 성준이 학원에서 돌아오면 거의 항상 어머니는 집에 없었다. 성준과 아버지는 어머니가 출근하기 전에 차려둔 저녁을 벌을 받듯 묵묵히 침울하게 먹었다. 아버지는 거의 말을 하지 않았고, 성준도 별로 할 말이 없었다.

성준은 아버지와 마주 앉기가 싫었다. 아버지가 언제부터인가 그와 함께 있는 것을 피한다는 것을 알게 되었기 때문이었다. 성준과 같이 있게 되면 그는 부끄러워하고 민망스러워했다. 말도 잘 붙이지 않았다. 그것이 성준의 눈에 너무나 확연히 드러났다. 그는 자식 앞에서 자신을 감추고 싶어 하는 것 같았다. 보이지 않는 존재가 되기를 원하는 것 같았다. 될 수 있으면 그와 마주 앉으려 하지 않았고, 될 수 있으면 입을 떼지 않으려 했다.

그런 아버지가 성준은 슬프고 버겁고 화가 났다. 아버지가 아버지일 뿐 아니라 한 사람의 보잘것없는 인간이라는 것을 발견하게 된 것은 슬프기는 하지만 꼭 나쁘기만 한 일은 아니었으나, 그 인간은 소심하고 나약하고 무력하기까지 했다. 아버지를 보면 측은해지는 것이 자식으로서 정상인지 아닌지, 성준은 궁금하기도 하고 걱정스럽기도 했다.

어머니는 직장에 가고, 성준은 학교에 가고 나면 혼자 남은 아버지는 무엇을 하는 것일까? 혼자서, 무엇을 하며 길고 긴 하루를 보내는 것일까? 성준은 그런 것을 생각하는 것만으로도 슬프고 우울했다.

무엇 때문이었을까? 성준은 잠에서 깨어났다. 깨어난 순간 그는 책상 앞에 우두커니 앉아 있는 아버지를 발견했다. 그는 깜짝 놀랐으나 일어날 수가 없었다. 방 안이 희끄무레 밝아오는 것으로 보아 새벽 5시쯤은 된 것 같았다. 잠이 순식간에 다 달아나 버렸다. 그는 눈을 가늘게 뜬 채 아버지의 등을 주시했다. 바깥에서 들려오는 어머니의 코 고는 소리는 크르르, 크르르, 여전했다. 아버지가 어째서 이런 시간에 자지 않고 그의 방에 들어와 있는 것인지 그는 알 수 없었다.

아버지가 눈물을 훔치는 것을 성준은 보았다. 성준은 금세 몸이 굳어버렸다. 몸이 짓눌리는 것 같았다. 아버지가 울고 있다……. 어째서 아버지가 내 방에 들어와서? 아버지가 숨을 죽인 채 흐느끼는 소리가 들렸다. 희미한 새벽, 으스름이 스며드는 방 안은 빛보다 그림자로 가득했고, 아버지의 구부정한 등은 그 그림자의 무게를 힘겹게 지탱하고 있었다. 숨이 막혔으나 성준은 숨소리를 낼 수 없었다. 부자연스러운 숨소리 때문에 그가 깨어났다는 것을 아버지가 알게 될까 봐 두려웠다. 어머니의 코 고는 소리가 한층 더 요란해졌다. 헉헉, 크르르, 차로 뒤엉킨 도로처럼 어머니의 호흡은 자주 교란을 일으켰다. 나오는 숨과 들어가는 숨이 뒤엉켜버리는 것 같았다.

아버지가 눈물을 손바닥으로 훔치고 후우, 한숨을 길게 내쉬었다. 그는 의자에서 일어나 조심스럽게 성준의 곁으로 다가왔다. 성준은 눈을 감았다. 벌써 새들이 날아다니며 우짖는 소리가 들렸다. 아버지의 인기척을 느끼자 성준은 조심스레 실눈을 떴다. 아버지가 방문 앞으로 다가가고 있었다. 그는 벽 앞에 멈춰 거기 붙은 가족사진을 오랫동안 들여다보았다. 성준이 아직 초등학교 다닐 때 학교 운동장에서 찍은 사진이었다. 환히 웃는 아버지와 어머니 사이에 어린 그가 앉아 눈을 찌푸리고 있었다. 일찍 일어난 사람들이 아파트 앞 주차장을 분주히 걸어가는 발소리가 들려왔다. 다시 눈물이 흐르는 듯 아버지는 얼굴을 손바닥으로 훔쳤다. 차에 시동이 걸리는 소리, 누군가가 아냐, 안 돼, 하고 외치는 소리, 이어 차가 떠나는 소리……. 아버지는 조심스레 방에서 나가 소리가 나지 않도록 살그머니 문을 닫았다. 그러나 방문은 고장 난 지 오래였다. 힘주어 끌어당기거나 힘껏 밀지 않으면 고리가 걸리지 않아 이내 비스듬히 열렸다.

성준은 긴장하여 바깥 동정에 귀를 기울였다. 부스럭거리는 소리, 방문 닫히는 소리, 어머니가 코 고는 소리, 다시 부스럭거리는 소리……. 아버지는 이 새벽에 무엇을 하는 것일까. 밥을 짓는 것일까. 아니, 어머니가 주간 당번일 때는 아침을 짓는 일은 어머니의 몫이었다. 누가 밥을 짓건, 밥 짓는 소리라면 이처럼 조심스럽고 아슬아슬하지 않았다.

성준은 조심스레 이부자리에서 일어나 방문 앞으로 갔다. 귀를 기울였다. 부스럭거리는 소리는 더 이상 들리지 않았다. 그는 문틈으로 밖을 내다보았다. 아버지가 이쪽을 등지고 현관에 쪼그리고 앉아 구두를 신고 있었다. 이 새벽에 아버지는 어디를 가려는 것일까? 아버지가 일어섰다. 그의 손에 가방이, 아니 배낭이 들려 있었다. 그는 배낭을 등에 짊어졌다. 성준은 나가서 어디 가는지 물어봐야 한다고 생각했다. 아니, 인사를 드려야 한다고 생각했다. 그러나 그는 꼼짝도 하지 못했다. 그래서는 안 될 것 같았다. 이내 아버지는 현관문을 밀고 집에서 나갔다. 바깥에서 열쇠 돌리는 소리가 들리고 발걸음이 멀어졌다.

무슨 일이 벌어진 것일까. 성준은 한동안 멍청히 서서 계단을 내려가는 아버지의 발소리를 듣고 있었다. 무슨 일이……? 그는 어머니를 깨울까, 생각해보았다. 크르르, 크르르, 어머니의 잠은 힘들고 피곤했다. 그런 그녀를 깨운다는 것은 잔인한 짓이었다. 밖에서는 새가 우짖고 개가 짖고 사람들이 주차장을 지나가며 얘기를 주고

받고 전화를 했다. 어머니는 코를 골았다. 그는 망설이고 서 있었다. 어머니를 깨워야 할까? 왜?

더 이상 잠을 잘 수는 없을 것 같았다. 성준은 책상 앞에 앉아 전등을 켰다. 반짝 전등이 켜진 순간, 머릿속이 환해지면서 그는 불현듯 깨달았다. 아버지는 집을 나갔다! 성준은 우르르 마루로 뛰어나갔다. 어머니를 깨우기 위해서였다. 그러나 그는 소파 앞에서 멈춰서서 잠든 어머니를 내려다보았다. 크르르, 크르르, 어머니는 녹슨 엔진처럼 힘겹게 자고 있었다. 아버지는 집을 나갔다…….

그는 어머니를 깨우지 않았다. 아버지가 집을 나간 것이 분명한가? 외출한 것인지도 모른다. 잠시 여행을 떠난 것인지도 모른다. 저녁이면 아무렇지 않게 돌아올지도 모른다. 도대체 무엇을 근거로 그가 집을 나갔다고 확신할 수 있는가? 성준은 아무것도 할 수 없었다.

그는 소파 밑으로 흘러내린 홑이불을 끌어 올려 어머니의 어깨를 덮어주고 방으로 돌아왔다. 아무 일도 아니다, 아무 일도 없을 것이다……. 그는 부옇게 밝아오는 창밖을 내다보며 생각했다. 어머니의 코 고는 소리가 멎어 있었다. 언제 멎었을까? 어머니도…… 혹시 이미 깨어나 아버지가 떠나는 것을 보고 있었던 것은 아닐까.

5

성준의 아버지는 그날 밤 돌아오지 않았다. 이튿날에도 돌아오지 않았다. 그는 아버지의 휴대전화에 몇 번이고 전화를 해보았다. 아버지는 받지 않았다. 한밤에 성준은 어머니가 흐느껴 우는 소리를 들었다. 그가 어머니에게 묻자 그녀는 이렇게 대답했다.

"돈 벌러 갔다."

"어디로?"

그녀는 대답하지 못했다. 그렇다. 아버지는 집을 떠났다. 아내를 버리고 자식도 버리고 사라져버렸다.

성준은 그날 새벽의 아버지가 떠오를 때마다 후회로 가슴이 미어졌다. 아버지가 현관문을 나서자마자 뛰쳐나가 그를 붙들어야 했다. 그가 어머니를 깨울 것이냐 말 것이냐를 망설이는 동안 아버지는 계단을 하나하나 내려가 집에서 멀어져갔을 것이다. 아니다, 아버지는 집을 나간 것이 아니다, 외출했을 것이다, 하고 그가 스스로를 속이는 동안에도 아버지는 점점 더 집에서 멀어지고 있었을 것이요, 그리하여 저 혼란스러운 세상 속으로, 전혀 알 수 없는 곳으로 사라져버렸다. 그가 뛰쳐나가 아파트 주차장에서, 또는 버스 정류장에서 아버지를 붙잡았다면 어떻게 되었을까? 그는 아버지가 집을 나가는 것을 뻔히 지켜보면서도 붙잡지 않았다…….

후회와 죄책감 때문에 그는 마음이 무거웠다. 집에 돌아갈 때마다 아버지가 돌아왔는지 살폈고, 늘 실망했다. 어머니는 아버지가 돌아왔는지 아닌지 아무런 관심도 없는 척하면서도 신경을 쓰는 것이 분명했다. 식당에 나가서도 전화를 하여 그에게 이런저런 쓸데없는 얘기들을 늘어놓았다. 아버지 소식을 묻지는 않았으나 어머니가 궁금해하는 것이 그것이라는 것을 성준은 알 수 있었다. 그런 때면 그는 묻지 않아도 아버지 안 오셨어, 하고 말해주었다.

어머니의 말버릇이 하나 늘었다. 죽고 싶어, 죽어버렸으면 좋겠다, 하는 것이었다. 성준은 그런 말 마, 하고 화를 냈으나 어머니는 듣는 것 같지 않았다. 사는 일이 지겹기는 성준도 크게 다르지 않았다.

서봉석이 다시 용태네 집에 다녀오라고 했을 때에 성준은 왠지 반가웠다. 그리고 두려웠다. 가야 할까. 안 가도 그만이었다. 다음

날 서봉석에게 용태는 가출했다고 말하면 되는 일이었다.

수업을 마치고 학교에서 나오면서도 성준은 마음을 결정짓지 못하고 있었다. 학원으로 가야 할까, 아니면 용태네 집으로 가야 할까? 학원은? 어머니가 어떻게 돈을 벌어 그에게 수강료를 주는지를 그는 알고 있었다. 하루 빼먹으면 수강료 중에 얼마가 손해인지 계산해본 적도 있었다. 영우가 그의 등을 쳤다.

그렇게 자연스레 성준의 목적지는 결정되었다.

"저거 윤지 아니냐?"

영우의 말에 고개를 돌린 성준은, 거기 전철 사물함에 가방을 쑤셔 넣고 있는 그녀를 발견했다.

"저거, 저거…… 또 학원 땡땡이 치고 어디 가는 거 아냐?"

그쪽으로 다가가려는 영우의 팔을 성준이 잡아끌었다. 어느새 옷을 갈아입었는지 윤지는 아까 학교에서 본 것과는 전혀 다른 차림이었다. 엉덩이에 꼭 끼는 미니스커트에 하이힐, 검정색 블라우스, 거기다 까만 핸드백까지 들고 있었다. 화장도 짙었다. 고교생 같지 않았다.

"쟤 정말 원조교제 하러 다니는 건가?"

윤지는 그들을 보지 못한 채 또각또각, 화려한 구두 소리와 함께 전철 승강장 안으로 사라졌다.

"쟤가 뭐가 아쉬워서 그런 짓을 하겠냐?"

성준이 반박하자 영우는 고개를 갸웃거리며 말했다.

"꼭 돈 때문이 아닐 수도 있지."

윤지는 학원에 결석하는 일이 잦았다. 집에는 학원에 간다 하고 나와서 엉뚱한 곳으로 돌아치는 것일 수도 있었다.

"저러고도 성적 그럭저럭 나오는 거 보면 신기하단 말이야."

그렇게 하여 공부를 얼마나 열심히 하느냐와는 상관없이 윤지는 대학에 들어갈 것이다. 성적이 좋으면 서울에 있는 대학에, 나쁘면 서울 인근의 대학에, 더 나쁘면 지방에 있는 대학에라도.

성준으로서는 결코 생각할 수 없는 선택이었다. 그는 어쩌면 경찰대학이나 육군사관학교 같은 데에 들어가야 할 것이다. 등록금이 없는 곳. 공짜로 다닐 수 있는 곳. 그러기 위해서는 성적을 올리고 올리고 또 올려, 그로서는 불가능한 수준에 이르기까지 올려야 했다.

강의실은 아이들로 빼곡했다. 대머리가 까진 학원 강사는 분필을 내던지며, 주먹으로 교탁을, 칠판을 두들기며 열변을 토했다. 관점이란 무엇이냐? 관점에 따라 사물은 전혀 다르게 이해될 수 있다. 관점에 따라 사물의 전혀 새로운 이해에 도달할 수도 있다. 관점에 따라 전혀 엉뚱한 오해에 이를 수도 있다…….

과연 그런가? 윤지, 어떤 관점으로 볼 수 있을까? 용태는 또 어떤 관점으로 볼 수 있을까? 아버지는? 어머니는? 아버지의 가출은? 용태의 가출은? 저 학원 강사는? 담임 서봉석은? 학교는? 그리고 용태의 어머니는? 아아, 친구 어머니와 섹스를 하는 꿈을 꾸며 몽정을 하는 그 자신은?

강의가 끝나자 다시 망설임이 성준을 기다리고 있었다. 집으로 갈 것인가, 용태네 집으로 갈 것인가? 그는 영우에게 용태네 집에 같이 가자고 권해보았다. 용태 어머니가 파전도 해주고 라면도 끓여줄 거야. 막걸리도 얻어먹을 수 있을 거야. 그러나 영우는 고개를 저었다.

"우리 엄마가 학원 앞에서 차 세워놓고 기다리고 있어."

가지 않아도 그만이다, 하고 되뇌면서도 성준은 전철에 올랐다. 마을버스를 타고 내려 늦봄길로 들어서면서 그가 기대한 것은 맛있는 파전과 라면이었을까? 아니면 꿈속에서 본 그녀의 희디흰 젖가슴이었을까?

훤히 불을 밝힌 평양주점에는 이번에는 손님들이 네댓 앉아서 떠들썩하게 막걸리와 소주를 마시고 있었다. 화장을 한 용태 어머니의 모습은 지난번 보았을 때와는 딴판이었다. 화려하고 예뻤다. 용태 나이의 자식을 둔 여자로는 보이지 않았다. 꿈속의 그녀가 떠올라 성준은 혼자 얼굴을 붉혔다.

그를 발견하자 용태 어머니는 아, 하더니 그를 방으로 안내했다. 잠깐만 들어가 기다려. 여전히 나직하고 맥없는 음성으로 그녀는 말했다. 그녀가 젖가슴을 움켜쥐고 거울을 바라보고 있던 방, 그의 꿈속에 몇 번이나 나타난 바로 그 방이었다. 성준은 자신이 그 방을 그리워했다는 것을 비로소 깨달았다. 어째서? 아니, 그가 그리워한 것은 이 방이었을까, 그녀였을까?

형광등 불빛 아래 누추한 살림살이가 드러났다. 낡은 옷장, 옷걸이에 주렁주렁 매달린 옷들, 배가 불룩한 텔레비전과 카세트, 바닥에는 재떨이와 걸레와 양말이 뒹굴고 한쪽에는 여전히 이부자리가 깔려 있었다. 이 냄새, 이것은 화장품 냄새인가? 깔깔, 용태 어머니가 웃음을 터뜨렸다. 손님의 너털웃음 소리도 들려왔다. 장 마담, 여기 좀 앉아봐. 같이 한잔하자니까. 속 차리서, 사장님. 집에 여우같은 마누라가 기다리잖아. 용태는 저런 소리들을 매일 밤 들었을 것이다……. 그녀는 장 마담이었다. 내가 그녀를 장 마담이라 부르면 그녀는 뭐라 할까. 만일 용태가 보면 그는 뭐라 할까.

용태 어머니가 라면을 들여다 놓았다.

"이거 먹고 잠깐만 기다려. 저 인간들이 안 가네."

성준은 먹었다. 이번에는 라면과 김치뿐, 파전은 없었다. 그는 라면을 뜨고도 방바닥에 우두커니 앉아 기다렸다. 왜 기다리는 것인지, 무엇을 기다리는 것인지 그 자신도 알지 못했다. 그는 한마디만 전하면 그만이었다. 담임선생님이 가보라고 했다. 용태는 어찌된 것이냐? 그러나 우스운 일 아닌가. 그는 용태가 어찌된 것인지 이미 알고 있었다. 그러니까 그는 애당초 이곳에 올 필요도 없었다.

성준은 며칠 전 어머니에게 학원에 가지 않겠다고 말했다. 어머니는 쓸데없는 소리 말고 공부나 열심히 하라고 소리쳤다. 그는 공부하고 싶지 않다고 맞받아 소리쳤다. 그럼 뭐 할래? 뭐 해서 먹고

살래? 어머니가 추궁했다. 글쎄, 뭘 해야 할까. 어디 취직을 해야겠지. 인문계 고등학교를 나와 어디 취직할 자리를 찾을 수 있을까? 막막한 노릇이었다. 빵 공장에 들어가겠다고 그는 대답했다. 어머니는 코웃음을 쳤다. 빵 공장? 그러나 그것은 한때 성준이 소망하던 일이었다. 빵 가게를, 아니면 제과점을 하는 것이다. 온종일 달콤한 빵과 과자 냄새 속에서 사는 것이다. 청양고추 과자도 만들어보고 깻잎 빵도 만들어보는 것이다. 우거지 식빵은 어떤가? 된장 크로켓이나 상추 바게트는? 팔다 남은 빵이나 과자는 가난한 이웃이나 고아원 같은 데 나눠주는 것이다……. 어쩌면 아버지와 함께 빵 가게를 할 수도 있을 것이다……. 어머니는 낙오자 같은 소리 말라고 소리쳤다. 넌 대학에 들어가야 해. 알았어? 대학 들어가는 것 외에는 아무것도 생각할 필요 없다고 어머니는 강조했다. 니 아비가 대학 나왔으면 저 지경은 아닐 거다. 그것은 성준에게는 가출한 아버지의 등에 못질을 하는 소리처럼 들렸다.

그는 아버지가 사라지던 날 새벽에 무엇을 목격했는지를 어머니에게 차마 말하지 못했다. 말할 필요가 있을까. 아버지는 흐느끼고 있었다……. 아아, 사나운 어머니. 오죽하면 아버지가 집을 나갔을까. 나는 결코 사나운 여자와 결혼하지 않을 것이다……. 용태 어머니, 아니, 장 마담은 사나울까? 얼마나 사나울까?

방문이 열렸다. 용태 어머니가 마루에 걸터앉아 담배를 붙여 물었다. 지친 몸짓, 성준은 알고 있었다. 그의 어머니도 저렇게 짐을 부리듯 몸을 함부로 내던지고 앉았다.

"대접이 소홀해 미안하다. 성준이라고 했지?"

담임선생이 가보라고 했다고 그는 말했다.

"이놈을 찾아볼 만큼 찾아봤는데……."

그녀의 얼굴이 발갛게 달아올랐다. 취한 것일까.

"너 담배 피우냐?"

성준은 대답하지 않았다. 그녀가 담뱃갑을 방 안으로 휙 던졌다.

"피워. 괜찮다. 그놈은 나랑 맞담배 피웠다."

라면을 먹고 나서 담배 생각이 간절하던 참이었다. 그는 용기를 내어 담배를 꺼내 불을 붙였다. 방구석에서 재떨이도 찾아 가져다 놓았다.

"너 얼굴이 왜 그 모양이냐? 무슨 일 있었어?"

아버지가 가출했다. 그러나 그런 얘기를 할 필요는 없었다. 그녀는 마루 끝에서 사라졌다가 술상을 들고 돌아왔다. 막걸리와 삶은 돼지고기, 마늘과 고추와 채소 따위가 상에 놓여 있었다. 한잔 먹자. 지친 몸짓으로 그녀는 상 앞에 앉아 막걸리를 따랐다. 성준은 마셨다. 그녀가 또 술을 따랐다. 성준은 또 마셨다. 담배도 또 피웠다. 장 마담에게도 술을 따라주었다.

"용태는 왜 가출한 거예요?"

그가 묻자 그녀는 길게 한숨을 내놓고 고개를 들어 방 안을, 그리고 술청을 둘러보았다.

"이 꼴 봐라. 살기가 심란했겠지."

그렇다. 성준은 용태의 마음이 되어 술청에서 들려오는 소리들을 한참 동안 듣고 앉아 있었다. 성준이라면 아마 술집 때려치우라고 요구했을 것이다. 용태도 그랬을까. 때려치우면 어떻게 먹고살건데? 장 마담은 반박했겠지. 뭘 해선들 못 먹고살겠어? 뭘 한들 이보다 못하겠어? 용태의 항변이 들리는 것 같았다.

"부모님은 다 계시냐?"

성준은 머뭇거렸다. 계셨다. 적어도 며칠 전까지는. 그가 대답하지 않자 그녀는 마음대로 추측하는 것 같았다.

"어머니랑 사는구나. 식구들은 몇이나 되는데?"

그는 둘이라고 대답했다. 어머니가 일하시는구나. 무슨 일? 성준은 머뭇거렸다. 말할 필요는 없다. 그러나 그는 말하고 있었다. 식당에서 일해요. 장 마담이 멀거니 그를 쳐다보다가 손을 뻗어 그의 뺨을 어루만졌다. 그래서 얼굴이 어두운 거냐……. 그녀의 손은 따뜻하고 부드럽고…… 김치 냄새가 났다. 한 잔 더 해라. 넌 공부는 잘하냐? 학원도 다니고? 어미 하는 일 너무 부끄러워 마라. 먹고는 살아야 할 거 아니냐. 먹고살려면 무슨 일이건 해야 할 거 아니냐. 세상 사는 길이 한두 가지만 있는 게 아니다. 천 가지 만 가지다. 지금 어미 사는 게 못마땅하면 넌 그렇게 살지 않으면 된다……. 그녀는 마치 용태를 타이르듯 천천히 한마디씩 내놓았다. 그동안 성준은 막걸리를 마시고 또 마셨다. 어머니는 야간 당번이었다. 내일 새벽에야 돌아올 것이다. 돌아오면 고꾸라져 잠들 것이고, 그는 잠에서 깨어나 잠든 어머니를 잠시 내려다보고 학교로 갈 것이다······.

"아버지는 어떻게 되셨는데?"

성준은 이번에는 머뭇거리지 않았다. 어느 누구에게도 할 수 없었던 말들이 걷잡을 수 없이 쏟아져 나왔다. 집을 나갔다. 일주일쯤 됐다. 옛날엔 자전거 공장에 다녔으나 회사가 망한 뒤부터 몇 년째 아무 일도 하지 못했다. 새벽에 혼자 내 방에 찾아와 눈물 흘리고 흐느끼고······ 그렇게 집을 나가버렸다······. 나는 아버지를 붙잡지 않았다. 붙잡을 수도 있었는데 붙잡지 않았다. 왜? 모르겠다. 왜 내가 붙잡지 않았을까······. 도대체 왜? 찔끔 눈물이 비어져 나왔다. 대학? 나는 대학에 갈 수 없을 것이다. 내 성적으로 갈 수 있는 대학은 기껏 지방에 있는 삼류 대학 정도다. 등록금만 비싸고 아무것도 배울 게 없는 그런 대학. 뭐하러 그런 대학에 다니겠는가? 어머니의 그 안타까운 돈을 갖다 바치고 그따위 대학을 다닐 수는 절대로 없다······. 눈물이 줄줄 흘러내렸다. 이런 얘기를 늘어놓고 있는 자신이 참으로 이상하다는 것을 그는 전혀 의식하지 못했다. 장 마담은 가끔 손을 뻗어 그의 눈물을 닦아주었다. 울지 마라. 그래, 실컷 울어라. 나도 용태란 놈 혼자 키웠다. 먹고사느라 음식 장사를 시작했는데 술손님 뿌리칠 수 없어 장사하다 보니 이리 됐다.

언제 잠이 든 것일까. 장 마담이 그를 깨우고 있었다. 일어나. 집에 가야지. 엄마 걱정하시겠다. 그러나 그는 일어설 수 없었다. 다리가 떨리고 머리가 아팠다. 그는 다시 쓰러졌다. 자고 싶을 뿐 아무 생각도 나지 않았다.

그가 다시 깨어난 것은 두어 시간이 흐른 뒤였다. 입안이 바짝 말라 있었다. 방 안은 어두컴컴했다. 전등은 꺼졌으나 바깥으로부터 불빛이 희미하게 흘러 들어왔다. 그의 옆에, 한 뼘쯤 떨어진 자리에 누군가 누워 있었다. 용태 어머니였다. 그는 놀라 벌떡 일어나 앉았다. 그는 자신이 속옷 바람이라는 것을 발견하고 다시 한 번 기겁을 했다. 여기에서 이렇게 잠이 들다니. 어이가 없었다. 막걸리를 함부로 퍼마신 기억이 났다. 운 기억도 났다. 겁이 나고 부끄럽고 두려웠다. 어머니, 어머니는…… 다행히 야간 당번이었다. 장 마담은 깊이 잠든 듯 보였다. 숨소리가 들려올 뿐 아무런 기척이 없었다.

성준은 목이 말라 참을 수가 없었다. 그는 방 안을 두리번거렸다. 냉장고가 마루 끝에 놓여 있었던 것이 생각났다. 그는 소리를 죽여 방문을 열고 나가 더듬더듬 냉장고를 찾았다. 차가운 물을 벌컥벌컥 한참 동안 들이켰다. 어떻게 해야 하는 것일까. 도대체 몇 시쯤이나 되었을까. 언제 옷을 벗어 던져 속옷 바람이 된 것일까. 머리가 깨어질 듯 아팠다. 주는 대로 넙죽넙죽 막걸리를 퍼마신 것이 후회스러웠다. 술청 안을 두리번거리다가 그는 벽시계를 찾아냈다. 희미한 빛 속에서 시간을 읽기 위해 그가 애를 쓰고 있을 때 돌연 몇 시냐, 하는 소리가 들렸다. 성준은 화들짝 놀랐다. 12시 반이라고 그는 대답했다. 깨어난 것일까, 아니면 아예 잠들지 않았던 것일까 들어와. 더 자라. 전철 다니기 시작하면 내가 깨워줄 테니까. 성준은 방 안으로 들어갔다. 머뭇머뭇 이부자리에 앉으며 그는 말했다.

"죄송합니다. 제가 이런 실수를……."

"괜찮다. 잠이나 더 자. 너라도 옆에 있으니 내가 마음이 좀 덜 고달프다."

장 마담이 다가와 그의 머리를 끌어안았다. 얼결에 그는 그녀의 품에 안겼다. 장 마담은 잠옷 차림이었다. 아버지 너무 걱정하지 마라. 돈 벌면 돌아오실 거다. 세상 살기가 어른들만이 아니라 너희한테도 만만한 일이 아니구나. 살다 보면 더한 일도 겪어야 한다. 마음 약해지면 안 된다. 약해지면 어느 귀신이 물어 갔는지도 모르게 낭떠러지로 떨어져버린다……. 그러나 성준에게는 그녀의 말이 온전히 귀에 들어오지 않았다. 그녀의 젖가슴이 그의 뺨에 닿아 있었다. 향긋하고 따뜻하고 야릇한 살냄새에 그는 금세 몽롱히 취해버렸다. 꿈속에서 벌어진 일과는 많이 달랐다. 꿈속에서는 그들은 만나면 다음 순간 벌거벗었으니까.

"나는 요새 통 잠을 못 잔다. 니 덕분에 아까 잠깐 잤다. 얼마 만인지 모르겠다, 그리 편히 잔 게."

그녀의 어조는 조용하다기보다 아예 힘이 하나도 없었다. 처음 그녀를 만났을 때도 그랬다. 말에도 에너지가 있다는 것을 그는 국어 시간에 서봉석으로부터 배웠다. 말의 내용도 중요하지만 그 말에 담긴 에너지도 타인들과의 의사소통에서 중요한 역할을 한다. 전철의 안내 방송, 또는 전화에서 들려오는 에이알에스 응답, 그런 것이 귀에 선명히 들리지 않는 이유, 에너지가 부족하거나 왜곡되어 있기 때문이다. 그러나 장 마담의 말에서는 심지어 아무런 에너지도 느껴지지 않았다. 그녀의 말은 그렇게 무력하고 그렇게 나직했다. 우리 아들놈은 어쩐다냐. 어디서 뭘 하고 다닌다냐, 지금. 한숨을 내쉬며 그녀는 더욱 힘껏 그를 끌어안았다. 용태가 겉으로는 강한 것 같아도 속은 너무 착하고 약해빠졌다. 넌 그러면 안 된다. 약한 놈들이 도망가는 거다. 넌 그러지 마라…….

성준은 숨이 자꾸만 가빠왔다. 그 가쁜 숨을, 그 가쁜 숨의 의미를 그녀가 눈치챌까 봐 두려웠다. 달아나고 싶었다. 그녀의 가슴을 만지고 싶었다. 그녀의 품에서 벗어나고 싶었다. 뺨에 닿은 그녀의 젖가슴 속으로 파고들고 싶었다. 그렇게 될까 봐 두려웠다. 움켜쥐고 싶었다. 충동적으로 그런 짓을 저지르게 될 것만 같아 그녀로부터 멀리 떨어져 있고 싶었다. 그녀가 그를 놓아줄까 봐 두려웠다. 셰익스피어의 대사를 그는 비로소 이해할 수 있었다. 내 손이 하는 일을 내 입술이 할 수 있도록 허락해주오.

얼마나 지났을까. 그녀는 잠들었다. 고른 숨소리, 달착지근한 술 냄새, 그리고 훨씬 달콤해진 살냄새가 흘러나왔다. 이내 온 방 안이 그녀의 달콤한 살냄새로 가득해졌다. 그 황홀한 냄새 속에서 성준은 어느새 평온히 잠들었다.

6

이상한 일이었다. 그날 이후 장 마담은 더 이상 꿈속에 나타나지 않았다. 오늘은 꼭 그녀를 꿈속에서 만나야지, 하고 마음먹어도 그녀는 보이지 않았다. 그런 날일수록 전혀 아무런 꿈도 꿀 수 없었다. 그런 자신이 멍청하게 여겨져 그는 미안했다. 자신에게, 그리고 그녀에게. 그것이 정상적인 반응인지 아닌지마저 알 수 없었다.

그녀를 생각할 때마다 성준은 혼란스러웠다. 그녀는 용태 어머니인가 장 마담인가? 아니면 그와 꿈속에서 만나기만 하면 과감하게 섹스로 돌입하는 그의 연인인가? 그에게 그녀는 이 세 얼굴을 모두 지니고 있었다. 그 세 얼굴은 부분적으로 겹치고 분리되었다. 그의 생각과 욕망과 꿈 속에서 그녀는 변신하고 또 변신하였다. 그림 속의 정물처럼 아무런 상관 없는 친구의 어머니인가 하면, 캄캄한 귀신의 소굴로 그를 이끄는 위험한 충동이었고, 어느새 호세의 카르멘처럼 요염한 그의 연인이 되었다.

날이 갈수록 그녀의 변신은 더욱 과감해졌다. 그녀는 용태 어머니로부터 점점 더 멀어져, 그의 비밀스러운 연인에 가까워졌다. 어느 누구에게도 말할 수 없고, 때로는 그 자신에게도 숨겨야 하는 연인이었다. 아아, 내가 변태인가? 이 욕망은 비정상적인가? 그는 몇 번이나 스스로에게 물어보았으나 어떠한 답도 얻을 수 없었다.

그녀를 생각할 때마다 용태 어머니, 하고 떠오르는 것이 그는 거북했다. 그렇다면 그녀를 뭐라 불러야 할까? 장 마담? 그것은 못마땅한 호칭이었다. 술꾼들이 술집 여자를 부르는 호칭이 아닌가. 그녀는, 적어도 성준에게는, 술집 여자가 아니었다. 그렇다면 그녀를 뭐라 불러야 할 것인가? 그는 그녀의 이름을 알지 못했다. 연인의 이름을 알지 못하는 그는 어리고 무력한 사내였다. 그가 지닌 것은 불덩이처럼 뜨거운 욕망, 그것뿐이었다.

미즈 장. 돌연 떠오른 호칭이었다. 미스도 미시즈도 아닌 미즈 장. 그렇다. 성준은 그 호칭이 마음에 들었다.

그는 미즈 장의 달착지근한 살냄새, 숨 냄새를 잊을 수 없었다. 다시 그 자리로 돌아가고 싶었다. 다시 기회가 온다면 그는 좀 더 과감해질 수 있을 것이라고 생각했다. 용기를 내어 그녀의 젖가슴에 입술을 묻을 수 있을 것이다. 어쩌면 미즈 장은 그가 그렇게 해주기를 기대했는지도 모른다…….

이것은 사랑인가? 성준은 고개를 저었다. 사랑이라니. 그렇게 나이 많은 여자를. 아니면? 성적 욕망에 지나지 않는 것인가? 젠장, 하필 친구 어머니에게? 사랑이건 욕망이건 그는 미즈 장의 생각에서 헤어날 수가 없었다. 사랑이건 욕망이건 아무 상관 없었다. 그는 그녀를 보고 싶었다. 그녀를 다시 보기 위해서라면 무슨 짓이라도 할 수 있을 것 같았다.

그는 윤지에 대해 비로소 초연해진 자신을 발견했다. 그녀는 철딱서니 없는 어린아이에 불과했다.

윤지는 그 무렵 아주 가끔 학원에 나타났다. 학원에 등록한 이유는 부모를 속여 시간을 얻기 위해서인 것이 분명해 보였다. 전철 사물함 앞에서 본 그런 차림은 더 이상 볼 수 없었다. 가끔 학교에서 스쳐 가는 그녀의 안색은 초췌하고 어두웠다. 얼굴이 눈에 띄게 야위는 것 같았다.

영우는 그것을 보고 돌연, 저거, 저거 임신한 게 틀림없다, 하고 단언하여 그를 놀라게 했다. 성준은 묵살해버렸으나 영우는 늘 그렇듯 제 상상 속에서 앞으로 벌어질 온갖 일들을 예측했다. 머지않아 우리 학원 화장실에 갓난아기가 버려졌다는 신문 기사가 나올 거다. 아니면 고덕역 전철 화장실에. 낙태 수술도 있는데? 성준이 묻자 영우는 고개를 저었다. 쟨 그런 용기가 없어. 낙태 수술할 용기는 없고 아기를 화장실에 버릴 용기는 있단 말인가? 성준이 추궁하자 영우는 반문했다. 그런 걸 왜 나한테 물어보냐? 쟤한테 가서 직접 물어봐.

성준은 학원 수업이 끝나자 빈 강의실을 찾아 들어갔다. 두 명의 학생이 먼저 들어와 서로 멀찍이 떨어진 자리를 차지하고 앉아 공부에 열중하고 있었다. 성준도 그들과 될 수 있는 한 멀리 떨어진 책상에 자리 잡았다. 영어 단어를 외우고 또 외웠다. 잘 암기되지 않는 단어는 문장을 통째로 외웠다.

문이 열리고 윤지가 들어왔다. 그녀가 공부를 하기 위해 빈 강의실을 찾아 들어왔다는 것이 잠시 놀라웠다. 그녀는 출입문 바로 앞에 자리 잡고 앉아 책을 꺼냈다. 성준이 고개를 들어 살필 때마다 그녀는 꼼짝도 않고 그린 듯한 자세로 책을 들여다보고 있었다.

한 학생이 자리를 뜨고 이어 또 다른 학생도 나갔다. 강의실에는 이제 성준과 윤지만이 남았다. 신경을 쓰지 않으려 했으나 자꾸 그녀에게 눈길이 갔다. kowtow, kotow, 고두(叩頭), 절, 아부하다, 빌붙다, 고두, 절, 아부하다, 빌붙다……. 공책에 단어들이 빼곡했다. 아아, 평생을 사는 동안 kowtow나 kotow 같은 단어를 쓸 날이 언젠가 한 번이라도 있기나 할까. 그러나 외워야 했다. 무작정 외워야 하는 것이다. 언제 벼락처럼 이놈의 단어가 나타나 그의 수능 점수 2점, 혹은 3점을 빼앗아 달아날지 알 수 없으니까. 그것은 불공정한 승부 같았지만 일상의 승부였다. 어째서 불공정한 승부가 일상의 승부가 되었을까? 상관할 필요가 없었다. 그런 것은 시험에 나오지 않으니까. kowtow, kotow, 고두, 절, 아부하다, 빌붙다, 고두, 절, 아부하다, 빌붙다…….

초등학교 때 성준과 윤지는 같은 학교에 다녔다. 3학년과 5학년 때는 같은 반이었다. 그때만 해도 성준 아버지가 아직 직장에 다녔고, 그래서 집안에 별스러운 걱정거리는 없었다. 어머니는 상냥했고 비가 내리면 우산을 들고 학교 앞까지 와서 기다려주었다. 가끔은 윤지 어머니와 성준 어머니가 나란히 서서 그들에게 급식을 해준 적도 있었다. 윤지는 잊었을까? 그들이 손을 마주 잡고 앉아 영화를 본 날을.

성준은 책을 정리하고 일어났다. 윤지에게 신경이 쓰여 더 이상 공부가 될 것 같지 않았다. 빈 공간에 그녀의 호흡의 파장이 물결처럼 떠밀려 오는 것이 느껴졌다. 학원을 나온 그는 느릿느릿 전철역을 향해 걸었다. kowtow, kotow, 고두, 절, 아부하다, 빌붙다, 고두, 절, 아부하다, 빌붙다……. 고등학교를 졸업하면 그 순간 그따위 단어는 더 이상 깨끗이 잊어버려도 무방할지 모른다. 어쩌면 그가 외우는 모든 것들이 그럴지도 모른다. 그러나 일단은 암기해야 하는 것이다. 집까지는 전철역으로 두 정거장이었다. 어머니는 또다시 야간 당번이었다. 야간 당번이 피곤하기는 하지만 돈을 두 배로 받을 수 있기 때문에 그녀는 차례가 오면 회피하지 않았다. 야간 당번인 사람이 갑자기 일이 생겨 당번을 해줄 것을 부탁하면 그녀는 기꺼이 떠맡았다. 성준은 텅 빈 집으로 돌아가 혼자 라면이라도 끓여 먹어야 할 것이다. 김치와 라면과 텅 빈 집과 거기 떠도는 아버지의 한숨과 어머니의 한숨과…….

아버지는 전혀 소식이 없었다. 어디에서 무엇을 하여 돈을 번다는 것일까. 집에 있으면서도 구할 수 없었던 직장을 집을 나가서 어떻게 구하겠다는 것일까. 왜 연락 한번 하지 않을까. 그에게 문자한번 보내줄 여유조차 없는 것일까. 아니면 그는 어머니를 혐오하듯 성준마저 혐오하는 것일까. 아아, 그는 자신을 거북해하는 아버지가 불편하고 싫었다. 그는 아버지답지 못했다. 성준은 아들다웠는가? 아마…… 그렇지 못했을 것이다.

전철에서 내려 역을 빠져나오다가 불현듯 그는 두려움에 사로잡혔다. 아버지는 어딘가 깊은 산에 들어가…… 죽어버린 것은 아닐까. 성준은 혼자서 깜짝 놀라 으으, 신음 소리를 냈다. 그런 일은 없을 것이다, 절대로 없을 것이다……. 그러나 아버지는 흐느끼고 있었다……. 제기랄, 제기랄. 그는 투덜거리며 발을 옮겼다. 한 걸음 한 걸음 내딛는 발걸음이 땅속으로 끌려드는 계단을 내려가는 것 같았다.

눈앞에 윤지가 서 있었다. 안녕, 하고 그녀가 먼저 인사를 건넸다. 그도 얼결에 인사를 했다. 그녀의 얼굴은 부자연스럽게 말쑥했다. 금방 울다가 눈물을 닦아낸 얼굴 같았다. 그들은 플라타너스와 은행나무가 늘어선 거리를 나란히 걸었다. 그가 학원을 나서는 것을 보고 윤지도 곧 학원을 빠져나온 것 같았다.

자정이 가까워오는데도 거리는 전혀 한산하지 않았다. 드문드문 문을 닫은 상점들 사이사이 노래방과 술집, 음식점 들이 아직 불을 밝히고 거리로 음악과 음식 냄새를 쏟아냈고, 술집을 찾아 헤매는 사람들, 손을 마주 잡은 연인들, 더위를 피해 산책을 나온 동네 사람들, 그리고 성준이나 윤지처럼 학원에서 귀가하는 학생들이 오갔다. 편의점 앞은 특히 젊은이들로 붐볐다. 시장기를 달래기 위해 고등학생들이 김밥이나 컵라면을 들고 드나들었다.

아파트가 있는 길목으로 들어서면 길가에 작은 공원이 있었다. 야산 밑에 작은 운동장이 있고, 가장자리에는 벤치들이 여기저기 놓이고 약수물이 나오는 수도가 있고, 나무들이 우거진 곳이었다. 주민들은 배드민턴을 치거나, 약수물을 마시거나 물통에 담아 집으로 가져가기도 하고, 젊은이들은 농구를 하기도 했다. '느티나무 공원'이라는 표지가 공원 입구에 서 있었다.

"우리 여기 잠깐 앉았다 가자."

윤지의 말이었다. 그들은 공원 안으로 들어갔다. 가로등 몇이 밝히는 컴컴한 운동장에서 젊은이들 넷이 농구를 할 뿐, 공원은 한적했다. 윤지는 구석진 쪽으로 자꾸 걸어 들어갔다. 야산으로 올라가는 계단 바로 앞 벤치에 이르러서야 그녀는 멈춰 섰다. 우람한 느티나무 한 그루가 벤치 앞에 높다랗게 서 있을 뿐, 벤치 뒤쪽 야산에는 미루나무들이, 그 너머에는 소나무들이 줄지어 늘어서 있었다.

그들은 벤치에 나란히 앉았다. 두 사람 사이에 학교, 학원, 교사들에 대한 이야기들이 드문드문 오갔다. 그러나 그들 사이에는 할 말이 별로 많지 않았다. 그들의 침묵 사이로 바람이 설핏 불어와 스쳐가고, 높다란 미루나무 잎사귀들이 한들한들 허공에 손짓을 했다.

"학교에서 나에 대한 소문이 이상하지?"

그녀가 갑자기 물었다. 성준은 당황했다.

"신경 쓰지 마."

기껏 나온 말이 그런 것이었다. 그런 대답밖에 할 수 없는 자신이 못마땅했다. 무책임한 말이었다. 그녀에 대한 소문은 신경 쓰지 않아도 무방한 수준이 아니었으니까. 한참 동안 그녀는 말이 없었다. 돌연 윤지의 뺨에서 눈물이 주르르 흘러내렸다. 성준은 당황했다. 웬일일까. 정말 임신이라도 한 것일까. 그는 진정 걱정이 되기 시작했다. 그는 흘끗 그녀의 아랫배를 훔쳐보았으나, 그것으로 알아낼 수 있는 것은 아무것도 없었다.

"니 생각에도 내가 원조교제 하러 다니는 것 같아?"

그는 그런 소문 한 번도 믿어본 적 없다고 대답했다. 서글펐다. 어린 날 그녀의 흰 이마는 꿈 같았고, 그녀의 말간 볼은 솜사탕 같았다. 이제 그녀의 뺨은 홀쭉한 것이 바람 빠진 공 같았다. 탄력도 꿈도 솜사탕도 거기에는 없었다. 왜 이리 되고 만 것일까.

"내가 임신도 하고 낙태도 하고, 그런 아이인 것 같아?"

그는 이번에도 아니라고 대답했다. 정말 그는 그런 소문은 믿고 싶지 않았다. 누군가 그런 얘기를 할 때마다 늘 윤지가 그럴 리 없다, 하고 생각했다. 그러나 점점 자신이 없어졌다. 그녀가 무슨 짓을 하고 다니는지 그가 무슨 수로 알겠는가.

"죽어버렸으면 좋겠어."

하고 그녀는 말했다. 여기서 또 이런 말을 들어야 하다니. 성준은 알 수 없이 화가 났다. 어머니가 생각났고, 아버지가 생각났다. 가출한 용태와 미즈 장이 생각나고…… 그렇다. 머지않아 미즈 장도 그렇게 말할지 모른다. 죽어버렸으면 좋겠어……. 도대체 용태는 어디를 헤매고 다니는 것일까. 또 아버지는?

"그런 소리 마. 나라고 문제 없는 줄 아냐?"

그는 아버지의 가출에 대해 얘기해줄 수도 있었다. 윤지에게 위로가 된다면 기꺼이 할 수 있었다. 그러나 정말 그런 얘기가 위로가 될까. 윤지와는 언제 다시 남남이 되어버릴지 모르는 사이일 뿐이었다. 아니, 이미 남남에 지나지 않았다.

"너무…… 힘들어."

윤지는 훌쩍이며 눈물을 삼켰다. 성준은 그녀를 달래기 위해 무슨 말을 해줘야 할지 궁리에 궁리를 거듭했다. 아무 말도 생각이 나지 않았다. 할 말이 생각나지 않은 채 마음만 불편하고 조급해졌다.

한동안 그들은 묵묵히 앉아 있었다. 탕탕, 농구공 튀는 소리는 명랑했고, 바람은 아무 걱정 없다는 듯 한가하게 나무들 사이를 유영했으며, 서늘하게 식은 대기가 그들의 이마를 적셨으나, 윤지는 여전히 훌쩍거렸고, 성준의 마음은 슬프고 무겁고 불안했다. 도대체 윤지에게 무슨 일이 벌어지고 있는 것일까.

침묵이 견디기 힘들었으므로 성준은 뚜벅 말했다. 「판타지아 2000」. 윤지가 웃었다.

"나도 기억해."

윤지 아버지가 그들 둘을 극장에 데려간 적이 있었다. 윤지와 성준은 나란히 앉아 영화가 시작되기를 기다렸다. 불이 꺼지자 윤지의 손이 꼬물꼬물 다가와 성준의 손을 잡아 쥐었다. 윤지 아버지가 어째서 그들 둘에게 영화를 보여주게 되었는지는 기억나지 않았다.

"너무 지루했어."

성준은 지루하지 않았다. 처음부터 영화 같은 것은 보지 않았으니까. 꼬물거리는 그녀의 작은 손에 그의 심장이 놓인 것 같았다. 텔레비전 방송국의 아나운서가 되고 싶었던 윤지와 제과점의 빵장이가 되고 싶었던 성준은 영화가 끝나기까지 땀에 젖은 손을 놓지 않았다.

윤지는 나중에 그 영화를 디브이디로 다시 보았다. 성준도 작년에 그 영화를 다시 보았다. 그들의 눈이 잠시 서로의 얼굴에 머물렀다. 서로의 얼굴에서 그들은 어린 시절 서로의 모습을 찾았다.

내가 널 좋아했었지. 그가 말했다. 나도. 그녀가 말했다. 그런데 어느 날부터인가 그들은 멀어졌다. 초등학교를 졸업하고 서로 다른 중학교에 다니기 시작하면서부터였을까. 같은 고등학교로 진학하게 되어 다시 만났을 때 성준은 그녀와 다시 친밀한 관계로 되돌아갈 수 있으리라고 기대했다. 그러나 윤지는 그를 애써 멀리하려는 듯 보였다. 하교 때에 교문에서 우연히 마주쳐도 그녀는 나 이쪽으로 가야 해, 하고 멀어져갔다. 그쪽이란 전혀 그녀의 집과는 동떨어진 방향이었다. 성준은 그녀가 그를 밀어내고 있다고 느꼈다. 오래지 않아 그녀에 대한 괴상한 소문이 퍼지기 시작했을 때 그는 남몰래 슬픔과 두려움과 배신감에 시달렸다.

"무슨 소문이 돌아도…… 성준아, 넌 날 믿어야 해. 다 거짓말이야. 우린 친구잖아."

우리는 친구인가? 언제부터 다시? 성준은 믿겠다고 말하면서도 걱정이 되었다. 얼마 전 전철 사물함 앞에서 미니스커트 차림으로 가방을 쑤셔 넣고 있던 그녀의 모습이 떠올랐다.

"너 무슨 일 있는 거 아니야?"

그녀는 고개를 저었다.

"난 지금 아주 많이 행복하고…… 너무나 두려워."

많이 행복하고 너무나 두렵다……. 그 사이의 모순을 성준은 정리하기 힘들었다.

"난 이겨낼 거야. 이겨낼 수 있어. 이겨낼 수 있을 거라고 말해줘, 성준아."

무슨 일인지도 모르면서 어떻게 그런 말을 해달라는 것인가.

"좋은 일이야. 아주 좋은 일……."

그리고 두려운 일이었다. 도대체 그런 일이 무엇일까. 그녀는 다시 울컥 눈물을 쏟았다.

"무서워, 성준아. 내가 이겨낼 수 있을까……."

무엇인가 새까만 짐승 한 마리가 순식간에 운동장을 가로질러 그들의 벤치 앞으로 다가왔다. 짐승은 그들을 발견하자 잠깐 날카롭게 일별(一瞥)을 던지고, 이내 훌쩍 몸을 날려 숲 속으로 사라졌다. 순간적인 일이어서 그들은 미처 그것이 고양이인지 뭔지 알아볼 틈도 없었다. 저거 봤어? 윤지가 물었다. 고양이야? 고양이 같았다. 성준이 본 것은 시퍼렇게 날카로운 그 짐승의 일별뿐이었다.

동네에는 길고양이들이 무수했다. 사람들의 눈을 피해 아파트 쓰레기통을 뒤지고, 한밤이면 차 밑에서 불쑥 튀어나와 행인을 놀라게 했다. 깊은 밤, 처참하게 울어대며 짝을 찾는가 하면 사납게 울부짖으며 오랫동안 싸움질을 벌이기도 했다. 결코 사람 가까이 오지 않았다. 사람들의 영역은 따로 존재하고, 바로 그 자리지만, 그러나 보이지 않는 곳에 저들의 영역이 따로 존재한다는 듯, 그렇게 그들은 당당히 살고 싸우고 새끼를 쳤다. 사람들을 경계하지만, 그렇다 하여 두려워하지도 않는 것 같았다.

고양이 같은데……. 윤지는 벤치에서 일어나 숲 속으로 한 걸음 두 걸음 신중하게 걸어 들어갔다. 가로등 불빛 아래 그녀의 얼굴이 종잇장처럼 창백한 것을 성준은 보았다. 그것은 어린 시절 그가 좋아하던 솜사탕처럼 말간 얼굴이 아니었다. 하기야 그 자신 역시 무척 변했다는 것을 그는 알고 있었다. 그들은 미운 어른이 되어가는 중이었다. 밉고 어둡고 어색하고 사납고 악착스럽고 무자비한 어른이. 두려운 일이었다.

숲의 어둠 속으로 사라진 윤지는 좀처럼 돌아오지 않았다. 문득 그녀가 그 새까만 짐승을 따라 사라져버렸을지도 모른다는 생각이 들었다. 터무니없는 생각이었다. 그러나 만일 그럴 수만 있다면 얼마나 멋진 일이랴. 이놈의 학교, 학원, 집, kowtow나 kotow 같은 어처구니없는 단어, 대학 입시, 이 구질구질한 소문 따위, 다 내던져 버리고 사라져버릴 수만 있다면……. 어쩌면 그런 것이 용태가 가출해버린 이유일지도 모른다…….

윤지는 사라지지 않았다. 그녀는 숲에서 나와 벤치에 앉으면서도 뭘까, 어디로 갔을까, 하고 중얼거렸다. 고양이 좋아해? 그녀가 물었다. 성준은 좋아하지 않았다. 고양이는 좋아하기에는 뭔가 섬찟하고 두려운 구석이 있었다. 자신을 결코 남에게 양도하거나 위탁하지 않을 것 같은, 애완동물 따위의 삶 같은 것은 간단히 묵살해버릴 것 같은 그런…….

"뭐랄까, 건방지다고 할까."

윤지는 작은 소리로 웃었다. 성준이 물었다. 건강에 문제 있는 것은 아닌가? 윤지는 고개를 저었다. 난 너무 행복해. 세상에 이런 행복이 있다는 걸 처음 알았어. 그렇게 말하는 그녀의 눈에 다시 눈물이 맺혔다. 행복하고…… 두려워. 하지만 행복해.

7

그날 담임 서봉석은 분명히 조회 시간에 들어와 출석을 부르고 나갔다. 다른 반에 확인해본 바에 따르면 1교시 수업을 4반에서, 2교시 수업을 2반에서 했다. 특기할 일이나 이상한 일은 전혀 없었다. 언제나처럼 그의 푸른 양복과 와이셔츠, 넥타이는 칼처럼 단정했고, 수업은 정확하고 명쾌했다.

그가 사라진 것은 그다음부터였다. 이후 2학년 국어 시간은 모조리 자습으로 대체되었다. 성준네 반에서도 국어 시간에 자습을 했다. 반장은 교무실에 갔다 와서 고개를 갸웃거렸다. 교무실에 서봉석은 없었다. 다른 선생님들에게 물어보았으나 아무도 온전히 대답을 해주지 않았다. 영어과 박해준 선생이 짤막하게 서 선생님 수업 못 하신다, 하고 알려줬을 뿐이었다. 왜요, 하고 물어볼 수 없게 만드는 어조였다.

종례 시간에도 서봉석은 들어오지 않았다. 전혀 서봉석답지 않은 행우였다. 반장이 교무실에 다녀와서 전달 사항을 공고하는 것으로 종례를 대신했다.

다음 날 서봉석은 아예 출근을 하지 않았다. 영어 시간에 들어온 박해준이 너희 담임 학교 그만두셨다, 하고 말하는 바람에 아이들은 깜짝 놀랐다. 왜냐고 묻자 박해준은 그럴 일이 있다고 짤막하게 대답했다. 학기 중에 학교를 그만두다니? 더구나 기말시험과 방학을 앞둔 시기였다. 영우가 큰 소리로 물었다.

"사표인가요, 파면인가요?"

아이들은 와르르, 웃어댔다. 농담이라고 생각했기 때문이었다. 그러나 박해준은 웃지 않았다. 그는 몹시 당황하여 더듬거렸다.

"더 이상은 나도 모른다."

뭔가 심상치 않은 일이 벌어졌다는 것을 성준이 눈치챈 것은 그때였다. 성준만이 아니라 거의 모든 아이들이 서봉석의 신상에 무슨 일인가 벌어졌다는 것을 짐작할 수 있었다. 그러나 무슨 일인지는 아직 아무도 알지 못했다.

다음 날 영우가 들려준 이야기는 충격적이었다. 서봉석이 여고생과 원조교제를 한 것이 발각되었다. 학교가 그 사건 때문에 발칵 뒤집혔다. 더구나 그 여고생은 바로 우리 학교 재학생이었다. 어처구니없는 소리였다. 거짓말이 분명했다. 누구에게 들었느냐고 성준은 그를 추궁했다. 그의 주둥이를 다 믿어서는 안 된다는 것을 성준은 알고 있었다.

"우리 어머니가 말해줬어. 학부형들도 일부만 알고 있대."

영우의 어머니는 학부형회의 임원이었다. 뭔가 잘못 알려진 것이라고 성준은 생각했다. 그가 생각하는 서봉석은 그런 짓을 할 수 있는 사람이 아니었다. 그런 이중인격자였단 말인가? 그 고지식하고 단정한 사람이?

학급에는 그 소문이 순식간에 퍼져나갔다. 학급만이 아니라 전교생이 다 알게 되었다. 아이들의 호기심은 문제의 여학생이 누구냐, 하는 문제에 집중되었다. 어느 반에서 어떤 여학생이 결석을 했는지, 일사천리로 조사가 끝났다. 그 가운데 누구일까? 아이들은 나름대로 결석의 동기와 그 타당성, 신빙성 등을 분석했다. 그리하여 그날 학교 수업이 끝날 무렵에는 그 여학생이 누구인지가 드러났다.

심윤지였다.

윤지? 성준은 기겁을 했다. 윤지가? 서봉석과? 원조교제를?

윤지는 그저께부터 학교에 나오지 않았다. 서봉석이 수업 중 사라져버린 바로 그날이었다. 그녀의 결석은 별스러운 일이었다. 학원을 빼먹는 문제와는 달랐다. 그녀는 학교에 결석해본 적이 없었다. 그런데 사흘이나 연달아 결석이라니?

여자 반장 성진서가 그녀의 휴대전화로 통화를 시도했으나 그녀는 전화를 받지 않았다. 집에 전화를 하자 윤지 어머니는 딸이 몸이 아파 후학할 예정이라고 대답했다.

학급 아이들은 윤지가 대상이라는 것을 알게 되자 비로소 그럼 그렇지, 하고 고개를 끄덕였다. 아귀가 척척 맞아 들어가는 것처럼 보였다. 서봉석 때문이 아니라 윤지 때문에 그 소문은 기정사실이 되어버렸다. 게다가 후학할 예정이라는 그녀의 어머니의 말이 결정적으로 심증을 굳혀주는 역할을 했다. 심윤지는 임신을 했다. 그것이 아니면 왜 후학을 하겠는가? 그 때문에 이 모든 일이 발각이 난 것이다. 아이들은 그렇게 믿었다.

서봉석은 아이들 사이에서 순식간에 파렴치범으로 덧칠되었다. 여학생들 몇몇은 눈물을 흘렸다. 징그러워. 무서워. 그런 사람을 이제까지 선생이라고……. 변태야 변태, 하고 쑤군거리는 아이들도 있었다.

며칠 전에 느티나무 공원에서 윤지가 한 말들을 떠올리며 성준은 사실이 아니다, 하고 생각했다. 무슨 소문이 돌아도 믿지 말라고 그녀는 말했다. 아아, 결코 사실일 리가 없다. 윤지는 그 무렵 이미 이런 일이 벌어지리라는 것을 알고 있었던 것일까. 서봉석도? 도대체 어디까지가 사실이고 어디까지가 오해일까? 사실은 어디에 감춰져 있을까?

성준은 혹시나 하는 기대를 품고 학원에 가서 그녀를 기다렸다.

그녀는 나타나지 않았다. 휴학을 한다면 당연히 학원에도 나올 필요가 없을 것이다. 그러나 정말 휴학을 할 예정일까? 그렇다면 내년에 다시 학교에 다닐 작정이란 말인가? 사실이건 아니건 이런 험악한 소문에도 불구하고?

사실이 아니다. 그럴 리가 없다……. 성준은 자꾸만 그 소문이 사실일지도 모른다는 쪽으로 기울어지려는 자신을 다잡았다. 도대체 서봉석이 나이가 몇이더라. 학교 웹사이트의 교직원 명단에는 아직 서봉석의 이름이 있었다. 서봉석의 나이는 서른다섯. 그러니까 윤지 나이의 두 배가 넘었다.

당돌하기도 하구나, 윤지. 아니, 사실일 리가 없다. 그러니까 윤지가 당돌하다는 것도 엉뚱한 생각이다……. 성준은 그녀가 놀랍고 부러웠다. 그녀의 얼굴이 그토록 어둡고 핼쑥했던 데에 이런 이유가 있었던 것이다. 아니, 결코 사실이 아닐 것이다. 그녀는 행복하다고 말했다. 행복하다고, 거듭 말했다. 그러면서도 눈물을 흘렸다. 두렵다고 했다. 도대체 어찌된 일일까? 좋은 일이라고 했다. 좋은 일, 아주 좋은 일……. 이것이 아주 좋은 일이란 말인가?

창밖 멀리 윤지네 아파트 건물이 보였다. 저기 어딘가 그녀가 숨어 있을 것이다. 그는 한마디라도 그녀에게 해주고 싶었다. 한마디라도 그녀로부터 듣고 싶었다. 힘내. 이렇게 문자를 보내면 어떨까. 그러나 성진서는 그녀가 전화를 받지 않는다고 했다.

그렇다. 휴대전화는 이미 부모에게 빼앗겼을 것이다. 뿐만 아니

라 십중팔구 집 안에 감금당했을 것이다. 아니, 부모가 어딘가 지방
으로 토내버렸을지도 모른다. 휴학? 아니다. 다른 학교로 전학을 시
킬 것이다. 어쩌면 지방의 학교로.

8

외출은 금지되었다. 학교도 갈 수 없게 되었다. 윤지는 감금당했다. 온종일 그녀는 방 안에서 갇혀 지냈다. 밥 먹을 때, 화장실 갈 때만 잠깐 방을 나왔다. 휴대전화는 어머니에게 빼앗겼다. 인터넷은 끊겼다. 외출을 할 수 없을 뿐 아니라 외부로 연락할 수 있는 모든 수단이 차단되었다. 아버지도 어머니도 오빠도 그녀를 대할 때면 오물을 보듯 눈살을 찌푸렸다.

언젠가는 이런 일이 벌어지리라는 것을 알고 있었다. 각오도 하고 있었다. 그러나 막상 일이 벌어지자 그 충격은 그녀가 예상했던 것보다 훨씬 더 엄중하고 가혹하고 폭발적이었다.

그 때문에 자칫 정신을 잃을 것만 같았다. 아니, 정신을 잃는 편이 나을 것 같았다. 무서웠다. 온 세상이 까마득히 떨어져 나가버리고 그녀는 캄캄한 허공에 혼자 매달려 있었다. 도망을 가고 싶었다. 어디로든 가고 싶었다. 아아, 도망을 갈 수만 있다면. 그러나 그는 결코 도망을 가서는 안 된다고 말했다. 기회가 생길 때마다 그녀에게 몇 번이나 다짐을 했다. 언젠가는 알려질 것이다. 언제까지나 비밀로 묻어둘 수 있는 일이 아니다. 맞서야 한다. 맞서지 않으면 너와 나의 관계는 추문(醜聞)이 되고 만다. 맞설 때에 비로소 사랑이 되고, 맞서는 과정에서 비로소 사랑이 될 것이다. 모든 진정한 사랑은 도전이다…….

그러나 이 어마어마한 충격에 어떻게 맞서야 하는 것일까? 어떻게 도전해야 하는 것일까? 그녀가 묻자 그는 대답했다. 사랑으로.

어머니가 밖에서 전화를 하고 있었다. 집에는 윤지와 그녀의 어머니 이명숙만이 남아 있었다. 명숙은 외출도 하지 않았다. 시장에 갈 일이 생겨도 배달을 시키는 것으로 대신했다. 언제까지 이렇게 살 수 있을까. 이렇게 살다가는 결국 그와 헤어지게 될 것 아닌가. 아니, 혀 어지지 않는다. 결단코.

간밤에 그녀는 한숨도 자지 못했다. 잠깐 잠이 들었다가 이내 깨어나는 일이 반복되었다. 깨어날 때마다 가슴이 뛰고 진땀이 흘렀다. 꿈속에서 그녀는 낯선 사람들에게 사로잡혀 어디론가 끌려가고 있었다. 개들이 사납게 짖고 총칼을 든 사람들이 그녀를 때리고 걷어차며 위협했다. 여기저기, 사람들이 사냥을 당해 끌려 나왔다.

전쟁 중인가? 나치들이 그녀를 형틀에 묶었다. 아버지도 어머니도 나치들 사이에 서서 그녀에게 호통을 쳤다. 나치라고? 아, 이건 꿈인가? 그때 공습이 시작되고 그녀는 잠에서 깨어났다.

훤히 밝아오는 창을 내다보며 그녀는 물었다. 어디 계세요? 뭘 하고 계세요? 날 좀 도와주세요.

윤지는 오디오를 켰다. 그는 거리에서는 어쩔 수 없는 일이지만 집에서는 될 수 있는 한 엠피스리를 듣지 말고 시디로 음악을 듣는 것이 좋다고 권했다. 왜? 엠피스리는 이를테면 짝퉁이었다. 음악의 짝퉁, 편의성을 위주로 가공한 짝퉁 음악이었다. 그러나 예술에 편의성이나 짝퉁이란 존재할 수 없었다. 집을 가볍게 만들기 위해 화장실을 떼어내고, 주방도 없애버리고, 창문도 없애버리면 그것을 집이라 하겠는가? 여관이나 모텔이 될 수 있는지는 모르나 집은 아니다. 물론 시디 역시 짝퉁이기는 마찬가지였다. 그러나 엠피스리와 비교하면 훨씬 진짜에 가까운 짝퉁이었다. 아무리 서투른 연주라 할지라도 연주회에 가서 듣는 음악이야말로 진정한 음악이었다. 그녀는 무선 헤드폰을 쓰고 소파에 엎드렸다. 그가 바흐의 무반주 첼로 시디와 함께 선물한 물건이었다.

그도 지금쯤 바흐를 듣고 있을지 모른다. 그는 바흐 광(狂)이었다. 특히 무반주 첼로를 좋아했다. 무반주 첼로 시디만 수십 장을 가지고 있었다. 하나하나가 각기 다르다는 것이었다. 때로는 미샤 마이스키가, 때로는 카잘스가 좋았다.

언제 또다시 심문이 시작될지, 윤지는 항상 아슬아슬했다. 묻고, 캐묻고, 비난하고, 윽박지르고, 위협하고……. 아버지 어머니는 심문관이었다. 심문관이자 재판관이요 처형자이기도 했다. 매번 비슷한 질문, 항상 최악을 상정한 심문을 퍼부었다. 아버지는 언제 돌아오실까. 그가 돌아오면 또다시 심문이 시작될 것이다…….

무서워요, 하고 그녀는 혼자 속삭였다. 도와줘요. 눈물이 흘렀다. 그러나 그 역시 지금 큰 곤란에 빠져 있으리라는 것을 그녀는 알고 있었다. 오전에 밥을 먹을 때 어머니는 말했다. 그놈 학교에서 잘렸다. 당연하지. 그런 놈이 교육자라니. 아아, 그녀가 그에게 너무 큰 짐을 지게 한 것은 아닐까. 그는 나를 위해 모든 것을 버렸다. 이 보잘것없는 꼬맹이를 위하여 그런 선택을 했다…….

어떻게 될까. 어떻게 해야 하는 것일까. 그의 조언을 한마디라도 듣고 싶었다. 아아, 아버지 어머니는 결코 그녀의 사랑을 용납하지 않을 것이다……. 그러니까 그녀가 사랑을 성취하는 길은 단 하나, 집을 떠나는 것뿐이었다. 떠난다면 어디로 갈 수 있을까? 그에게?

윤지는 그제야 깨달았다. 그가 도망이라고 한 것이 바로 그런 것이었다. 그러나 어머니는 지금 그녀를 지방의 학교로 전학시킬 방법을 모색 중이었다. 이모가 사는 부산으로 보내려는 것 같았다. 그렇게 되면 영영 그를 만날 수 없게 될 것 같아 그녀는 두려웠다. 잠깐만이라도 그를 보고 싶었다. 그의 얘기를 한마디라도 듣고 싶었다. 그럴 수만 있다면 이 막막함, 이 두려움을 이겨낼 수 있을 것 같았다.

이명숙이 문을 벌컥 열고 들어왔다. 윤지는 헤드폰을 벗고 일어나 앉았다. 또다시 심문이 시작되려 하고 있었다. 지난 며칠 동안 늘 그랬으니까. 너 솔직하게 대답해라. 널 위해서 묻는 거니까. 부끄러울 거 없다. 솔직하게 대답해. 알았지? 윤지는 고개를 끄덕였다. 명숙은 딸을 쏘아보았다. 눈에서 송곳이 나올 것처럼 날카로운 눈길로 윤지를 쏘아보면서도 그녀는 머뭇거렸다. 이런 일은 없었다. 늘 그녀에게는 할 말이 쌓여 있었다. 너무 할 말이 많아 이 말을 하다 저 말이 튀어나오고, 저 말을 하다 이 말이 튀어나왔다.

"너……."

윤지는 기다렸다. 무반주 첼로는 듣는 사람도 없이 헤드폰 속에서 혼자 흘러나오고 있었다.

"너 어디까지…… 갔냐?"

윤지는 무슨 말인지 알아듣지 못했다. 뭘 어디까지? 멍하니 앉아 있는 그녀에게 명숙이 벌컥 소리쳤다.

"무슨 짓까지 했어, 그놈이랑?"

아, 그 질문이었다. 그렇다. 언젠가는 이런 심문도 나오리라는 것을 그녀는 짐작하고 있었다.

"우린 아무 데도 가지 않았어, 엄마."

명숙은 딸의 대답을 이해하지 못했다.

"같이 잤느냔 말이다."

더욱 날카로워진 눈으로 명숙은 사납게 윤지를 쏘아보았다.

"그런 일 없었어요."

윤지는 나직하게 말했다. 그들이 지금 명숙이 추궁하는 아무 일도 저지르지 않았다는 것은 다행일까, 불행일까? 윤지는 이런 대답밖에 할 수 없다는 것이 한편으로는 아쉬웠다. 명숙은 더 이상 머뭇거리지 않았다. 내가 그 말을 어떻게 믿겠냐? 니 말을 어떻게 믿어? 그녀는 방바닥에 털썩 주저앉았다. 매일매일 거짓말 늘어놓고 다니면서 그놈이랑 놀아났잖아. 선생이라는 것이 아이들 잘 훈육시킬 생각은 않고, 뭐? 사랑이 어쩌고 어째? 아이고, 내가 기가 차고 억장이 무너진다. 이놈을 내가 가만둘 줄 아냐? 세상 물정 모르는 어린것을 꼬여내서⋯⋯. 공부시키라고 학교 보냈더니, 선생이라는 것이 하는 짓이⋯⋯. 내가 완전히 매장을 시킬 거다, 이놈을. 다신 세상에 얼굴 내밀고 다니지 못하게 만들 거란 말이다. 알았냐?

"왜요? 우리가 뭘 잘못했게요? 서 선생님이 뭘 잘못해서 매장을 시켜요?"

"그걸 몰라서 물어?"

명숙은 버럭 고함을 질렀다. 윤지는 봉석이 지나치게 조심스러운 것이 불만스럽고 서운했다. 잠깐 서로의 입술이 닿는 것만으로도 그는 멀찍이 그녀를 떼어놓으려 했다. 그의 입술이, 그의 손길이 윤지는 늘 아쉬웠다. 봉석이 원했다면 그녀는 아무 두려움 없이, 기꺼이 그에게 안겼을 것이다. 그러나 그는 결코 요구하지 않았다.

그러니까 그는 이미 알고 있었던 것이다. 언젠가 사방에서 그들을 향해 이런 추궁이 시작되리라는 것을, 그 심문에 그들이 당당히, 부끄럼 없이 대답해야 할 필요가 있으리라는 것을.

아니다. 어쩌면 그런 것을 요구할 여유마저 그들에게는 없었다고 해야 할 것이다. 그들에게는 시간도 공간도 거의 없었다. 그들이 잠시 가난한 사랑을 나눈 곳에는 공기마저 희박했다. 그들은 거의 숨 쉴 수 없었다. 어쩌면 그런 것 때문에 그들은 더욱 서로에게 도취되었는지도 모른다. 그 소중한 시간, 그 다시없는 공간, 그 행복하고 기꺼운 잠시, 그녀의 뺨과 턱을, 입술을 스치는 그의 손길, 그의 크고 단단한 손을 쓰다듬는 그녀의 조심스러운 손짓……. 그는 말했다. 사랑하는 사람들의 시간은 따로 존재한다. 그렇다. 진정 그들의 시간은 따로 존재했다.

윤지는 아무 말도 못한 채 멀거니 어머니를 쳐다보았다. 흉하게 일그러진 그 얼굴, 붉게 이글거리는 눈, 말들이 쏟아져 나올 때마다 뒤틀리는 입술……. 어머니는 잔인하고 비정했다. 맹목적이고 일방적이었다. 이야기 속의 계모처럼, 마녀처럼 사납고 파괴적이었다.

"그럼, 어디까지 갔냐? 무슨 짓까지 했어?"

그러나 어머니는 믿지 않았다. 그녀가 무슨 말을 해도 소용없었다. 그녀의 대답은 무의미했다. 차라리 그와 모든 것을 주고받았더라면, 하는 생각이 들었다. 그리하여 지금 어머니에게 짧고 간결하게 갈 데까지 다 갔다, 하고 대답할 수 있다면 차라리 얼마나 편할까. 어머니는 더 이상 의심할 필요도 없을 것이요, 추궁할 필요도 없을 것이다. 더구나 어쩌면 윤지는 봉석을 다시는 못 만날지도 모른다……. 울컥 눈물이 솟아 윤지는 고개를 숙였다. 그는 모든 것을 다 요구해야 했다. 나 또한 그의 모든 것을 다 요구해야만 했다. 아아, 그는 나의 모든 것을 차지해야만 했다. 기회가 있었을 때, 모든 것을, 다, 돌아설 여지도 없이, 그와 나는 다 주고받아야 했다…….

"도대체 너 언제 이렇게 변했냐? 언제 이렇게 되고 말았어?"

명숙은 증오에 차서 딸을 쏘아보았다.

"너 그놈 생각해준다고 거짓말하는 거지?"

윤지는 아무 대꾸도 하지 않았다. 명숙은 방바닥을 내리치며 소리쳤다. 아이고, 어쩐다냐. 이 일을 어쩐다냐. 그렇게 귀하게 그렇게 중하게 키워났더니 어떻게 이런 일이…….

윤지는 항상 그의 손길을, 포옹과 깊은 키스를 기다렸다. 그러나 그는 그때마다 윤지를 밀어냈다. 짧은 입맞춤, 그것으로 그녀는 만족해야 했다. 가끔 아주 잠시, 그의 품에 안긴 적은 있었다. 골목에서, 놀이터에서, 카페에서 나왔을 때 텅 빈 복도나 계단에서……. 언제나 원한 것은 윤지였고, 언제나 봉석은 자제를 요구했다.

그의 품에 안기면 온 세상이 사라졌다. 그들만이 남았다. 그들만의 세계, 완벽하고 아름답고 순결하고 황홀하고 기꺼운 그 세계, 그것은 그들이 만들어낸 기적이었다. 이제껏 그녀는 헛된 세상에서 살았다. 어디에도 없는 세계, 유일한 세계, 매 순간 그 빛과 아름다움을 더해가는 세계, 오직 그들만이 만들어낼 수 있는 그 세계……. 그런 기적이 존재한다는 것을 윤지는 처음 알았다. 결코 그것을 포기할 수는 없었다. 이번에는 결단코 포기하지 않을 것이다. 이번엔 안 된다.

"죄송해요, 엄마."

윤지가 말했다.

"쓸데없는 소리 말고, 묻는 말에 똑바로 대답이나 해!"

아버지 심주석이 들어왔다. 소리 지르지 마. 이웃 창피해. 명숙은 엎드려 흐느꼈다. 이어 윤지의 오빠 심윤서가 따라 들어왔다. 그들이 언제 귀가했는지 윤지는 알지 못했다. 그녀가 헤드폰을 쓰고 음악을 듣는 사이에 돌아온 것 같았다. 그렇게 시간이 오래 흐른 것일까.

"우리는 모든 사실을 알아야 한다."

하고 심주석은 진지하게 말했다. 그의 눈에 핏발이 서 있었다. 지친 표정이었다. 오늘은 어떤 도둑놈이나 사기꾼을 변호하고 왔을까. 중학교에 다닐 무렵 그가 명숙에게 하는 얘기를 우연히 들은 적이 있었다. 도둑놈 사기꾼 변호하고 사는 것도 지겹다, 이제. 아버지의 일을 그렇게 얘기할 수도 있다는 것을 윤지는 처음 알았다.

"무슨 일이 어떻게 벌어졌는지를 다 알아야 대처할 수가 있어. 그놈에게 손해배상을 요구하고, 감방에 처넣을 수도 있어. 미성년자 약취유인, 성추행, 납치……. 넌 모르겠지만 그건 범죄행위였어. 알겠냐? 그놈은 범죄자다."

무엇을 훔쳤는데요? 어떤 사기를 쳤는데요? 누구를 납치했어요? 누구를 추행했어요? 윤지는 묻고 싶었다. 주석은 딸의 눈을 노려보며 물었다.

"그늠이 돈을 주더냐?"

돈이라니? 이건 또 무슨 소린가? 윤지는 알아들을 수 없었다. 왜 돈을 준단 말인가?

"그놈이 옷 사주고 무슨 값비싼 선물 같은 거 주더냐?"

옷? 그런 적 없었다.

"옷 사줄 테니까 어딜 같이 가자고 하거나, 그러더냐?"

밥을 사준 적은 있었다. 세 번이었다.

"어디 가서 뭘 사주더냐?"

한 번은 설렁탕, 한 번은 순댓국, 한 번은 스파게티였다. 그들에게는 시간이 너무 없었다. 윤지는 학교에 학원에 집에 시달리느라 시간을 내기 힘들었고, 그는 늘 학교 업무에 시달렸다. 두 사람이 서로의 빈 시간을 맞춰내기가 쉽지 않았다. 기껏 만나봐야 두어 시간이었다. 그녀가 서운해하면 그는 평생이 우리 시간이라고 말했다. 정말 그렇게 될 수 있을까.

"그놈이 돈 주면서 뭐라고 하더냐?"

아아, 아버지는 그녀의 말을 듣지 않았다. 어느 순간 그가 하는 말, 그의 심문의 목적이 무엇인지 짐작하게 되자 윤지는 절망했다.

"그놈이 돈 주면서 여행 가자고 하더냐? 여관 가자고 하더냐? 사실대로, 있는 그대로 얘기해라."

아버지는 아버지가 아니라 심주석 변호사였다. 아니, 검사인가? 그는 원조교제 혐의를 찾는 중이었다. 어떻게 저런 질문을 할 수 있단 말인가.

"그런 사람 아니에요."

주석은 방바닥을 걷어차며 벌떡 일어섰다.

"아니기는 쥐뿔이……. 윤지야, 왜 정신을 못 차리냐? 넌 아직 애야. 그놈은 어른이다. 니 나이의 두 배나 퍼먹은 놈이야. 어떻게 그런 놈하고……. 이 순진한 애를 그 더러운 놈이……."

그녀가 순진하다고? 좋다. 그렇다면 그는 더 순진하다.

그 말을 들은 명숙이 그녀에게 덤벼들어 등짝과 어깨를 마구 내리치기 시작했다. 이 미친년, 이 정신 빠진 년, 이 한심한 년아. 여보, 여보, 여보……. 주석이 그녀를 뜯어말렸다. 명숙은 길길이 뛰며 울부짖었다.

"저년이 저년이, 제정신이야, 저게? 여보, 송 검사한테 연락해서 그놈 감옥에 처넣어버려요."

송 검사라면 윤지도 아는 사람이었다. 주석의 동창에다 사법시험 동기였다. 그 식구들과 이 식구들이 저녁 식사도 몇 번 같이한 적이 있었다. 윤지는 동요하지 않았다. 윤지도 봉석도 범법 행위를 한 적이 없으니까. 봉석이 얼마나 고지식한 사람인지 이들은 모른다. 아니, 그가 꼭 고지식한 것만은 아니라는 것도 윤지는 알고 있었다. 그러나 범법 행위? 감옥? 송 검사는 결코 성공할 수 없을 것이다.

"그 개새끼, 내가 골목에서 벽돌장으로 대가리를 찍어버릴 거다."

오빠 심윤서가 말했다. 저 바보, 하고 윤지는 생각했다. 그 터무니없는 대학을 삼수 끝에 겨우 턱걸이하여 들어간 주제에. 하는 짓이라고는 카드까지 긁어가며 여자애들한테 선물 사다 바치는 것이 고작이었다. 윤지가 보기에는 하나같이 한심하기 이를 데 없는 계집애들이었다. 그런 것도 자랑이라고 기회만 생기면 윤지를 붙들고 얘는 이렇고 쟤는 저렇고 떠들어댔다. 그렇게 하여 그녀는 윤서가 나이트클럽에 밥 먹듯 드나든다는 것을, 학교에 출석하는 날보다 결석하는 날이 더 많다는 것을, 학점이 바닥이라는 것을, 학사경고 누적으로 당장 무슨 일이 벌어질지 알 수 없는 형편이라는 것을 알게 되었다. 책이라고는 들여다볼 줄을 몰랐다. 학교에 간다면서 전공 서적 같은 건 아예 가지고 다니지도 않았다. 그의 가방에는 선글라스와 우산과 피디에이와 담배와 콘돔과 컴퓨터로 내려받은 영화 시디와 빗과 손거울과 무스와 남성용 파운데이션 따위가 고작이었다.

윤서 같은 인간 천만을 늘어세운다 해도 서봉석 한 사람을 따르기 힘들 것이 분명했다. 그런데 윤서가 그를 욕하고 있었다. 도대체 어떻게 이런 일이 벌어질 수 있는 것일까? 그녀와의 관계와 상관없이, 봉석은 성실하고 바르고 똑똑하고 매력적이었다. 어째서 이들은 그를 비난하는 것일까. 그가 무슨 잘못을 저질렀다는 것일까. 윤지는 억울했다. 저 인간이 하고 다니는 그 온갖 미련한 짓들, 그것은 전혀 아무렇지도 않고, 봉석이 윤지를 몇 번 만난 일은 어찌하여 이 큰 사단의 원인이 되는 것인가?

오빠가 나설 일이 아니거든. 그녀의 말이 채 끝나기도 전에 명숙이 펄쩍 뛰었다. 오빠한테 그게 무슨 버릇없는 수작이냐, 너. 조용히들 못 해! 주석이 고함을 질렀다.

아버지와 어머니와 오빠의 모든 말들은 윤지에게 무의미했다. 그녀의 마음은 전혀 흔들리지 않았다. 아버지 어머니는 편견과 악의에 사로잡혀 전혀 사태를 잘못 판단하고 있었다. 그들이 그 편견에서 벗어나기만 한다면 사실을, 진실을, 그 일이 별로 큰일이 아니라는 것을 곧 알 수 있을 것이라고 그녀는 믿었다.

도대체 무엇이 큰일이란 말인가? 윤지와 서봉석이 무슨 짓을 했다는 것인가? 그들 말대로 원조교제라도 했단 말인가? 섹스라도 했는가? 살림이라도 차렸는가? 도둑질을 하거나 못 갈 데를 가기라도 했는가? 그가 유부남인가? 무슨 결함이라도 있는 사람인가? 전혀 그렇지 않다. 차라리 봉석을 만나면서부터 윤지는 오히려 더 건전해졌다. 담배, 그 자체가 불건전한 것은 아니라지만, 몇 번 피워본 적 있는 담배를 끊은 것도 봉석의 권고 때문이었다.

그들은 그저 몇 번 조심스레 만났을 뿐이었다. 사귀기 시작한 것뿐이었다. 남자와 여자가, 미혼 남자와 미혼 여자가 사귀는 것뿐이었다. 다소 나이 든 남자와 다소 어린 여자가 사귀는 것뿐이었다. 남녀가 좋으면 사귀다가 흔히 그렇게 되듯 뜻이 맞지 않으면, 또는 싱거워지면, 또는 서로에게 더 좋은 다른 남녀가 생기면 헤어질 수도 있었다. 당장 내일이라도 그런 일이 벌어질 수 있었다.

도대체 뭐가 문젠가? 왜 이 사단이 벌어지는 것인가? 그들이 교사와 학생이라서? 물론 흔한 일은 아니었다. 그러나 교사는, 학생은 사람이 아니고 남녀가 아닌가? 서로에게 호감을 느끼고 사랑을 느끼지 말아야 하는 것인가? 그것이 생물학적으로 자연스러운 일인가?

명숙이 소리쳤다.

"이, 이년 말하는 것 좀 봐. 너 아직 정신 못 차렸지?"

그들에게는 편견에서 벗어나려는 의지가 있는 것 같지 않았다. 편견에 사로잡힌 모든 사람들이 그렇듯, 그들은 편견에 사로잡혔다는 것을 알지 못했다. 윤지는 용기를 내야 한다고 생각했다. 가슴 속이 푸르르 떨리고 목구멍이 빽빽해지는 것 같았다. 그녀는 이번만이라도 생각나는 대로 말하고 싶었다.

"만일 정신 차린다는 것이 우리가 헤어진다는 것을 의미하는 거라면 네, 정신 못 차렸어요. 정신 차리고 싶지 않아요."

너 이년, 하고 소리 지르며 명숙이 그녀에게 덤벼들었다.

9

　며칠 흐르는 사이에 학급 분위기는 차츰 안정을 되찾았다. 몇몇
에 불과했지만 담임 서봉석을 적극적으로 변호하려는 태도를 보이
는 아이들도 생겼다. 그러나 그들의 추측은 다소 엉뚱했다. 봉석이
윤지의 유혹, 혹은 계략에 빠진 것이 틀림없다는 것이었다. 봉석을
변호하기 위해 그들은 윤지를 영화 속에나 나올 법한 팜므파탈로
둔갑시켰다.

　성준은 동의할 수 없었다. 윤지는 기껏해야 고교 2년생이었다.
무슨 계략을 쓰건 서른다섯 먹은 아저씨가 넘어갔다 할 수 있겠는
가. 도대체 그들이 원조교제를 했다는 근거가 무엇인지 알 수가 없
었다. 윤지는 행복하다고 했다. 원조교제란 성매매 행위인데, 그것

이 행복한 일일 수 있는가? 봉석은? 그가 아무리 무모하다 해도 자기 학급 여학생과 그런 짓을 벌일 수 있을까? 여전히 진상은 알 수 없었다.

임시 담임으로 그들의 학급에 들어온 교사는 박해준이었다. 그는 두꺼운 안경에 허름한 양복바지를 입고, 슬리퍼를 딱딱 끌고 다녔다. 손에는 언제나 작은 막대기를 하나 들고 있었다. 아이들은 몽둥이라 불렀고, 그는 지혜의 지팡이라 불렀다. 때로는 지시봉으로, 때로는 아이들의 머리나 어깨를 쿡쿡 찌르는 용도로 사용되었다. 아이들이 집요하게 서봉석과 윤지에 대해 질문하자 그는 이렇게 말했다.

"나는 그 두 사람 사이에 어떤 일이 있었는지 모른다. 내가 모른다는 것을 안다. 그렇기 때문에 너희에게 해줄 수 있는 이야기가 없다. 확인되지 않은 소문이나 혐의 같은 것은 여러분도 들은 적이 있겠지만, 그것이 확인되기 전에 남들에게 전한다는 것은 무책임한 짓이다. 우리는 모르는 것에 대해 모른다, 하고 정확히 판단할 줄 알아야 한다. 모르는 것을 아는 척해서도 안 되고, 안다고 오인해서도 안 된다. 많은 경우 사람들이 안다는 것은 모른다는 사실에 대한 오인이다."

점심시간에 학교 일진 가운데 한 사람인 철규가 성준을 찾아왔다. 교복 윗도리를 몸에 꼭 끼게, 허리를 겨우 가리도록 짧게 줄여 입은 그는 좀 나와 봐, 하고는 앞장서서 교실을 나갔다. 일진들이나 철규와 얽힌 일이라고는 전혀 없었으므로 성준은 이유를 알 수 없었다.

운동장 귀퉁이 옥외 화장실 뒤에 이르자 철규는 담배를 붙여 물었다. 너도 피울래? 성준은 고개를 저었다. 철규는 침을 찍 내뱉으며 말했다.

"용태가 너 좀 보자더라."

용태가? 그를 만났는가? 성준은 마치 학부형이라도 된 듯 그 소식이 반가웠다. 안심이 되었다.

"거지꼴이더라. 어지간히 고생하나 봐. 불쌍해서 내가 없는 돈으로 밥도 사주고 술도 사주고 했다."

성준이 담임 심부름으로 용태네 집에 간 적이 있다는 얘기를 그가 들었다는 것이었다. 철규는 전화번호 하나를 건네주었다.

"밥 먹으러 가자."

그는 담배꽁초를 숲으로 내던지고 운동화를 찍찍 끌며 앞장서 걸었다.

"우리 담탱이가 그런 짓을 했다는 게 믿어지냐? 난 거짓말 같다. 윤지가 원조교제 한다는 소문은 뭐, 전부터 있었으니까 그렇다 치고, 우리 담탱이는……."

성준은 서둘러 다 헛소리일 거라고 말했다.

"그런데 담탱이가 왜 잘렸어? 뭔가가 있으니까 잘리지. 씨발, 믿을 놈 없다니까."

수업이 끝난 뒤에 성준은 용태에게 전화를 했다. 홈플러스 뒤 주차장 골목, 저녁 8시. 용태는 엄마한테는 아무 말도 해서는 안 된다고 신신당부했다. 혼자 나와. 알았어? 꼭 혼자 나와야 해. 성준은 도대체 어쩌다가 그가 서봉석과 용태와 미즈 장 사이에 이렇게 끼게 된 것인지 알 수가 없었다. 도대체 서봉석은 어찌하여 그를 찍어 용태네 집에 심부름을 보낸 것일까?

홈플러스 주차장 앞 도로는 차들로 붐볐다. 주차장으로 쉼 없이 드나드는 차들 사이로 홈플러스 봉투를 든 사람들이, 홈플러스 쇼핑수레를 끄는 사람들이 아슬아슬하게 오갔다. 야트막한 2, 3층 건물들이 어깨를 비비적거리는 곳에 돌연 우뚝 솟은 6층짜리 건물 전체가 홈플러스 매장이었다. 만일 이 근처에서 약탈이나 폭동이 벌어진다면 볼만할 것이다. 저 많은 쇼핑 손님들이 모조리 약탈자로 돌변할지도 모른다.

그가 골목으로 들어서자마자 용태가 다가왔다. 저쪽으로 가자. 그는 빠른 걸음으로 차와 사람들이 붐비는 곳을 빠져나갔다. 마구 헝클어진 머리칼이 가장 먼저 눈에 띄었다. 운동화는 더러웠다. 헐렁한 나이키 티셔츠에 반바지를 입고, 어깨에는 시커먼 가방을 하나 메고 있었다. 무엇이 들어 있는지는 모르지만 가방은 제법 묵직해 보였다. 철규가 하던 말이 생각났기 때문에 성준은 그를 김밥집으로 끌었다.

그의 얼굴에는 제법 수염까지 더부룩했다. 얼굴이 핼쑥했다. 그가 제일 먼저 물은 말은 이것이었다.

"우리 집에 가봤어?"

성준은 그렇다고 대답했다. 용태는 날카롭게 성준의 얼굴을 살폈다. 어디까지 본 것일까, 어디까지 아는 것일까. 그런 것을 생각하는 것 같았다.

"아 씨발, 창피하다. 아무한테도 말하지 마. 우리 집 뭐 하는지."

담임에게도 말하지 않았다고 성준은 말했다. 다시 미즈 장의 흰 젖가슴, 그리고 모든 기운이 다 빠져나간 듯 넋을 놓고 앉아 있던 그녀가 생각났다. 매일 성준은 그녀가 보고 싶었다. 생각하지 않으려 해도 어쩔 수 없었다. 그가 시선을 옮기는 모든 곳에 그녀가 있었다. 그가 생각하는 모든 것에 그녀의 그림자가 떠돌았다. 그리고 그녀는 용태 때문에 애를 태우고 있었다.

"고생 그만하고 웬만하면 집에 들어가지 그러냐?"

성준이 말하자 용태는 크게 고개를 흔들었다.

"우리 집 꼴 보고도 그런 소릴 하냐?"

"잠은 어디서 자냐?"

"아는 형네. 오늘 알바 구했어. 주유소 총잡이. 잠도 거기서 잘 수 있을 것 같아."

두 번째로 평양주점을 찾아갔다 온 다음 날, 성준은 그가 가출했다는 사실을 담임 서봉석에게 알리는 수밖에 없었다. 서봉석은 별로 놀라지 않았다. 이미 용태의 무단결석이 한 달이 가까워지고 있었고, 그런데도 용태 어머니는 학교에 전화 한번 하지 않았다.

용태는 심드렁한 낯으로 고개를 끄덕였다.

"상관없어. 그런 건 각오했어. 선생들 꼴 안 보니까 속이 다 시원하더라."

성준은 그 집에서 새벽 5시가 넘어서야 나왔다는 사실은 얘기할 수 없었다. 영영 얘기하지 말아야 할지도 모른다고 생각했다.

"학교는 난리라면서? 그 사람 이제 우리 담임 아니잖아."

집엔 언제 돌아갈 거냐고 성준이 물었다. 그의 대답은 간단했다. 엄마가 술집 걷어치우면. 먹고살 방도가 생겨야 그만둘 것 아닌가. 그가 말하자 용태는 눈을 부라렸다.

"이놈이 우리 엄마랑 똑같은 소리 하네. 세상에 술집 아니면 먹고살 수가 없대? 누가 그래?"

그들은 김밥집에서 나왔다. 어디 가서 술이나 한잔하자. 그러나 고교생들에게는 술을 팔지 않았다. 용태가 말했다. 난 고딩 아니다. 성준이 그에게 돈을 주자 그는 편의점 문을 밀고 들어갔다. 아닌 게 아니라 적어도 뒷모습으로는 그는 고교생처럼 보이지 않았다. 막노동꾼이나 실직자처럼 보였다. 그는 보란 듯 묵직한 비닐봉투를 쳐들어 보이며 편의점에서 나왔다.

그들은 공원 뒤 야산으로 올라갔다. 비닐봉투에서는 담배와 깡통 맥주와 소주와 눌린 오징어와 새우깡과 종이컵이 꾸역꾸역 밀려 나왔다. 미즈 장이 성준에게 준 돈이 그녀의 아들에게 술과 안주가 되어 펼쳐졌다.

그제야 비로소 한여름의 해가 기울어가기 시작했다. 학곤 때려치울 거냐? 그가 묻자 용태는 잠깐 머뭇거리다가 모르겠다, 하고 대답했다. 원래 집 나올 때 생각은 그랬는데…… 밖에 나와 좀 돌아다녀 보니까 졸업은 해야 할 것 같던데……. 기말고사를 보지 않으면 그는 2학년을 한 해 더 다녀야 할지도 모른다.

"그런데 그놈의 데 돌아갈 생각을 하면 벌써 머리가 지끈거린다. 졸업장 하나 따기 위해서 꼭 그 짓을 해야 하는 건지……. 난 솔직히 학교에서 배우는 게 암것도 없는 것 같거든. 기초학력이 딸려서 선생들이 아무리 떠들어도 암것도 알아들을 수가 없어."

그냥 우두커니 앉아 있는 것뿐이었다. 무의미하고 지루하고 민망스러운 노릇이었다. 교사들은 번갈아 들어왔다 나가고, 쉬는 시간과 수업 시간이 차례대로 이어지지만 그에게는 다를 게 없었다. 교사들이 칠판에 판서를 해가며 떠들어대지만 그에게는 오직 안드로메다의 철학 강의였다. 아무것도 모르는 얘기를 하루에 예닐곱 시간씩 듣고 앉아 있어야 한다는 것은, 더구나 그 노릇을 몇 달 몇 년씩 계속해야 한다는 것은 그에게는 학대요 고문이었다. 불편하고 화가 나고 슬프고 비참했다. 그 자신이 아무짝에도 쓸모없는 더러운 걸레가 되어버린 것 같았다. 졸업장을 받기 위해서는 그 짓을 앞으로 이 년 동안을 더 해야 한다……. 정말 자신 없었다.

"우리 친엄마 아니야."

용태가 말했다. 성준은 놀랐다. 용태가 초등학교에 들어가기도 전에 용태의 아버지와 어머니는 헤어졌다. 십 년 전 아버지는 용태를 데리고 미즈 장과 결혼했다. 사 년 전에 용태 아버지는 위암으로 세상을 떠났다. 용태는 중학교 3학년 때부터 미즈 장에게 술집을 그만두자고 졸랐다. 미즈 장은 들은 체도 하지 않았다. 고등학교에 입학하면서 용태는 다시 같은 것을 요구했다. 미즈 장은 받아들였다. 밥집을 하자. 그렇게 약속하고 집을 옮기고 밥집을 연 곳이 늦봄길 평양주점이었다. 처음에는 간판도 평양주점이 아니라 평양식당이었다. 그러나 그 밥집이 별로 오래 걸리지도 않아 술집이 되고 마는 꼴을 용태는 지켜보아야 했다. 그 때문에 용태와 미즈 장은 수도 없이 다퉜다. 밥만 팔아서는 먹고살 수가 없다는 것이 미즈 장의 주장이었고, 먹고살 수 없으면 때려치우고 다른 장사를 하자는 것이 용태의 주장이었다. 거친 말이 오가기 시작하고 화가 나면 용태는 소리쳤다. 당신이 내 엄마야? 그러면 미즈 장은 이렇게 맞받았다. 니 어미 아니면 니 깔치냐, 이놈아?

용태는 얼핏 눈물을 흘렸다. 아 씨발, 그런 소리 하면 안 되는 건데. 우리 엄마 나한테 정말 잘해주는데…….

"내가 어렸을 때 어땠는지 아냐? 남들도 다 그러는 건 줄 알았어. 남들 집에서도 아버지 어머니가 다 이혼도 하고 또 다른 여자가 나타나 어머니가 되고…… 그렇게 사는 건 줄 알았어. 그게 아니라는 걸 알게 됐을 때…… 놀랐어. 이게 어떻게 된 거지? 정말 영문을 알 수 없었어. 씨발. 멍청하기도 하지."

그는 가방에서 편지 봉투를 하나 꺼냈다. 엄마한테 좀 전해줘. 걱정 말라고, 잘 있다는 말도 해주고. 편지 봉투에는 '어머님께'라고 쓰여 있었다. 그것을 받아들면서 성준이 한 생각은 다시 미즈 장을 만날 핑곗거리가 생겼다는 것이었다. 이번엔 무슨 일이 벌어질까. 용태 바로 앞에서 이런 생각을 하는 자신이 너무나 뻔뻔한 자로 여겨졌다. 용태에게 미안했다. 그의 어머니가 아닌가. 아니, 어머니가 아니라고 했던가. 그러니까 부담감을 좀 덜어도 되는 것일까.

용태는 가방에서 옷들을 꺼냈다. 옷에서 나는 땀 냄새와 악취가 코를 찔렀다.

"이것 좀 엄마한테 전해줘. 내가 계속 갖고 다니다가는 잃어버리거나 못쓰게 되겠어."

좀 빨아 입지 옷이 이 꼴이 뭐냐? 성준은 그 옷을 제 가방에 옮겨 담으며 투덜거렸다. 집 나와 봐라. 빨래를 어디서 하냐? 세탁기는 어디 있고?

"그런데 담탱이가 어쩌다 널 뽑아 우리 집에 보낸 거냐?"

글쎄. 그것은 성준도 알고 싶었다.

주민들이 운동장에 나와 배드민턴을 치고 있었다. 아이들은 자전거를 탔다. 두 팔을 흔들어대며 운동장을 빠른 걸음으로 무작정 뱅글뱅글 도는 아주머니들이 늘어났다. 줄넘기를 하는 아이들이 합창처럼 하나, 둘, 셋, 넷, 하고 소리를 질러댔다. 자전거를 배우는 아이 뒤에서 한 남자가 소리쳤다. 밟아, 어서 밟아. 아빠가 붙잡고 있으니까 걱정하지 마. 아이는 잘 미끄러져가는 자전거 위에서 페달을 열심히 밟으면서도 겁에 질려 소리쳤다. 놓지 마, 놓지 마, 아빠!

"넌 어린 시절 아버지하고 저렇게 놀아본 적 있냐?"

용태가 물었다. 성준의 아버지가 아직 직장에 다니던 시절에는 그랬다. 그들 세 가족은 평범했다. 그 평범함이 곧 행복의 얼굴이라는 것을 성준은 나중에야 알게 되었다.

"나에게는 저런 시절이 없었어."

용태의 아버지는 미장이였다. 미장이가 뭔지 아냐? 공사판에서 시멘트 바르는 사람이다. 굶지는 않았지만 그의 아버지는 일을 나가기도 하고 못 나가기도 했다. 못 나가는 날이 적지 않았다. 일이 없을 때는 거의 항상 아침부터 동네에 나가 비슷한 일 다니는 사람들과 어울려 술을 마셨다. 하루 종일 마시고 밤이 깊어서야 돌아왔다. 용태에게 아버지는 그저 무섭기만 한 존재였다. 가끔 일도 없이 용태의 머리에 군밤을 먹였는데, 금세 눈물이 나올 정도로 아팠다. 그러나 아버지는 킬킬 웃어댔다. 돌이켜보면 나쁜 사람은 아니었다. 그저 자식에 대한 사랑을 그런 식으로 표현한 것뿐이었다. 그나마 그가 행복을 맛본 적이 있다면 그의 집에 지금 어머니가 들어온 뒤였다. 아버지는 술을 줄이고 일을 더 열심히 했고, 새어머니는 그의 손을 잡고 시장에 데리고 가서 뭐 먹고 싶으냐고 물었으며,

그가 저거, 하고 꽁치를 가리키면 꽁치를 사고 무를 사 꽁치조림을 만들어 저녁 밥상에 올렸다.

용태는 눈물을 훔치고 벌떡 일어섰다. 가자. 형 돌아올 시간 됐다. 그 형이라는 사람은 누구인가? 용태는 전에 살던 동네에서 알고 지내던 형이라고 대답했다.

전철역 앞에서 헤어지기 전, 용태는 말했다. 그 편지, 너 읽어보지 마. 알았어?

집에 거의 도착해서야 성준은 문득 깨달았다. 전에 살던 동네? 용태가 전에 살던 동네란 바로 이곳 고덕동이었다. 용태는 이곳에서 살다가 이사를 갔으니까.

10

성준은 열쇠로 문을 따고 집 안으로 들어섰다. 텅 빈 집, 그 자신의 발소리가 메아리처럼 집 안에 떠도는 것 같았다. 이런 땐 아무것도 생각하지 말아야 했다. 그는 엠피스리 헤드폰을 머리에 썼다. 컴퓨터를 켰다. 혹시나 싶어 메신저에 접속하였다. 윤지의 접속 아이디는 gigivenus, 그러나 그녀는 보이지 않았다. 컴퓨터도 금지당한 것일까. 그렇다면 그녀에게 연락할 방법은 전혀 없는 셈이었다.

가방을 열었다. 용태의 옷들이 가득했다. 그는 한동안 가방을 들여다보다가 벌떡 일어나 반바지와 티셔츠를 걸치고 집을 나섰다. 어머니는 내일부터는 주간 당번이었다. 그녀가 야간 당번인 오늘 다녀오는 것이 나을 것 같았다.

전철을 타고, 바꿔 타고, 마을버스를 또 타고 한 시간을 갔다. 가는 동안 또 아버지에게 전화를 했다. 여전히 그는 전화를 받지 않았다. 문자를 보냈다. '어디 계세요? 보고 싶어요.^^*' 하고 썼다가 보고 싶다는 말은 지웠다. 낯간지러웠다.

윤지에게도 전화를 해봤다. 역시 전화를 받지 않았다. 그러나 이번에는 좀 달랐다. 고객님 사정으로 통화가 정지 중이오니……, 어쩌고 하는 말이 흘러나왔다. 그렇다면 아예 윤지 부모가 통화를 정지시킨 것일까. 문득 서봉석에게 전화를 해볼까, 하는 생각이 났다. 서봉석의 전화번호는 학교 웹사이트에서 알아낼 수 있지 않을까.

평양주점은 한산했다. 늙은 남녀가 밥을 먹으며 소주를 주고받을 뿐이었다. 성준이 들어서자 그의 미즈 장은 반색을 하고 맞았다.

"어서 와라. 그렇잖아도 니 전화번호라도 알아둘걸, 얼마나 애태웠는지 몰라. 어서 앉아. 밥 먹었냐?"

성준은 먼저 용태가 준 편지를 꺼냈다. 얼굴이 하얗게 질린 그녀는 만났냐, 하고 물었다. 그는 고개를 끄덕였다. 날 좀 부르지, 날 좀 부르지, 하며 그녀는 봉투를 뜯어 편지를 읽었다. 그녀의 뺨에 눈물이 흘러내렸다. 어쩌고 다니더냐? 그녀가 물었다. 성준은 본 대로 대답했다. 핼쑥해졌다, 지저분하다, 아르바이트 일자리 구했다고 하더라……. 그녀는 눈물을 훔쳤다. 미친놈, 집 놔두고……. 성준은 이번에는 용태가 맡긴 옷을 꺼내놓았다. 그 냄새나는 옷들을 탁자 위에 하나하나 개어놓다 말고 그녀는 거기 엎어져 눈물을 쏟아냈다. 성준아, 우리 아들 좀 찾아와라, 우리 아들 좀 찾아와…….

밥을 먹던 사람들이 그들을 흘끗거렸다. 술 취한 남자들이 밖에서부터 소란을 떨며 들어왔다. 여기 소주하고 삼겹살 좀 줘봐, 장마담. 체크무늬 남방을 입은 뚱뚱한 남자가 말했다. 내가 장 마담 못 잊어서 큰일이야, 이거. 미즈 장은 일어나 주방으로 들어갔다. 손님들은 노래방이 어떻고 단란주점이 어떻고 하며 떠들어대고 있었다. 성준은 탁자에서 일어나 뒤쪽 마루로 옮겨 앉았다. 어머니로부터 문자가 왔다. '뭐 하고 돌아다녀? 어서 집에 가.' 시간을 보니 11시였다. 너무 늦게 온 것일까. 성준은 어머니에게 간단히 문자를 보내 답했다. '^^*'

한참 뒤에야 성준과 미즈 장은 다시 마주 앉을 수 있었다. 그녀는 성준을 위해 호박잎 된장찌개와 겉절이와 삼겹살과 막걸리로 상을 차렸다. 어서 먹어라. 장 마담, 이리 와 같이 한잔해. 걸걸한 목소리의 체크무늬 남방을 입은 남자가 자꾸 불렀다. 미즈 장은 대꾸하지 않았다. 그녀는 용태에 대해서 묻고 또 물었다. 어디에서 잔다더냐? 그동안 뭘 하고 다녔대? 어미 내던지고 집 뛰쳐나가 사니까 속이 시원하다더냐? 계집애 따라다니는 것 같지는 않더냐? 그사이에도 성준이 잔을 비우면 그녀는 어김없이 막걸리를 따라주었다.

체크무늬 남방과 같이 술을 마시던, 콧수염을 지저분하게 기른 사십 대 남자가 화장실을 다녀오면서 마루 끝에 상을 놓고 마주 앉은 성준과 미즈 장을 유심히 살펴보고 지나갔다. 미즈 장은 알은척

하지 않았다. 어디서 알바를 한다더냐? 옷 꼴은 어떻더냐? 돈 필요하다는 말은 않더냐? 성준은 돈이 다 떨어진 것 같더라고 말했다. 뭐 좀 사 먹였냐? 그래, 고맙다. 잘했다. 내가 돈 좀 줄 테니까 그놈한테 전해다오. 체크무늬 남방이 소리쳤다. 어이, 장 마담, 젊은 놈만 붙들고 있지 마. 내 술도 한잔 받으라니까. 미즈 장이 대답했다. 네, 어서 드세요, 사장님.

그녀는 성준에게 다시 말했다. 그놈 만나게 되면 꼭 날 좀 데려가다오. 나에게 연락이라도 해다오. 그것은 성준이 쉽게 할 수 있는 약속이 아니었다. 자칫 용태를 함정에 빠뜨리는 짓이 될 수도 있었다. 내가 멀리서 얼굴만 볼게. 얼굴만. 미즈 장이 애걸했다.

"장 마담, 우리도 사람이여. 우리도 손님이라고."

제법 짜증 섞인 투정이 터져 나왔다. 미즈 장이 벌떡 일어났다. 그녀는 술손님들을 쳐다보지도 않고 지나쳐 평양주점의 출입문을 활짝 열어젖혔다.

"나가. 나 술 안 팔아. 어서 나가."

콧수염이 뭐가 어쩌고 어째, 하고 눈을 부라리며 일어섰다.

"돈 안 받을 테니까 그냥 나가란 말이야."

체크무늬 남방이 삿대질을 했다.

"장 마담, 너무 그러지 마. 단골한테 이래도 되는 거야?"

"단골? 외상으로 도배를 하는 단골 필요 없어. 나가."

"아니, 뭐 이런 게 다 있어?"

콧수염이 미즈 장을 거칠게 떠다밀었다. 그녀는 뒤로 나동그라지며 문을 치고 바깥 골목에 쓰러졌다. 성준은 반사적으로 그쪽으로 달려갔다. 그는 콧수염의 멱살을 틀어쥐었다. 막상 화가 나서 멱살을 잡긴 했으나 어째야 할지를 알 수 없었다. 그가 머뭇거리는 사이 콧수염이 주먹을 휘둘렀다. 성준은 뒤로 한두 걸음 물러났으나 곧 콧수염의 턱에 주먹을 날렸다. 콧수염은 술상에 엎어졌다. 이런 어린놈의 개새끼가……. 체크무늬 남방이 재떨이를 집어 던졌고, 어느새 일어난 미즈 장이 그의 머리칼을 틀어쥐어 쓰러뜨렸고, 콧수염이 불판을 집어 던져 유리창이 박살이 났고, 성준이 발차기를 하여 그의 턱을 다시 날렸고, 체크무늬가 성준을 붙들었고, 성준이 그의 다리를 걸어 쓰러뜨렸고, 두 사람이 흙바닥에 나뒹굴자 그 바람에 술상이 엎어져 소주와 상추와 김치와 찌개와 재떨이가 쏟아졌고…….

결국 성준과 미즈 장은 체크무늬와 콧수염을 쫓아냈다. 그들은 걸쭉하고 무지막지한 욕설로 패배를 장식하며 도주했다. 성준은 승리에 도취했다. 어른들을 물리쳤다. 연인을 위해 나쁜 놈들을 쫓아냈다. 그는 숨을 몰아쉬며 막걸리를 들이켰다. 큰일이라도 이룬 듯 기분이 통쾌했다.

그의 옷은 술에 반찬에 흙에 엉망이 되어버렸다. 그 꼴을 보고 미즈 장은 웃어댔다. 웃는 미즈 장 역시 꼴은 성준과 별로 다르지 않았다. 그는 깨어진 유리를 치우고 미즈 장은 덧문을 닫아걸었다.

그녀가 옷을, 아마 용태가 입었을 운동복을 내주었다.

"갈아입어라. 그 옷은 빨아야겠다."

오늘도 이곳에서 자야 하는 것일까. 성준은 망설였다.

"괜찮아요. 빨지 마세요. 집에 가서 빨 테니까."

"내가 금방 빨아 금방 말려서 다려줄 테니까 걱정 마라. 여름옷은 금방 마른다."

그러나 이미 자정이 가까워지고 있었다. 성준은 혼자 막걸리를 천천히 마시며 기다렸다. 술은 달고 기분도 좋았다. 옷을 빨아 들고 온 미즈 장은 마루 끝에 작은 실내용 난방기를 켜고 그 앞에 멀찌감치 옷을 걸어놓았다.

"아버지 소식은 들었냐?"

띄엄띄엄 이야기가 이어졌다. 술기운을 빌려 성준이 물었다. 성함이, 이름이, 성함이, 이름이…… 뭐예요? 미즈 장은 웃었다. 내 이름? 이름은 왜? 궁금해서요. 왜 내 이름이 궁금할까? 그녀가 빤히 성준의 얼굴을 쳐다보았다. 성준은 낯이 뜨거워 고개를 숙였다.

내가 친어미 아니라는 얘기 그놈이 하더냐? 용태 아버지가 참 좋은 사람이었다. 공사장 밥집에서 그 사람 만났다. 세상천지 정 붙일 데라곤 없었는데 그 양반 만나 정 붙이고 살았다. 인정 많고 조용한 사람이었다. 애가 있는 건 나중에야 알았다. 그 사람 잘못되고 나서는 용태란 놈 키우는 재미로 살았고. 그놈 부쩍부쩍 커가는 게 어찌나 재밌고 귀엽고 흐뭇한지 세상에 이런 재미도 다 있구나,

했다. 그놈 가출하고 나니까…… 나도 참 무정한 년이지, 남의 자식 소용없구나, 하는 생각도 들고, 다시 옛날처럼 세상에 아무도 없이 혼자 산중에 남은 듯 막막하더구나……. 그놈이 편지에 그랬더라. 엄마, 참 좋은 사람이라고. 효도하며 살겠다고. 얼마나 고마운지…….

왜 이런 얘기를 나에게 하는 것일까. 성준은 숨이 막혔다. 부끄러웠다. 그녀는 성준의 생각을 다 알고 있는 것 아닐까. 그는 급히 막걸리를 마셨다.

그녀는 다림질을 시작했다. 이마에 송골송골 땀이 맺혔다. 고맙다, 성준아. 나한테 해준 것도 우리 아들한테 해준 것도……. 내가 무엇을 해줬단 말인가? 넌 모른다, 나한테 뭘 해줬는지. 니가 처음 여기 온 날부터 난 널 기다리며 살았다. 용태 기다리듯이 널 기다렸다. 너라도 있었으니 내가 버텼을지도 모르겠다. 가끔 와라. 응? 와서 밥도 먹고 술도 먹고…… 자고 가고 싶으면 그래도 좋고……. 니가 의지가 되더라. 참 이상한 일이다만……. 니 착한 눈이 날 착하게 만들었다. 착하다니? 내가…… 얼마나 엉큼하고 음흉한 생각을 품었는데……. 그가 하지 않은 말까지 그녀는 듣고 대답하는 것 같았다. 다 그런 거다. 사람이 만나고 정이 든다는 게. 다 좋은 것만도 아니고 다 나쁜 것만도 아니다.

정이 든다는 거, 라고 그녀는 말했다. 성준에게 정이 들었다는 말인가? 아닌가? 자고 가고 싶으면 그래도 좋다고 그녀는 말했다. 아닌가?

"술집 치워버리기로 마음먹었다. 돈이 안 벌리면 벌리게 애를 써보든지, 딴 궁리를 해보든지……. 어차피 떼돈 버는 것도 아니고. 여기서 시작할지 다른 데로 옮겨 시작할지, 그것은 아직 모르겠다만……. 니가, 너하고 용태 덕분에 힘든 결심 했다. 걱정도 된다만…… 속이 다 시원하다. 용태 만나거든 그렇게 전해라. 제발 어서 돌아오라고."

옷이 마르자 성준은 옷을 갈아입고 일어섰다. 그러나 그는 가고 싶지 않았다. 미즈 장은 붙잡지 않았다. 그녀는 용태에게 전할 돈 봉투를 하나 주었다. 성준에게도 택시 타고 가라며 돈을 주었다. 그가 거절하자 그녀는 말했다. 친구 엄마가 주는 거다. 고맙습니다, 하고 받으면 되는 거야.

그가 평양주점을 나설 때 미즈 장은 그에게 다가와 잠깐 껴안았다가 놓아주었다. 그는 힘껏 끌어안고 싶었으나 참았다. 그는 가고 싶지 않았다. 그녀가 작은 소리로 말했다. 장금선, 내 이름이다.

그때 성준은 분명히 보았다. 그녀의 얼굴은 희미하지만 붉게 달아올라 있었다.

그날 밤, 장금선은 오랜만에 다시 성준의 꿈에 나타났다. 용태와 소주를 마신 바로 그 야산이었다. 저 아래 운동장에서 용태와 윤지, 서봉석과 박해준, 성준의 아버지와 어머니가 동네 사람들 속에 섞여 배드민턴을 치고 줄넘기를 하고, 엉뚱하게 당구를 치는데, 용태의 어머니였다가 장 마담이 되었다가 미즈 장이 되었다가 마침내 금선이 된 그녀와 성준은 서로를 발견하자마자 아무것도 돌아보지 않고 순식간에 벌거숭이가 되어 뜨겁게 서로를 끌어안았다.

11

기말고사가 끝났다. 박해준은 1학기 마지막 종례 시간에 들어와서 마지막 출석을 불렀다. 그는 1번부터 36번까지 하나도 빼놓지 않고 학생들의 이름을 불렀다. 심윤지의 이름을 불렀을 때 학생들은 모두 놀랐다. 그러나 그는 잠시 기다리다가 다시 심윤지, 하고 불렀다. 당연히 대답하는 사람은 없었고, 교실 안에는 정적이 흘렀다. 다시 한 번 그가 불렀다. 심윤지. 심윤지가 결석한 이유를 그가 모를 리 없었다. 학생들은 의아스러운 얼굴로 서로를 돌아보았다. 영우가 말했다. 심윤지는 지금……. 그러나 박해준은 그의 말을 자르고 다시 이름을 불렀다.

"심윤지."

침묵. 아무도 대답하지 않았다. 침묵에 잠긴 교실 안을 그는 한참 동안 말없이 지켜보았다. 몇몇 학생들의 눈을 똑바로 쳐다보기도 했다. 그다음에야 다음 학생의 이름을 불렀다.

성준에게 그것은 깊은 인상을 주었다. 심윤지와 서봉석으로 하여 벌어진 이번 사건에 대해 뭔가 하고 싶은 말이 있으나 망설이는 것 같았다. 어쩌면 심윤지가 지금 학교에 없다는 사실에 대한, 나아가서는 서봉석이 지금 학교에 없다는 사실에 대한 무언의 항변처럼 여겨지기도 했다.

"권용태."

그가 호명했다. 대답하는 사람이 없었다. 박해준은 다시 이름을 불렀다. 권용태. 교실 안에 침묵이 흘렀다. 그가 가출했다는 것을 모르는 학생은 거의 없었다. 그러나 영우도 이번에는 참견하지 않았다.

권용태. 침묵. 권용태. 침묵. 다음에야 박해준은 다음 학생의 이름으로 넘어갔다. 심윤지가 없다는 사실을, 권용태가 없다는 사실을 그는 학생들에게 강렬하게 인식시키고 싶은 것처럼 보였다. 그들이 왜 여기 없는지, 없다는 것이 무엇을 의미하는 것인지 생각해보기를 촉구하는 것처럼 여겨졌다. 그의 의도가 무엇이었건 학생들은 까맣게 잊고 있던 사실, 심윤지와 권용태가 더 이상 그들과 함께하지 못하게 되었다는 것, 그들이 탈락하고 말았다는 것을 다시 한 번 상기하게 되었다.

그의 마지막 종례는 그 외에는 특별할 것이 없었다. 방학이다. 열심히 놀고 열심히 공부해라. 다음 학기 초에는 여러분에게 새로운 담임선생님이 찾아올 것이다. 건강하게 보내고 다음 학기에 다시 만나자.

윤지와 용태는 결국 기말고사를 보지 못했다. 성적은 영점 처리될 것이고, 진급이나 졸업이 보류되는 처벌을 받게 될 수도 있었다.

"니가 그런 것들 걱정할 때냐? 니 성적이나 걱정해."

어머니가 쏘아붙였다. 하기는 그랬다. 방학이 시작되었다고는 하지만 성준은 기분이 무거웠다. 시험을 망쳤기 때문이었다. 시험 준비를 제법 했는데도 전혀 대처할 수 없는 문제가 너무 많았다. 어디서 본 듯한 문제인데 답은 생각나지 않았다. 수학의 경우 분명 아는 문제인데도 매번 풀 때마다 다른 답이 나왔다. 환장할 노릇이었다. 배점이 높은 서술형 문제들은 거의 다 틀렸다. 머릿속에 있는 생각을 글로 옮긴다는 것이 여간 힘드는 일이 아니라는 것을 그는 새삼 확인했다. 쓰고 보면 꼬인 문장이고, 다시 안간힘을 다해 고쳐 쓰고 읽어보면 그 자신조차 무슨 소린지 이해가 되지 않는 문장이었다.

이런 경우 서봉석의 처방은 두 가지였다. 책을 많이 읽는 것이 하나, 일기 쓰는 것이 둘. 너무나 막연한 처방이었다. 그러나 봉석은 기회만 생기면 강조했다. 그 밖에 왕도가 없어. 유일한 방법이야. 성준의 집 안에는 책이라고는 교과서와 전화번호부가 고작이었다. 책을 어디 가서 읽는단 말인가?

"도서관."

어머니가 말했다. 근처에 구립 도서관이 있기는 했다. 대부분의 학생들은 도서관을 시험 공부하는 데 이용했다. 주민들은 부동산 공인중개사 시험이나 공무원 시험을 준비하기 위해 도서관을 드나들었다.

그가 대학에 가지 않겠다고 말했을 때 어머니의 반응은 거의 신경증적이었다. 땅을 치고 울고불고, 죽어버리겠다고 소리를 질렀다. 그가 우리 집 형편으로 그 비싼 등록금을 감당할 수 있겠냐고 항의하자 어머니는 턱을 치켜들고 걱정 말라고 되받았다. 집 팔아서라도 등록금 내줄 테니까. 집, 눈곱만한 아파트였으나 그것은 그들의 유일한 재산이었다. 집이 있었으므로 그들 일가족은 지난 몇 년 동안의 힘든 시기를 그럭저럭 버텨낼 수 있었다. 그런데 집을 판다고? 어머니는 말했다.

"니가 돈 벌어 다시 사면 되는 거야. 꼭 집을 팔아야만 하는 것도 아니야. 요샌 대학생 학자금 대출도 얼마든지 있다더라. 넌 아무 걱정 말고 공부나 해. 알았어? 어미 죽어 나가는 꼴 보고 싶으면 그런 소리 해."

아아, 기말고사 성적표를 보면 어머니는 한숨을 치쉬고 내리쉴 것이다……. 공부를 해야 하는 것일까? 차라리 윤지나 용태처럼 한 해 쉬며 이모저모 생각해보는 것은 어떨까. 물론 어머니에게는 그런 말은 꺼내지도 못했다.

그가 조심스럽게 방학 동안 편의점 아르바이트 자리라도 알아보겠다 하자 어머니는 허공에 대고 화산처럼 부르짖었다.

"난 우리 아들 편의점 알바 같은 거 안 시킨다. 우리 아들 그런 거 시키려고 낳지 않았다. 우리 아들은……."

그때 전화벨이 울렸다. 그 전화벨 소리는 유난히 요란스러웠다. 어머니의 휴대전화였다. 그녀는 전화를 받자 버럭 고함을 지르며 발딱 일어났다. 어디야, 어디야, 여보? 성준도 벌떡 일어나 어머니 곁을 따라다니며 한마디라도 듣기 위해 귀를 기울였다. 가슴이 두근거리고 눈물이 솟을 것 같았다. 당신 왜 그래? 왜 이렇게 속을 썩여? 난 그렇다 치고 애한테 부끄럽지도 않아?

그런 얘기를 들으며 성준은 아아, 어머니가 화를 고만 냈으면, 하고 생각했다. 어머니의 입을 막아버리고 싶었다. 얼마 만의 전환데 어머니는 또 짜증부터 내는 것일까?

여수? 어떻게? 어선? 너무 위험한 것 아니야? 당신…… 그냥 서울에 오면 안 돼? 서울에서…… 그런 각오로 직장 구하면 안 될까? 그녀는 울먹이기 시작했다. 여보, 미안해. 내가…… 잘못한 게 너무 많아. 아냐, 내가 잘못한 거야. 당신도 힘들었을 텐데 내가 너무……. 음? 그래, 잘 있어, 당신 아들. 당신 보고 싶어서 안달이지. 성준은 옆에서 부탁했다. 나 좀 바꿔줘. 나 좀.

아버지는 우리 성준이 잘 지냈냐, 할 뿐 말을 잇지 못했다. 막상 전화를 받고 보니, 성준 역시 별로 할 말이 없었다. 오늘 방학 시작했어. 기말시험은 잘 봤어? 뭐, 그냥. 얼마나 큰 배야? 그냥 자그마한 어선이야. 언제 어머니하고 여기 한번 놀러 와라. 시간 나면 오라고 연락할 테니까. 내가 아버지한테 문자 보낸 거 봤어? 봤지. 그래, 고맙다. 집엔 언제 와? 집에…… 가야지, 곧. 돈 좀 벌면.

돈 좀 벌면, 이라는 말에 성준은 할 말을 잃었다. 돈, 그놈의 돈. 제기랄. 어머니가 옆에서 속삭였다. 아버지 너무 속상하게 하지 마라. 어서 오시라고 해. 그는 아버지에게 다시 말했다. 금방 와요. 그래야지, 그럼. 아버지가 울먹이는 것 같았다. 그는 마음속으로 소리쳤다. 제기랄, 울지 마요, 아빠. 울지 말고 그냥 서울로 올라와요. 작은 배라니, 너무 위험하잖아요.

어머니는 좁은 거실 안을 뱅글뱅글 돌며 얼마나 다행이냐, 얼마나 다행이냐, 하는 말을 반복했다. 비쩍 마른 얼굴에 오랜만에 화색이 돌았다. 난 니 아버지 영영 소식 끊으려는 줄 알았다. 성준도 그런 불길한 생각에 시달린 것이 사실이었다.

"아버지 소식도 들었으니까 우리 자장면 시켜 먹자."

그녀가 선언했다.

"까짓것, 탕수육도 시키자."

잠시 후 자장이 시커멓게 묻은 입을 훔치며 어머니는 기운차게 말했다.

"봐라, 너 걱정할 거 하나 없다. 이제 나도 벌고 아버지도 번다. 니 등록금 같은 것은 암것도 아니다. 안 그래? 그래 안 그래, 아들?"

엄마도 벌고 아빠도 벌고, 그러니까 나도 벌면 더 좋잖아, 하는 말이 목구멍을 치받고 올라오는 것을 성준은 꿀꺽, 들큼한 고깃덩이와 함께 삼켜버렸다.

12

무더위는 온종일 끈적끈적 피부에 달라붙어 떠나지를 않았다. 먹구름이 하늘을 뒤덮어 날은 일찍 저물었다. 저녁 무렵부터 번개가 치고 비가 쏟아지기 시작하더니, 비는 곧 그쳤으나 번개는 줄곧 먹구름 너머 하늘을 떠돌며 시도 때도 없이 하늘을 찢어발길 듯 시퍼렇게 울부짖었다.

아버지가 돌아왔다. 윤지는 방 안에서 어머니가 아버지를 맞는 소리를 들었다. 샤워 먼저 해야겠어. 주석의 음성은 피로에 지친 것 같았다. 윤지는 다시 한 번 망설였다. 미룰까. 하루만, 아니면 이틀만……. 이제껏 참았는데 하루 이틀을 못 참을까. 그러나 언제까지? 언제까지 부모의 처분만 기다리며 감금 생활을 계속해야 하는 것인가?

아버지가 나오는 소리, 아아, 시원하다, 하는 그의 말소리가 들리자마자 윤지는 방문을 밀고 거실로 나섰다. 주석은 막 소파에 앉는 중이었고, 명숙은 주방에서 믹서로 토마토를 갈고 있었다. 윤지는 아버지 앞에 가서 앉았다. 주석은 딸이 거기 와 앉는 것을 뻔히 보았을 텐데도 알은체하지 않고 신문을 뒤적이기 시작했다. 명숙이 주스를 가지고 와 그의 앞에 놓아주었다. 그제야 그녀는 윤지가 나와 있는 것을 보고 주스를 한 잔 더 가지고 와 딸 앞에 놓아주었다. 주석은 단숨에 주스를 마셨다. 아아, 시원하다. 여전히 그는 바로 앞에 앉은 딸에게는 눈길 한 번 주지 않았다.

아버지, 하고 윤지가 불렀다. 주석은 신문을 들여다보며 왜, 하고 받았다. 적어도 그것만으로는 평범한 날, 평범한 부녀의 문답 같았다. 명숙은 자못 긴장한 낯으로 윤지를 쳐다보았다.

"제 휴대전화 돌려주세요."

하고 윤지가 말했다. 주석은 대꾸하지 않았다. 명숙은 결의에 찬 딸의 얼굴을 쳐다보다가 자신도 모르는 사이에, 뭐라고, 하고 음성을 높였다. 곧 그녀는 단호하게 말했다. 안 돼. 잠시 후 주석이 물었다.

"휴대전화 뭐하게?"

"남들이 전화로 다들 자유롭게 하는 일을 나도 하고 싶어요."

"그게 뭔데?"

"사람들에게 연락도 하고 연락도 받고 싶어요."

명숙은 다시 한 번 안 된다고 했지, 하고 위협했다. 다시 주석이 다소 느긋한 어조로 물었다.

"누구에게?"

윤지는 회피하고 싶었다. 무심한 척 외면하고 있는 아버지의 눈에서 그녀는 짙은 피로감과 슬픔, 분노 같은 것을 보았다. 그러나 어쩔 수 없었다. 이 부당한 감금 생활을 끝내야 한다. 안간힘을 다하여 그녀는 언제부턴가 금기가 되어버린 이름을 말했다.

"서봉석 선생님에게요."

"뭐라고? 누구?"

명숙이 부르짖었다. 그녀의 얼굴에 진땀이 맺혀 있었다. 주석은 꿈쩍도 하지 않았다. 윤지는 다시 한 번 또렷하게 대답했다.

"서봉석 선생님요."

그렇게 그날의 회전(會戰)은 시작되었다. 명숙의 외침과 부르짖음, 윤지의 조용하고 분명한 어조, 이따금 남의 일인 듯 심드렁한 주석의 대꾸나 질문, 이런 식의 대화가 이어졌다. 너 미쳤어? 난 미치지 않았어요. 바로 그놈한테 연락 못하게 하려고 전화 빼앗은 거야. 왜요? 왜 연락을 하면 안 되는 거예요? 무슨 짓을 할지 모르니까. 우리가 무슨 짓을 했는데요? 니가 몰라서 물어, 그걸? 우린 아무 나쁜 짓도 하지 않았어요. 뭐? 선생이랑 나이 어린 제자가 만나서 싸돌아다닌 게 나쁜 짓이 아니란 말이야?

"어째서 그게 나쁜 짓인데요?"

명숙이 당황하여 잠시 말문을 잃고 머뭇거리는 사이에 윤지는 계속해서 말했다.

"난 나쁜 짓 하는 사람이 되고 싶지 않아요. 어째서 나쁜 짓인지 말씀해주시면 이해할 수 있어요. 나쁜 짓이라면 하지 않을 거예요. 말씀해주세요, 엄마, 아빠. 우리가 무슨 나쁜 짓을 했어요?"

학원 간다 속이고 그놈 만나고 다닌 것, 나쁜 짓이다. 네, 죄송해요. 다신 속이지 않을게요. 니 말을 어떻게 믿냐, 우리가? 그것은 내가 한 짓이에요. 서봉석 선생님하고는 아무 상관도 없어요. 니가 그놈 만나기 위해 거짓말한 거잖아. 그렇지 않아요. 그 전에도 학원 간다고 하고 딴짓하러 다닌 적 많아요. 너, 너, 그걸 지금 잘했다고 떠벌리는 거냐? 죄송해요. 그렇지는 않아요. 내 거짓말이 선생님하고 관련이 있는 건 아니라는 걸⋯⋯. 시끄러워!

번쩍, 시퍼런 금속성이 방 안까지 파고들고, 이어 작렬하는 굉음이 울려 퍼졌다. 비가 쏟아지기 시작했다. 창밖의 숲에서 나무들이 뒤흔들렸다.

"선생이 나이 어린 제자 데리고 연애질이나 하고 다니는 것이 잘한 일이야?"

마침내 거기 이르렀다. 윤지는 이를 악물었다.

"엄마, 연애질 같은 건 근처에도 못 가봤어요."

"만나서 싸돌아다닌 것이 연애질이지 뭐가 연애질이야?"

명숙은 여전히 진땀을 흘리고 있었다. 집 안은 방마다 설치된 냉방기로 늘 서늘했다. 어머니는 어째서 진땀을 흘리는 것일까.

"우린 몇 번 만나서 두어 시간 동안 같이 앉아 있었을 뿐이에요. 그거 다예요. 그런 게 연애질이에요?"

"연애질이야!"

하고 명숙이 부르짖었다. 주석이 끼어들었다. 그래, 몇 번이나 만났냐, 지금까지? 아홉 번, 이라고 윤지는 대답했다. 아홉 번, 꿈처럼 그를 만났고, 꿈 같은 행복감에 젖어 살았다. 만나서 뭘 했냐? 구체적으로 말해봐라. 밥을 먹고, 영화를 보고, 차를 마시고, 얘기를 하고…… 무수한 얘기들을 하고, 알지 못하던 것들, 그 존재마저 몰랐던 것들에 대해 알게 되고, 호기심을 품게 되고, 탐구욕을 느끼게 되고……. 마침내 그를 사랑하기에 이르렀다.

"사랑? 사랑이라고?"

명숙이 벌떡 일어나 다시 부르짖었다. 그러니까 연애질이라 하는 거지, 이년아! 주석이 조용한 어조로 물었다.

"너 서봉석이 몇 살인지는 아냐?"

서른다섯이었다. 니 나이의 두 배다. 게다가 교사와 제자 사이다. 누가 봐도 비정상이다. 주석은 타이르듯 말했다. 바로 그게 나쁜 짓이다.

"아빠, 그건 내 마음속에서 벌어진 일일 뿐이에요. 내 생각일 뿐이에요. 그게…… 그런 것도 나쁜 짓인가요? 내가 누군가에게, 서른다섯 살이 아니라 일흔 살 먹은 아무개에게 사랑을 느낀다면 그것이 나쁜 짓인가요? 생각만 해도요? 아무 일도 저지르지 않아도요?"

나쁜 짓이야, 하고 명숙이 외쳤다. 그녀의 얼굴에 시퍼렇게 가로질린 증오에 윤지는 가슴이 떨렸다. 왜 엄마는 나를 저토록 증오하는 것일까. 왜? 그녀는 이번에는 주석을 돌아보았다. 그는 무표정한 얼굴이었다. 그러나 적어도 명숙을 말리려는 생각은 전혀 없는 것 같았다. 윤지는 절망했다. 윤지와 서봉석이 부모가 우려하는 일을 저지른 적이 없다는 것을 알게 되면 이해해줄지도 모른다고 그녀는 기대했다. 그 기대가 지금 막 무너졌다.

"그러니까 아빠, 엄마, 내가 서봉석 선생님하고 사귀는 것은 안 된다, 하시는 건가요? 서봉석 선생님이 너무 나이가 많으니까?"

"그래!"

명숙이 시퍼렇게 눈을 부라리며 부르짖었다. 주석은 덧붙였다.

"또 교사와 제자 사이에 벌어지는 일이니까."

이 미친년, 하고 명숙이 외쳤다.

"그러면 전에, 고등학교 입학했을 때, 내가 한성준이하고 사귀겠다고 했을 때, 그땐 왜 그렇게 반대했어요?"

"한성준이? 한성준이가 누구야?"

윤지는 눈물이 솟았다. 이들은 모른다, 그녀는 그토록 고통스러웠는데, 막상 감시와 꾸중으로 엄격하게 금지시킨 이들은 기억조차 하지 못한다……. 성준이요, 전에 초등학교 때 같은 반이었던,

엄마도 그 애 엄마랑 친하게 지내기도 하고…… 기억 안 나요? 정말?

윤지는 울음이 격해져 말을 이어나갈 수가 없었다. 그러나 명숙은 코웃음을 내놓았다.

"너 그 아이 엄마가 뭐 했는지 알기나 하냐?"

윤지는 알지 못했다. 명숙이 의기양양하게 소리쳤다.

"식당에서 설거지해서 먹고살았어! 그런 집 애를 사귄다는 게 말이 되는 소리냐?"

윤지는 어이가 없었다. 그 모든 악착같은 반대의 원인이 겨우 그것이었던가? 윤지가 초등학교 다닐 때는 어머니도 성준이 어머니와 제법 친하게 지내지 않았던가?

"그대는 그 집 아버지가 직장 다니고 있었지. 무슨 회사라던가. 암튼 난 그런 줄 알았어. 그 여편네가 거짓말한 것이었는지도 모르지만."

윤지는 다시 물었다.

"가난하니까?"

"가난도 다 같은 가난이 아니야."

"이해하지 못하겠어요. 설명 좀 해줘요, 엄마."

"설명 필요 없어! 안 돼!"

명숙은 다시 소리쳤다.

"엄다, 내가 성준이하고 사귀면 그때 당장 무슨 일이라도 벌어질

줄 알았어요? 도대체 무슨 일을 걱정해서 반대를 했어요? 틈나는 대로 가끔 만나는 것, 영화 같이 보고, 햄버거나 같이 먹고…… 그게 다였을 거예요. 그 아이 엄마가 식당에서 설거지를 하건 걸레를 빨건 그게 무슨 상관이었어요?"

명숙은 할 말을 찾을 수 없었다. 멀거니 딸을 쳐다보다가 그녀는 이번에는 남편을 돌아보았다. 주석은 문득 말했다.

"그래, 그건 미안하다. 하지만……."

그러나 윤지는 아직 할 말이 남아 있었다.

"지금은요? 나와 서봉석 선생님이 만나면 뭘 할 것 같아요? 지금 당장 결혼하게 해달라고 요구할 것 같아요? 달아날 것 같아요? 그냥 가끔 만나는 것뿐이에요. 내가 몇 번 선생님 만나는 사이에 정신적으로 얼마나 크게 성장했는지 알아요?"

"성장했다는 게 하는 짓이 겨우 이거냐?"

"나에게 얼마나 큰 도움이 되고 의지가 되었는지 알아요? 도대체 왜 그게 이렇게 큰일이에요? 왜 그게 나쁜 짓이라는 거예요?"

윤지 음성이 자꾸 커지고 있었다. 그러나 그녀는 의식하지 못했다. 명숙이 소리쳤다. 조용히 못 해?

"그건 다른 문제다. 교사와 제자 사이의 관계는 법률적으로도 범죄행위야."

주석이 해설자처럼 덧붙였다. 윤지는 이해할 수 없었다. 관계라니.

"무슨 관계요?"

만나는 관계? 아홉 번쯤 만나면 그것이 범죄란 말인가? 그런 게 법에 있단 말인가? 정말로? 명숙은 다시 부르짖었다. 그게 아니라면 서봉석이 어째서 파면을 당했겠냐? 다 알면서 그놈은 그런 짓을 한 거야. 그러니까 더 나쁜 거야. 그놈은 아주 질적으로 더럽고 나쁜 놈이야.

서봉석이 파면을 당했다는 말에 윤지는 가슴이 아팠다. 다른 말이 귀에 들어오지 않았다. 그가 교사라는 직업을 무척 좋아했다는 것을 알고 있었으므로 더욱 그러했다.

"이제 더 이상 나와 그 사람은 사제지간이 아니군요. 그렇죠?"

그게 어쨌다는 건데? 명숙은 다시 고함을 질렀다. 파면? 어째서? 이해할 수 없는 일이었다.

"너 왜 울어? 뭣 때문에 울어, 지금?"

"엄마, 선생님 나쁜 사람 아니에요. 엄마의 아들하고 비교해봐도 훨씬 똑똑하고 착하고 바른 분이에요. 욕하지 마세요."

윤지는 이제 확실히 알 수 있었다. 그들이 부당하다는 것을 입증해봐도 아무 소용이 없다. 설득이고 입증이고 무의미한 짓일 따름이다. 부모의 반대에는 아무런 이유가 없었다. 그러니 아무것도 입증할 필요가 없었다. 그들에게 필요한 것은 윤지의 복종, 오직 그것뿐이었다. 얼마나 야만적이고 얼마나 무자비한가, 이곳은, 이 가정은, 나의 부모는. 그녀의 자유는 환상이었다. 조용하고 아늑하던 이 집 또한 환상이었다. 그것은 아버지나 어머니의 임의에 따라 언제라도 순식간에 박탈될 수 있는 선물에 지나지 않았다.

이제 그녀는 그것을 박탈당했다. 그녀는 다시 요구했다.

"휴대전화 주세요."

"안 돼."

윤지는 서봉석 선생님이 얼마나 좋은 분인지 구체적으로 이야기하면 아버지 어머니가 적어도 어느 정도는, 아주 조금은 이해하리라 생각했다. 그러나 무의미한 짓이었다. 아무리 그녀가 훌륭히 입증한다 해도 그들은 요지부동일 것이다. 그녀가 훌륭히 입증할수록 그들은 더 잔인하고 가혹하고 옹졸하고 무자비해질 것이다. 그들에게 거울을 들이댈수록 그들은 자신의 얼굴을 보고 깨닫기보다는 오히려 거울을 깨뜨리려 할 것이다.

어른들, 그리고 이 세상이 자신의 잘못을 인정하고 교정하는 데 얼마나 인색하고 편협한지를 그녀는 알고 있었다. 그녀의 부모도 다르지 않았다. 겨우 열일곱 살, 글자를 읽을 줄 알게 된 때로부터 계산하면 겨우 십일 년쯤, 그 세월이 그녀에게 그런 것을 깨우쳐주었다. 깨우침이라니, 그런 것을 깨우침이라 불러야 하다니.

"어서 주세요. 선생님한테 전화해야 돼요."

그때 주석이 윤지의 뺨을 후려쳤다. 너 이년, 부모한테 이게 무슨 짓이냐! 윤지는 바닥에 나동그라졌다. 머리가 뒤흔들리고 얼굴이 얼얼했다. 입술이 터져 피가 흘렀다. 아버지가, 아버지가 나를 때렸다……. 놀랍고 슬프고 화가 나고…… 무서웠다. 아버지는 변호사다……. 어린 시절, 간혹 어머니에게 맞은 적은 있었다. 그러나 아버지가 그녀를 때린 적은 없었다. 아버지는 언제나 바르고 따뜻하고 사랑이 깊었다. 눈물이 쏟아졌다.

명숙은 깜짝 놀라 주석의 팔을 붙들었다. 한동안 엎어져 흐느끼던 윤지는 다시 일어나 앉았다. 부어오른 얼굴로 그녀는 당당히 주석과 명숙을 바라보았다. 더 이상 가슴이 떨리지 않았다. 저들은 부당하니까. 저들에게는 어떠한 정당성도 없으니까. 마치 작은 개미 한 마리를 손바닥에 올려놓고 들여다보듯, 그렇게 주석과 명숙을 똑바로 바라보며 그녀는 말했다.

"아빠 엄마는 나와 선생님에게 누명을 씌우고 있어요. 난 그걸 참을 수 없어요. 내가 혼자 한 일이라면 양보할 수도 있을 것 같아요. 아빠- 엄마니까요. 하지만 나 혼자가 아니에요. 선생님의 명예가 걸려 있어요. 내가 받아들이면 선생님까지 누명을 뒤집어쓰게 돼요. 내 전화 돌려주세요."

주석은 멍하니 딸을 내려다보다가 갑자기 그 앞에 털썩 주저앉았다. 윤지야, 윤지야, 이게 뭔 일이냐? 왜 이러냐? 그는 아내를 돌아보았다. 그의 눈에서 눈물이 흘러내리고 있었다. 여보, 이게 무슨 일이야? 우리 아이가 왜 이렇게 됐어? 어쩌다 이 꼴이 돼버렸어? 응?

우르르, 우레가 먹이를 찾아 배회하는 짐승처럼 허공에서 울부짖었다. 더욱 굵어진 빗줄기가 창을 두들겨댔다.

13

봉석이 그날 술을 마셨던가? 그렇지 않았다. 그는 오랜만에 면도
도 하고, 그 무덥고 습한 날씨에도 불구하고 말끔한 양복 차림에 넥
타이까지 매고, 구두를 깨끗이 닦아 신고 징계위원회에 출석했다.
어떤 말을 듣게 될 것인지, 어떤 비난을 받게 될 것인지, 어떤 행패
를 당할 것인지, 어떤 마녀사냥에 시달릴 것인지 충분히 짐작하고
있었으므로, 그는 큰 기대를 하지는 않았다. 다만 저들의 비난과 혐
의, 어처구니없는 소문과 악평이 결코 사실이 아니라는 것을 공식
적인 자리에서 확실히 언급해둘 필요가 있다고 생각했으므로 그는
징계위원회에 나가기로 마음먹었다.
　징계위원은 다섯 명, 그중 두 사람은 봉석이 아는 사람이었다. 교

장, 그리고 교육청의 간부였다. 징계위원회의가 시작될 때 봉석은 주머니에 넣어 간 소형 엠피스리 녹음기의 단추를 눌렀다. 징계위원회는 장장 세 시간 동안 계속되었다.

회의를 마치고 집으로 돌아온 봉석은 혼자 소주를 마시기 시작했다. 마시지 않고는 견딜 수가 없었다. 징계위원회가 증거라고 제시한 것들은 근거 없는 소문과 어처구니없는 추측, 그리고 비난이 전부였다. 그는 이미 학교를 그만둘 각오를 하고 있었으므로 징계 자체에 대한 두려움은 없었다. 그 자신과 윤지에게 씌워진 오명을 벗어야 한다는 생각뿐이었다.

박혀준은 적당히 사과하고 소문이 가라앉기를 기다려 다른 학교로 옮기면 되지 않겠느냐고 충고했으나, 봉석은 그럴 생각이란 없었다. 원조교제라니. 윤지에게 그런 오명을 씌울 수는 없었다. 윤지가 어디로 전학을 가서 어떻게 지내건 그 소문은 끝내 따라다니며 그녀를 괴롭힐 것이다. 무슨 일이 있어도 그것이 전혀 근거 없는 소문에 불과하다는 것만은 분명히 짚고 넘어가야 했다.

봉석은 술을 마시다 말고 녹음기를 틀어놓고 징계위원회의 내용을 풀어 컴퓨터에 기록하기 시작했다. 봉석에게, 그리고 윤지에게 행정적으로, 혹은 법적으로 부당한 위협이 가해지면 그는 기록을 공개할 작정이었다. 징계위원 한 사람 한 사람을 구별하는 것은 무의미하다고 생각했으므로 구별하지 않기로 했다. 만일 나중에 그것을 구별할 필요가 생기면 녹음 내용을 참고하면 되리라 생각했다.

징계위원 : 성명 서봉석, 생년월일, 아이고, 이 새끼 봐라, 나이는 어지간히 처먹었네. 1976년 9월 27일, 맞아?

봉석 : 맞다.

징계위원 : 본적 서울특별시 서대문구 창천동 24의 11. 맞아?

봉석 : 그렇다.

징계위원 : 주소 서울특별시 광진구 구의동 153번지 삼선연립 204호. 맞아?

봉석 : 그렇다.

징계위원 : 심윤지라고 알아?

봉석 : 안다.

징계위원 : 어떻게 알게 됐어?

봉석 : 학교에서 알게 됐다. 2학년 1반 담임을 맡게 되었는데, 심윤지가 1반 학생이었다.

징계위원 : 원조교제는 언제부터 시작했고?

봉석 : 원조교제 같은 것은 전혀 없었다.

징계위원 : 사실대로 자백해, 이 자식아. 다 알고 있는데 어디서 오리발이야?

봉석 : 난 자백하러 온 것이 아니라 이 징계위원회 자체가 얼마나 어처구니없는 오류인지, 그것을 입증하기 위해 왔다.

징계위원 : 입증 좋아하네, 썩을 놈.

징계위원 : 징계위원회를 연기할 수도 있어. 한 달 뒤로 연기할까? 두 달 뒤로? 넌 꼼짝 못하고 기다려야 해. 사실대로 고백하고 빨리 끝내자.

봉석 : 사실대로 말하자는 데에는 전혀 이의 없다.

징계위원 : 옳지, 고분고분하게 말 들어. 언제 시작했어?

봉석 : 뭘?

징계위원 : 저 새끼 귀가 처먹었나? 원조교제 말이야, 원조교제.

봉석 : 전혀 그런 일은 없었다. 같은 질문 반복하지 마라.

징계위원 : 좋아. 그럼 질문을 바꿔보지. 심윤지를 처음 학교 밖에서 개인적으로 만난 게 언제야?

징계위원 : 대답해, 피고, 아니, 뭐지? 증인. 아니, 뭐냐, 서봉석 교사.

봉석 : 지금으로부터 다섯 달 전, 1학기 시작되고 나서 한 달쯤 뒤.

징계위원 : 어떻게 만났어?

봉석 : 우연히.

징계위원 : 우연 좋아하네, 더러운 놈의 자식. 사실대로 말 못해?

봉석 : 우연히 만났다고 했잖냐, 이 주둥이 더러운 자식아.

징계위원 : 저놈, 저놈 주제꼴에 말하는 거 보게. 저 혓바닥을 뽑아 연탄불에 구워 먹어버릴까 보다.

징계위원 : 어디서?

봉석 : 극장.

징계위원 : 만나자마자 극장에 영화부터 보러 갔어? 이런 응큼한

놈. 캄캄한 데서 무슨 짓 하려고?

봉석 : 일요일에 극장으로 영화 보러 갔다가 극장 로비에서 마주
　　　쳤다.

징계위원 : 어떻게 약속을 했어? 전화를 했어? 전화는 누가 했어?
　　　니가 했지?

봉석 : 전화 같은 거 하지 않았다. 아까 말했듯 우연히 만났다.

징계위원 : 무슨 영화였어? 학생 입장 불가, 그런 영화 아니었어,
　　　혹시?

봉석 : 이제는 학생 입장 불가 영화 같은 거 없다.

징계위원 : 왜 없어?

징계위원 : 없어. 청소년 관람 불가, 이런 건 있지만.

징계위원 : 그게 그거지. 말꼬리 잡지 마라. 그런 영화 아니었어?

봉석 : 전혀 아니었다.

징계위원 : 무슨 에로 영화나 섹스 영화 같은 거였겠지. 뭐였는데?
　　　「애마부인 6」, 뭐 이런 거?

봉석 : 그런 영화 아니었다. 베네데크 플리고프가 만든 「은하수」
　　　라는 영화였다.

징계위원 : 「은하수」? 그런 영화가 있나? 내가 모르는 거 보니 무
　　　슨 시시한 영화였겠지.

징계위원 : 한심한 인간들이 한심한 영화를 봤구만. 그래서?

봉석 : 영화를 보고 나오니 로비에서 윤지가 기다리고 있었다. 배

고프니 밥을 사달라고 졸라서 데리고 나가 설렁탕을 사줬다.

징계위원 : 교사라는 사람이 자기 반 학생이 그런 영화 보러 오면
　　　타일러 돌려보내든지, 학교에 보고를 하든지, 어떻게든 선도
　　　할 생각을 해야지.

징계위원 : 데리고 가서 밥을 사 먹여? 그때부터 벌써 흑심을 품었
　　　던 게 틀림없어. 그렇지?

봉석 : 무슨 흑심을 말하는 거냐, 이 흑심으로 도배를 한 놈들아?

징계위원 : 다 알면서. 응큼한 생각.

징계위원 : 모르는 척하긴. 남녀 사이에 벌어지는 그렇고 그런 거
　　　지, 뭐.

징계위원 : 어서 자백해.

봉석 : 전혀 그렇지 않다. 근처에 서울에서 가장 유명한 설렁탕집
　　　이 있다. 내가 종종 들르는 곳이다. 거기 가서 설렁탕을 먹은
　　　것뿐이다.

징계위원 : 설렁탕 먹은 다음에는 뭐 했어?

봉석 : 윤지가 커피 한잔 사달라고 하더라.

징계위원 : 그래서 또 커피집에도 갔어?

봉석 : 안 갔다. 집으로 가라고 하고 헤어졌다. 나는 친구와 만날
　　　약속이 있었다.

징계위원 : 어떤 친구? 너같이 제자 달고 다니며 놀아나는 친구?

봉석 : 그건 너희가 상관할 일이 아니다, 이 잡놈들아.

징계위원 : 잡놈이라니, 이 개놈이?

징계위원 : 잡놈이라니, 이 썩은 놈이?

징계위원 : 저 타락한 놈이 누굴 보고 잡놈이래? 아가리를 짝 찢어 넣었다가 강아지한테 던져줄 놈 같으니.

징계위원 : 친구 만나서 뭘 했어?

봉석 : 술 마셨다.

징계위원 : 솔직히 말해봐. 너 심윤지 데리고 그 친구 만나러 갔지? 셋이서 같이 술 먹었지?

봉석 : 도대체 무슨 근거로 그런 이상한 질문을 하는 거냐, 이 미친놈들아?

징계위원 : 아니면 말고.

징계위원 : 그래, 그다음엔 언제 어떻게 만났어? 육하원칙에 입각하여 진술해.

봉석 : 물론 그 이튿날 월요일에 학교에서 만났다.

징계위원 : 학교에서 만난 거 말고.

봉석 : 일주일 뒤에 종각에서 만났다.

징계위원 : 종각! 그 위험한 곳에서! 너 정신이 어떻게 된 놈이냐? 학생을 데리고 그런 데를 가?

봉석 : 대낮, 12시에 만났고, 1시쯤 그곳을 떠났다. 폭동이나 약탈이 벌어지는 시간에 내가 왜 어린애를 데리고 거길 가냐?

징계위원 : 그걸 모르니까 이런 징계위원회를 하는 거 아니겠냐?

징계위원 : 이놈이 다 오리발이네.

봉석 : 난 사람 발밖에 없다.

징계위원 : 나도 사실 한두 번 가봤어, 거기. 거 꽤 재밌데. 웬만한 액션 영화보다 낫던데.

징계위원 : 낮에?

징계위원 : 거길 낮에 무슨 재미로 가? 밤에 갔지. 싸움이 시작되자마자 사람들이 상점 유리를 깨뜨리고 난입하기 시작하는데, 정말 순식간이더구만. 사람들에 휩쓸려 어느 가게로 들어갔는데, 거기가 금은방이더라고. 재빨리 뭘 움켜쥐고 뛰쳐나왔는데, 나중 보니까 금반지가, 두 돈짜리만, 다섯 개!

징계위원 : 허어, 횡재했네, 유 선생!

징계위원 : 사실은 나도 가본 적은 있어. 한 번, 딱 한 번. 나이키 운동화랑 운동복이랑 가지고 나왔어. 아들놈한테 줬지. 기말고사 성적 향상된 것을 기념하여. 아들놈이 무척 좋아하데.

징계위원 : 그런 데 맛들이면 안 돼, 이 사람들아. 벌써 몇 번째야? 점잖지 못하게.

징계위원 : 내가 지난번에 거기서 누굴 만났는지 알아? 조무영 교장을 만났어. 왜 거기, 강남에…….

징계위원 : 그래? 난 지상원 검사를 만났는데. 같이…… 사이좋게 골프 가게를 털었지.

징계위원 : 인사는 서로 안 했지만, 뭐, 그런 데서 인사까지 할 필

요 있겠어? 지난번에 갔을 땐 고영선 청장하고 마주쳤어. 그런데 그 사람 부인하고 동반을 했더라고. 대단한 사람이야. 어떻게 그런 델……?

징계위원 : 바쁘다고들 하면서도 거긴 다 나와 있더라니까.

징계위원 : 하기야 다 안 간다고들 하지만, 거기 한두 번 안 가보는 사람 어디 있겠어?

징계위원 : 잡히지만 않으면 그만이지, 뭐. 잡히면 바보지.

징계위원 : 그렇다고 자기 반 학생을 데리고 그런 델 가면 되나, 어디?

징계위원 : 그럼, 그건 말이 안 되는 짓이지. 교사로서 품위가 와장창 손상이 되는 일이야. 이 나라 교육이 진정 걱정스럽다. 저런 교사가 교육의 뿌리를 흔든다니까.

징계위원 : 거긴 어떻게 해서 가게 됐어? 누가 먼저 만나자고 연락을 했어?

봉석 : 심윤지가 쪽지를 보냈다. 교무실에. 초콜릿 하나를 두고 갔는데, 그 안에 쪽지가 있었다.

징계위원 : 초콜릿을? 호오, 그래? 얼마짜리를?

봉석 : 글쎄, 얼마짜리인지는 잘 모르지만, 한 이삼천 원 정도 할까, 하는 그런 초콜릿이었다.

징계위원 : 그래, 초콜릿 안에 봉투가 있었다, 이거지?

봉석 : 쪽지가 있었다.

징계위원 : 쪽지가 봉투 안에 들어 있었을 것 아냐, 이 더러운 뇌
　　　물쟁이야.

징계위원 : 너 같은 놈들 때문에 학교가 더럽다는 소리를 듣는
　　　거야.

봉석 : 봉투는 없었다. 그냥 쪽지가 있었다.

징계위원 : 봉투 안에 얼마가 들어 있었어? 솔직히 말해봐.

봉석 : 봉투는 없었다. 쪽지가 있었다.

징계위원 : 사실대로 말 못해? 세상에 누가 선생님한테 선물을 보
　　　내는데 이천 원짜리 초콜릿 하나만 달랑 보내겠어? 응? 그런
　　　거 다 눈속임이라는 거 모르는 사람이 어디 있어? 솔직히 말
　　　해. 얼마가 들어 있었다, 누구랑 나눠 먹었다, 아니면 혼자 먹
　　　었다……. 우리도 그 정도는 다 알아.

봉석 : 봉투는 없었다. 쪽지만 있었다.

징계위원 : 저놈이 혼자 먹은 거야. 위에 안 바치고. 그렇지?

징계위원 : 이렇게 끝까지 오리발 내밀 거냐, 이 징그러운 놈아?

봉석 : 없었는데도 있었다고 대답하기를 바라냐, 이 똥 같은 놈들
　　　아?

징계위원 : 뭐라고? 똥 같다고?

봉석 : 그럼, 오줌 같은 놈들이라고 하면 좀 낫냐? 너희 맘대로 해
　　　라. 똥으로 하든지 오줌으로 하든지.

징계위원 : 이런 의문점 하나하나, 우린 그냥 지나가지 않을 거다.

다 세밀히 깊이 있게 빈틈없이 악착같이 조사할 거야. 오늘은 징계위원회 첫날이니까 사실의 대강을 파악하기 위해 일단은 넘어가자.

징계위원 : 그래, 쪽지를 보냈다고 쫄랑쫄랑 거길 나갔냐?

봉석 : 나갔다. 안 나갈 수가 없었다.

징계위원 : 왜? 심윤지가 협박이라도 하더냐?

봉석 : 만나고 싶어서 나갔다.

징계위원 : 뭐라고?

징계위원 : 만나고 싶었다고?

징계위원 : 어째서?

징계위원 : 누가?

징계위원 : 누구를?

봉석 : 지난번 이후 자꾸 그 아이가 생각났다. 내가 그 아이를 여자로서 좋아하고 있다는 것을 느꼈다.

징계위원 : 저런 천하에 더러운 놈.

징계위원 : 교사로서의 양심도 본분도 없는 개 같은 놈.

봉석 : 그렇다. 나도 그런 생각 많이 했다. 하지만 어쩔 수 없었다. 나는 심윤지가 보고 싶었다.

징계위원 : 나가서 뭐 했어?

봉석 : 밥 먹고 얘기하고 걷고…… 그랬다. 데이트를 했다.

징계위원 : 도대체 어째서 교사가 그런 짓을 하게 됐냐?

징계위원 : 그게 얼마나 위험한 짓인 줄 몰랐냐?

봉석 : 그 아이는 순수하고 아름다웠다. 세상이 나를 중심으로 돌았다, 그 아이와 마주 앉아 있으면. 세상에 그런 아름다움이 존재한다는 것을 나는 처음 알았다. 수업 중에 보았을 때와는 다른 모습, 한 인간으로서의 심윤지를 내가 발견한 것이라고 해야 할 것 같다.

징계위원 : 이런 덜떨어진 놈.

징계위원 : 장 위원, 거기 그 기집애 사진 좀 줘봐.

징계위원 : 사진으로 봐서는 그냥 평범한 것 같은데…….

징계위원 : 어디, 나도 좀 보자. 사진 좀…….

징계위원 : 가만 좀 있어봐. 나부터 보고 나서……. 허어, 이 사람 물불 못 가리네. 나잇값을 못해요, 그저 여자라면 사족을 못 쓴다니까.

징계위원 : 저런 변태 같은 놈을 봤나. 애를 보고 그런 걸 느꼈단 말이냐? 저놈이 인간이 아니라 개네, 개.

징계위원 : 이런 인간의 말종 같은 놈. 저런 게 선생이라고 그동안 애들을 가르쳤어?

봉석 : 이 한심한 자식들아, 너희들은 꽃을 보고 기쁨을 안 느끼냐? 강아지를 보면 귀엽다고 느끼지 않냐?

징계위원 : 이 변태 새끼야, 심윤지가 꽃이냐? 걔는 인간이야. 여학생이라고. 교사가 어떻게 여학생을 보고 그런 걸 느껴?

봉석 : 꽃을 보고 기쁨을 느끼는 게 어떻게 변태냐, 이 무지한 놈
　　　들아? 아름다움을 보고 황홀함을 느끼는 게 어째서 변태냐,
　　　이 변태 새끼들아.

징계위원 : 저 쳐죽일 놈이…… 어디 신성한 징계위원회에서 더러
　　　운 주둥이를 놀려?

봉석 : 아름다움을 보고 황홀함을 느끼면 그게 어째서 성적인 거
　　　냐? 성적인 것밖에는 생각이 안 나냐? 넌 니 새끼 태어난 거
　　　처음 봤을 때 황홀하지 않더냐? 그런데 거기서 성욕이 발동
　　　하더냐, 이 무지하고 유치한 새끼들아?

징계위원 : 저놈이 지금 뭔 헛소리를 하는 거야?

징계위원 : 어째서 남의 애 낳은 것까지 물고 늘어져?

징계위원 : 질문에나 대답해, 이 변태야.

봉석 : 그건 순수한 거다. 순수 그 자체다.

징계위원 : 그래, 그래. 순수하다 치자. 그래서? 했지?

봉석 : 뭘 해?

징계위원 : 뭐긴 뭐야, 이놈아? 섭이지, 이 씨발놈아.

봉석 : 내가 너 같은 줄 아냐? 안 했다, 이 씨발놈아.

징계위원 : 뭘로 입증할래? 누가 니가 안했다고 믿겠냐? 몇 번이
　　　나 했어? 어디서 했어?

징계위원 : 보나마나 모텔로 끌고 들어갔겠지. 온갖 말로 꼬셔가
　　　지고.

징계위원 : 모텔이라면 거, 강남에, 거기 많잖아. 좋은 모텔. 거기
　　　로 갔냐?

징계위원 : 그건 옛날 얘기고 요즘엔 일산이 끝내준다던데.

징계위원 : 그래? 난 거긴 못 가봤어.

징계위원 : 일산으로 갔냐?

징계위원 : 교외에도 분위기 좋은 데 많아요.

징계위원 : 교외로 간 모양이지? 어디로 가서 했어?

봉석 : 안 했다니까. 너희들은 황홀함을 느낀다고 꽃하고 섹스하
　　　냐? 별 미친놈들을 다 보네.

징계위원 : 뭘로 입증할래?

봉석　입증할 필요를 못 느끼겠다, 이 무지스러운 놈들아.

징계위원 : 우린 느끼거든.

봉석　입증은 나한테 누명을 씌운 놈들한테 하라고 해.

징계위원 : 방법이 없지. 검사를 해봐야지, 검사를.

징계위원 : 검사를? 뭘?

징계위원 : 뭐긴 뭐야? 처녀막 검사를 해봐야지.

징계위원 : 처녀막! 아, 그런 수가 있었네!

징계위원 : 거 재밌겠다. 어디서 하는 거지?

징계위원 : 그 수밖에 없지? 다른 수가 있으면 한번 말해보든지.

징계위원 : 뭐, 더 재밌게 하는 방법 없나? 흠, 우선 카메라도 설치
　　　하고…… 기자회견도 하고…… 사진발 좋은 데로 장소를 찾

아보고…….

징계위원 : 내가 아는 산부인과 의사가 하나 있는데, 거…….

징계위원 : 윤 선생, 회의 중에 어디다 전화야?

징계위원 : 저 사람, 또 거기 기자한테 귀띔해주는 거지?

봉석 : 이게 나에 대한 징계위원회지 그 아이에 대한 징계위원회
       냐? 어째서 그 아이에게 그런 무지막지한 짓을 한다는 거냐,
       이 개놈들아?

징계위원 : 그건 우리가 알아서 할 거고…….

징계위원 : 하겠다 맘먹으면 다 되는 수가 있어. 학교를 설득하고
         교육청을 설득하고…….

징계위원 : 여기 교장이 앉아 있으니, 학교 걱정은 할 필요가 전혀
         없을 거고…….

징계위원 : 함 교장은 걱정 마. 우리가 학교 이름은 그냥 이니셜로
         처리할 테니까.

징계위원 : 안 되면 학생의 부모를 위협하고…….

징계위원 : 넌 죽었다, 이 새끼야. 감방 갈 각오나 해.

징계위원 : 그렇게 되는 게 싫으면 사실대로 자백을 하든지.

징계위원 : 몇 번이나 했냐? 이놈 이거, 꼴을 보니 정력이 제법 괜
         찮겠어.

징계위원 : 정력은 무슨. 낯빛이 저 꼴인데. 책상물림이야. 틀렸어.

징계위원 : 생각을 해봐, 이 변태 새끼야. 교사가 여학생을 데리고

그런 데 드나들면 되겠어?

봉석 : 어디?

징계위원 : 어딘 어디야? 모텔이지.

봉석 : 난 그런 데 드나든 적 없다.

징계위원 : 없어? 그럼 어디서 했어? 차 안에서 했어?

징계위원 : 한강에 나가서?

징계위원 : 아니면 컴컴한 산속에서?

봉석 : 한 적 없다, 이 더러운 종자들아.

징계위원 : 이런 미련한 놈 보게. 너 니가 지금 어떤 처지인지 제
　　　　대로 인식이 안 되냐? 넌 잘못하면 파면으로 끝나는 게 아니
　　　　고 철창행이야, 이놈아.

징계위원 : 아까 내가 그랬잖아. 보내야 돼, 저런 자식은.

징계위원 : 교단에서 쫓아내는 것만으로는 부족해. 사회에서 격리
　　　　시켜야 해. 위험한 놈이야.

징계위원 : 니 입으로 황홀했다면서? 하지도 않고 어떻게 황홀한
　　　　지 아닌지 아냐?

징계위원 : 황홀이라니, 그런 음란스러운 말을 태연히 하다니.

징계위원 : 암것도 안 했는데, 어떻게 황홀할 수가 있어? 나쁜 자
　　　　식 아냐, 저거?

봉석 : 앞으로는 하게 될지도 모른다. 하게 될 수도 있을 것이다.
　　　　난 할 수 있게 되기를 바란다. 그래서? 그게 범죄냐?

징계위원 : 저런 쳐죽일 놈. 저놈 저거 지껄이는 것 좀 들어봐.

봉석 : 너희는 안 하고 사냐? 서로 사랑하는 사람들이 섹스를 한
다는데, 그게 어쨌다는 거냐?

징계위원 : 이런 무지막지한 놈.

징계위원 : 저놈 말하는 거 보니 백번 천번이라도 했겠구만.

봉석 : 사랑 없이 섹스를 하는 것이 문제라면 또 모르지만, 사랑으
로 섹스를 하는 것이 어째서 문제냐?

징계위원 : 이놈아, 그러니까 그게 원조교제 아니냐, 이 개놈아.

징계위원 : 한 나라의 이세(二世)를 교육하는 막중한 책임을 맡은
교사로서 그따위 짓을 했다는 것이 부끄럽지도 않냐?

징계위원 : 저놈이 어긋나도 한참 어긋난 놈이야. 어찌 저런 말을
태연히 하는 거지? 이 나라 교육이 어찌 이 지경이 되고 말
았지?

봉석 : 난 했다고 하지 않았다.

징계위원 : 교육이라는 게 나라의 미래를 준비하는 일이라는 사명
감을 눈곱만큼이라도 의식은 하는 거냐?

징계위원 : 그런 말을 하고도 니가 온전할 성싶으냐, 이 더러운 놈
아?

봉석 : 구역질 난다, 이 징그러운 놈들아.

징계위원 : 돈은 얼마나 줬어?

봉석 : 돈을 왜 주냐? 누구한테 주냐?

징계위원 : 하고서 돈도 안 줬어? 이런 천하의 사기꾼 같은 놈. 더
　　러운 놈. 도둑놈. 제일 못된 놈이 바로 저런 놈이야. 했으면
　　돈을 줘야지 왜 안 줘? 자본주의사회라는 거 몰라?

징계위원 : 생긴 꼴을 봐. 저런 놈이 돈 제대로 주겠어? 황홀이니
　　순수니 그런 소리 할 때 딱 알아봤어, 내가. 저런 놈들은 그
　　런 게 무슨 화폐 이상의 가치를 가진 줄 안다니까. 철딱서니
　　없는 놈 같으니.

봉석 : 난 이미 사표 썼다. 저기 교장이 다 안다.

징계위원 : 넌 사표 가지고 안 되겠다. 저놈이 학교에서도 무진장
　　건방져요. 말도 안 들어 처먹고. 골치 아픈 놈이야.

징계위원 : 너 같은 놈은 사회적으로 매장시켜야 해.

징계위원 : 한심한 놈, 그렇게 하고 싶으면 다른 데 가서 할 생각
　　을 않고.

징계위원 : 다른 데 어디?

징계위원 : 그런 데 많이 아나, 윤 위원?

징계위원 : 그래, 이해할 수도 있어. 그 야들야들 보들보들한 애들
　　보면 그런 생각 들 수도 있어. 그렇다 하여 그런 짓을 꼭 저
　　질러야겠어? 더군다나 돈도 안 주고? 더러운 놈.

봉석 : 난 결코 그런 짓 한 적 없고, 할 생각도 한 적 없다. 난 그
　　아이를 바라보고 얘기하고…… 생각하고…… 그런 것이 황
　　홀했다. 그래서 만났다. 그것 자체가 잘못이라면 당연히 처

벌받겠다. 이 세상이 그런 걸 어떻게 왜곡하고 오해할 것인지, 짐작도 했다. 각오는 되어 있다. 하지만 이따위 개수작은 도저히 못 참겠다.

징계위원 : 너 이번이 처음이냐? 아니지? 전에도 이런 짓 많이 했지?

징계위원 : 저놈 꼴 딱 보면 그런 짓을 몇 번이나 해치우고도 남을 놈이야. 몇 번이나 했어?

봉석 : 내가 너 같은 줄 아냐?

징계위원 : 뭐라고? 저놈이 누구한테 똥물을 튀기는 거야?

징계위원 : 대답이나 해. 처음 아니지? 전엔 언제 어디서 누구랑 어떻게 했는지, 고백해. 육하원칙에 따라서.

봉석 : 그런 적 없다, 이 개놈들아.

징계위원 : 누가 지금 니 말을 믿을 수 있겠냐? 누가 니 말을 믿어? 입만 열면 거짓말이 술술술 나오니…….

징계위원 : 저놈이 정상이 아니야. 아무래도 정신감정을 해봐야 할 것 같아.

징계위원 : 정신감정은 무슨? 돈 들어, 돈. 가뜩이나 예산 부족해 죽을 판인데. 우리 점심값도 제대로 안 나올지도 몰라.

징계위원 : 저 앞 식당에 꼬리곰탕이 좋은데. 그것도 안 되나?

징계위원 : 그래. 쓸데없는 일거리 만들지 마.

징계위원 : 서봉석 교사, 어디 가? 아직 안 끝났어.

징계위원 : 한참 재밌어지는데 어딜 가려는 거야? 앉아!

징계위원 : 안 앉아, 이 개자식아?

봉석 : 어차피 너희끼리 북 치고 장구 치고 다 하는데, 내가 왜 필요하냐? 개수작을 하려면 너희끼리나 해라.

징계위원 : 저 자식 저거 아주 흉악한 놈이네.

징계위원 : 너 그러다 죽는다.

징계위원 : 너 이리 못 돌아와?

14

뙤약볕이 이글거렸다. 드러난 팔이 따가웠다. 머리가 익을 것 같았다. 햇볕 아래 노출된 풍경이 하얗게 타들어 가는 듯했다. 용태는 버스 정류장에 보따리를 들고 서 있었다. 성준은 야구 모자를 고쳐 쓰고 용태 앞으로 다가갔다.

"그건 뭐냐?"

"어머니가 선생님 갖다 드리라고 해서⋯⋯."

"뭔데?"

"몰라. 무슨 반찬 같은 건가 봐. 아, 쪽팔려. 이딴 걸 들고 다녀야 하다니."

성준은 금선을 본 지가 몇 달은 지난 것 같았다.

"이리 줘. 내가 들게."

그들은 광나루로 가는 버스를 탔다. 서봉석의 집은 그 근처라고 했다.

용태가 성준에게 전화를 한 것은 그 전날이었다. 서봉석 선생에게 감사를 드릴 일이 있다는 것이었다. 서봉석과 금선이 만난 적이 있다는 뜻인가? 그렇다고 용태는 말했다. 그렇다면 서봉석도 용태네가 무슨 장사를 하는지 알 것이다……. 그러나 봉석은 성준에게는 그에 대해 언급한 적이 없었다.

버스를 타고 가는 동안 용태는 봉석과 윤지에 대한 얘기를 꺼냈다. 어떻게 선생이라는 사람이 자기 제자를 데리고 그런 짓을 하냐? 그는 그런 사람은 꼴도 보기 싫다고 말했다. 어머니가 가라고 하는 바람에 할 수 없이 나섰다는 것이었다.

"보따리만 전하고 곧장 나와 버릴 거야."

간밤에 성준이 전화를 했을 때 봉석의 태도는 그저 범상하기만 했다. 전혀 수치스러워하거나 저어하는 기색이 없었다. 다소 성가시다는 어조였다. 그 때문에 오히려 성준이 당황스러웠다. 그는 서봉석과 심윤지의 운명이, 그리고 자신과 장금선의 운명이 궁금했다. 물론 봉석과 윤지 사이에 어떤 일이 벌어진 것인지, 그것도 궁금했다. 어쩌면 봉석으로부터 그 궁금증을 해결할 수 있을지도 모른다고 그는 생각했다. 얼마 전이었다면 그 역시 용태나 다른 아이들과 마찬가지로 무작정 봉석을 비난했을지도 모른다. 그가 금선을 만나기 전이었다면.

사람이란 알 수 없는 존재였다. 그러니까 사람과 사람 사이의 관계는 더욱 알 수 없는 것이 당연했다. 성준은 자신을 알 수 없었다. 마지막 만났을 때에 금선이 한 말들, 그 짧은 포옹, 그것도 이해할 수 없었다. 때로 금선은 틀림없는 그의 연인이었다. 그러나 다음 순간 그녀는 친구의 어머니로 돌덩이처럼 무연히 서 있었다. 때로는 풀 길 없는 수수께끼가 되어 야릇한 표정으로 멀찍이 떨어져 그를 쳐다보았다.

"소문이 파다하잖아. 그 사람 사표 썼대. 사실이 아니면 왜 사표를 쓰냐?"

봉석이 일러준 전철역 앞 편의점에는 다행히 비치파라솔이 설치되어 있었다. 성준과 용태는 아이스크림을 하나씩 사 입에 물고 파라솔 밑 의자에 앉았다. 용태는 투덜거렸다. 될 수 있는 대로 빨리 뜨자. 하기야 봉석과 길게 이야기를 나눌 기회란 없을 것이다. 그가 오래 앉아 있으려 하지 않을 것이라고 성준은 생각했다.

누군가 오래 기다렸냐, 하고 다가왔다. 성준과 용태는 깜짝 놀랐다. 그들 앞에 서 있는 사람은…… 바로 서봉석이었다. 그들은 벌떡 일어났다. 안녕하세요, 선생님. 그들이 인사를 하자 봉석은 앉아, 앉아, 하고 맞은편 의자에 엉덩이를 걸쳤다.

성준과 용태는 그가 바로 눈앞으로 다가올 때까지 알아보지 못했다. 그는 전혀 딴사람이 되어 있었다. 양복 차림이 아니라 반바지에 슬리퍼를 끌고 있었다. 구질구질한 붉은색 티셔츠의 단추를 다 열어젖혀 가슴께가 들여다보였다. 머리칼은 멋대로 자라 헝클어져 있었고, 그 위에 벙거지 같은 구깃구깃한 모자가 올려져 있었다. 그의 태도도 딴판이었다. 늘 반듯하고 고지식하던 그가 이제는 말투도 몸가짐도 건달처럼 가벼웠다. 아, 이놈의 햇볕 봐라. 우릴 다 태워 죽이려나 보다. 뭐 먹냐, 이놈들아? 아이스크림? 나도 뭐 하나⋯⋯. 그는 안으로 들어가 깡통 맥주를 하나 들고 나왔다.

성준과 용태는 눈짓을 교환했다. 이 대낮부터 맥주를? 봉석은 깡통을 따 입안에 들이부었다. 아, 좋다. 그래, 뭔 일이냐, 여기까지? 용태는 어머니 얘기를 하며 보따리를 내밀었다.

"이게 다 반찬이야?"

그는 그 자리에서 보따리를 풀었다. 네 단짜리 반합에 겉절이와 북어조림과 너비아니구이와 조기구이, 파전과 온갖 부침개 들이 그득했다. 성준은 꿀꺽 침이 넘어갔다. 금선의 겉절이를 그는 이미 먹어본 적이 있었다. 봉석은 야단스럽게 감탄을 연발했다.

"이런 게 진짜 선물이구나. 정말 고맙다, 용태야. 이건 뭐, 다 안주 아냐."

그는 겉절이를 손가락으로 집어 입안에 쑤셔 넣었다. 성준은 다시 한 번 놀랐다. 용태 역시 놀란 눈으로 멀거니 봉석을 쳐다보고 있었다. 사람들이 오가는 이 길바닥에서⋯⋯. 봉석은 부지런히 보따리를 다시 싸더니, 가자, 하고 일어섰다. 성준과 용태는 얼결에 따라 일어섰다.

"어디를요?"

"어딘 어디야? 집이지. 여기까지 와서 그냥 돌아갈래?"

봉석은 보따리를 들고 편의점 옆 골목으로 걸어 들어갔다. 용태가 기겁을 하여 성준에게 손을 휘휘 내저으며 돌아가자고 재촉했다. 성준은 용기를 내어 말했다. 선생님, 저희는 그냥 이제……. 봉석은 난 이제 선생님 아니다, 하고는 어서 따라와, 하며 두 사람의 등을 떠밀었다. 그의 반바지 아래 드러난 종아리에 털이 부얼부얼했다.

뙤약볕 속을 오 분쯤 걸어 도착한 그의 집은 작은 연립주택이었다. 혼자 사는 것 같았다. 방마다, 거실에도 책이 산더미처럼 쌓여 있었다. 방바닥도 책상 밑 공간도 창문 밑도 방 모서리도 책들 차지였다. 그들이 잠시 앉아 있는 사이에 봉석은 밥상에 금선이 보낸 반찬, 또는 안주들을 차려 내놓았다.

"너희 맥주 마실래?"

성준은 아니라고 대답하려는데, 용태가 불쑥 네, 하고 대답했다. 봉석은 깡통 맥주를 서너 개 가지고 거실로 돌아왔다.

"넌 가출해서 특별한 재미 좀 봤냐?"

"고생만 잔뜩 했어요."

봉석은 껄껄거리고 웃어댔다.

"그게 바로 니가 배운 거다."

봉석은 학교에서 쫓겨난 사람 같지 않았다. 전혀 교사처럼 보이지 않았다. 갈데없는 건달처럼 무사태평했다. 얘기를 꺼낸 것은 오히려 그 자신이었다. 그 어조도 그다지 진지하지 않았다. 거의 장난 같았다.

"학교에서 나하고 윤지 때문에 말들이 많지?"

성준은 대답할 말이 곧 생각나지 않았다. 그러나 용태는 할 말이 있었다.

"선생님, 원조교제를 했어요?"

그는 단도직입적으로 물었다. 그의 말투에 이미 비난이 묻어났다. 봉석은 피식, 웃었으나 대답만은 분명했다.

"그런 오해를 살 만한 짓을 하지 않았다고는 할 수 없을 것 같다. 변명할 여지가 없다. 특히 너희에게도 미안하고. 하지만 원조교제라니, 그런 짓은 안 했다."

그는 담배를 붙여 물고 성준과 용태에게 담뱃갑을 던졌다. 피울 줄 알면 피워. 괜찮다. 용태가 놀란 눈으로 그를 쳐다보았다. 피우고 싶거든 피워. 난 이제 너희 선생님 아니니까. 용태가 담배를 꺼내 불을 붙였고, 성준도 담배를 집어 들었다.

"학교 때려치우고 나니까 내 기분이 어떤지 아냐? 한편으로는 기분이 더럽다. 다른 한편으로는 속이 시원하다. 나보다 더 깨끗하고 바르고 교사다운 사람이 날 진정으로 추궁해서 내 눈에서 눈물이 쏙 빠져나오도록 깨닫게 하고…… 그렇게 해서 쫓겨났다면 이런 기분 아닐 거다. 그런데 날 비난하고 쫓아낸 자들의 면면이라는 것이……. 아, 이런 얘기 너희에게 해봐야 아무 소용도 없지."

잠시 그들은 말을 잃고 멀뚱멀뚱 허공을 쳐다보았다. 성준이 그 틈을 타 오랜 궁금증을 풀기로 했다. 용태가 가출했을 때 왜 하필 성준을 골라 심부름을 시켰는가?

"너희 둘이 비슷한 데가 있어서."

비슷한 데라니? 용태와 성준은 서로를 돌아보았다. 그들은 서로 전혀 딴판이었다. 비슷한 데라고는 없었다. 봉석의 생각은 달랐다. 둘 다 착하고 또 반항적이거든. 너무 착해빠진 녀석을 보내면, 용태네 집엔 들어가 보지도 못하고 오히려 제 어머니한테 가서 담임이 그런 데로 심부름을 보냈다고 일러바치기나 할 것 같고, 좀 노는 녀석을 보내면 자칫 용태한테 해가 될 것 같아 걱정스럽기도 했고……. 그러다가 니가 제일 적당하다, 판단한 거지. 너희 둘, 좀 친하게 지낸 적도 있지 않았냐? 그런 적은 전혀 없었다. 지금은? 지금은 그럭저럭 자주 만나는 편이었다.

"거봐라. 너희는 비슷한 녀석들이다."

다시 대화가 끊겼다. 그들은 하고 싶은 말, 해야 할 말을 피하여 변죽을 울리고 있는 셈이었다. 그들이 듣고 싶은 말, 하고 싶은 말은 오직 한 가지뿐이었다. 오래지 않아 봉석이 스스로 입을 열었다.

"난 말이다, 그러니까, 이런 말 하기 참 어색한 노릇이다만……
난 윤지를 사랑한다."

말하고 나서 그는 킬킬거리며 웃었다. 용태는 입을 떡 벌리고 봉석을 쳐다보았다. 성준도 놀랐다. 서봉석은 심윤지를 사랑한다. 서른다섯 살 먹은 남자가 열일곱 살 먹은 여자아이를 사랑한다.

"나에게 이런 일이 벌어진 것이 기가 차다. 나에게도 내가 낯설어. 그런데 어쨌건 벌어져버렸다."

성준은 금선을 생각했다. 나는 금선을 사랑하는가? 그의 마음속에서 무엇인가가 불쑥 솟구치며 그렇다, 하고 큰 소리로 대답했다. 성준은 늘 금선을 생각했다. 그러나 사랑? 그는 어쩌면 그녀와의 섹스를, 아니 어쩌면 오직 섹스만을 원하는 것은 아닐까. 누구와의 섹스건, 오직 그것만을 필요로 하는 것은 아닐까. 이것은 추한 욕망, 짐승의 욕망 같은 것은 아닐까. 꿈속에서 그녀와 저지른 무수한 기이한 일들이 생각나 그는 혼자 얼굴을 붉혔다.

"그거 사실과 가장 가까운 대답인 것 같다. 지금으로서는 가장 정직하고 성실한 대답. 위선도 회피도 가릴 것도 없는."

봉석의 말투는 어느새 교사로 되돌아간 것 같았다.

"오해 마라. 그렇다 하여 사랑하는 두 성인 남녀가 하는 일들, 키스, 섹스, 그런 것, 우리는 그런 것은 안 했다. 아직 윤지가 어리니까. 그래서 더 조심스럽고 더……."

용태는 아직 충격에서 헤어나지 못한 채 멍하니 그를 쳐다보고 있었다. 그런 용태를 지켜보는 성준의 심사는 복잡했다. 우습지만 잠깐 동안은 용태는 아직 모른다, 철부지다, 하는 생각까지 들었다.

"윤지한테 성준이 얘기도 들었다. 초등학교 다닐 때 너희 서로 좋아했다면서?"

성준은 고개를 끄덕였다.

"지금도 그러냐?"

성준은 아니라고 대답했다. 지금 나는 용태 어머니 장금선을, 아니, 장금선을 사랑해요, 하고 말하고 싶었다. 그러나 그럴 수 없었다. 용태가 같은 자리에 없었다면 그 말을 할 수 있었을까?

"다행이구나. 난 니가 내 연적인 줄 알았다."

봉석은 다시 껄껄 웃어댔다.

그때 현관문이 벌컥 열리더니 박해준이 들어섰다. 용태와 성준은 깜짝 놀라 얼른 담배부터 껐다. 박해준은 그 꼴을 보고 이놈들, 이거, 이놈들이, 하며 구두를 벗고 거실로 들어왔다. 용태와 성준은 엉거주춤 일어나 허리를 굽혀 인사를 했다. 해준은 털썩 주저앉으며 봉석에게 쏘아붙였다.

"애들 데리고 뭔 짓이냐, 대낮부터?"

"좀 봐줘라. 애들 저러고 서 있으면 보기 좋냐?"

"이 사람은 이제 너희 선생이 아니지만 난 아직도 너희 선생이다. 알았냐? 하지만 오늘만 특별히 그냥 넘어가기로 하지. 방학 중이기도 하고. 앉아."

해준은 전과 튀김을 발견하자 덤벼들어 부지런히 먹기 시작했다. 이게 도대체 누구 솜씨냐? 용태 어머님? 용태야, 어머님께 가서 선생님 둘이 정말 맛있게 잘 먹었다고 말씀 전해드려. 너희 여기서 담배 피우고 술 마셨다는 얘기는 하지 말고. 알았지? 라면 없냐, 라면? 누구 라면 좀 끓여라.

용태는 파도 넣고 신 김치도 넣고 라면을 그럴듯하게 잘 끓였다. 해준이 어디서 라면 끓이는 거 배웠느냐고 묻자 용태는 씩 웃으며 대답했다. 가출해서 살다 보니 이런 것도 배우게 됐습니다. 너 가출 또 한 번 하면 요리사 되겠다. 해준의 말이었다. 용태는 어느새 긴장이 풀렸는지 웃음을 터뜨렸다. 이제 안 할 겁니다.

"너 징계위원회 가서 깽판 쳤다면서? 벌써 소문이 파다하다."

해준이 말하자 봉석은 눈을 질끈 감고 고개를 흔들었다.

"생각도 하기 싫다. 그게 무슨 징계위원회냐? 막장위원회지. 모아놓은 꼬락서니들하며…… 깽판은 그것들이 다 치더라."

봉석과 해준은 서로 반말을 해가며 소주와 맥주를 섞어 마셔댔다. 그들이 고등학교 동창일 뿐 아니라 대학 동기 동창이며, 오랜 친구라는 것을 성준은 그날 비로소 알게 되었다.

"학교 때려치웠으니 이제 어쩔 거냐?"

해준이 묻자 봉석은 한마디로 대답했다.

"놀 거다."

"뭐 하고 놀 거냐?"

"시 쓸 거다."

"아, 시? 그래, 너 옛날에 시 썼지. 그런데 시가 밥이 될까?"

"이런 천한 놈. 인간이 꼭 밥 되는 일만 하고 살아야겠냐?"

"회피하지 말고 대답해. 뭐 먹고 살 거냐?"

"밥 안 먹고 살 거다. 술 먹고 살 거다."

그들은 킬킬거렸다. 해준이 갑자기 옷을 홀홀 벗어 던졌다. 그는 팬티 바람으로 술상 앞에 주저앉았다. 덥다. 더워 못 살겠다. 그의 피둥피둥한 살 위에 땀이 흘러내렸다. 너희도 더우면 다 벗어 던져라. 옛말에 선비들이 파탈(擺脫)하고 놀았다는 말이 있더라. 봉석이 옷을 벗어 던졌다. 그의 마른 몸뚱이에서도 땀이 흘러내렸다. 너희도 벗어. 술에 취한 해준이 용태와 성준에게 호령했다. 봉석은 쳐다보며 흐으흐으, 소처럼 웃었다. 해준이 갑자기 손을 휘저었다. 아서라. 벗지 마라. 이거 또 잘못하면 전직 교사와 현직 교사가 애들 데려다 놓고 다 벌거벗고 동성애에 성희롱에 성추행에 진탕만탕 개귀신으로 놀았다고 소문날라. 그런 걱정도 다 내던지는 것이 파탈이다. 벗어라! 봉석이 호기롭게 소리쳤다. 용태도 봉석도 옷을 벗어 던지고 팬티 바람이 되었다.

더위를 참기 힘든 날이었다. 날이 저물어오고 있었으나 찐득찐득한 더위는 끈질겼다.

"어제 날짜로 심윤지는 전학 처리됐어. 부산에 있는 무슨 여자고등학교로 간다더라."

해준이 말했다. 봉석은 말이 없었다.

"아직까지 심윤지는 지 방에 감금되어 있고."

봉석은 잔을 들어 소주를 마실 뿐이었다. 방 안이 어둑어둑해왔으나 불을 켜자는 사람은 없었다. 선풍기가 고개를 비비 꼬며 후덥지근한 바람을 그들의 벗은 등짝에 끼얹었다.

"내가 애들 있는 데서는 이런 얘기는 참으려고 했는데⋯⋯."

해준이 말하자 봉석은 손을 흔들어댔다.

"무슨 소리냐? 얘네들 내 반 학생이었어. 내 반에서 벌어진 일이니까 당연히 들을 권리 있어. 말해도 돼."

"너 말이다, 윤지를 사랑한다는데, 니가 아직 무슨 문청(文靑)인 줄 아냐? 니가 이십 대라면 내가 그럴 수도 있겠구나, 이해하겠다. 서봉석 선생, 이 씨발놈아, 니 나이를 잊어먹었냐? 이게 도대체 뭔 짓이냐? 니가 니 팔자를 이렇게 망칠 수가 있냐?"

"팔자는 누가 무슨 팔자를 망쳤다고 이 썩을 놈이 흥분하는 거냐?"

성준과 용태는 그들의 욕지거리에 할 말을 잃었다. 선생님들도 저런 욕을 주고받는다는 것이 충격적이었다.

"내가 감옥을 가냐, 아니면 파산을 하여 집도 절도 없이 어디 내쫓기는 신세가 됐냐? 이렇게 쌍방울표 팬티 바람에 버티고 앉아 이 좋은 안주에 술만 잘 퍼먹고 있는데, 뭔 패가망신? 그깟 놈의 학교 때려치운 것뿐이다. 어쩌면 내 본업으로 되돌아왔다고 할 수도 있는 일이고."

"니 본업이라는 게 그 알량한 시 말하는 거냐?"

"내 마음엔 아직 어린 소년이 있어. 그 소년은 가끔 고통 때문에 비명을 질러대. 알았냐? 내 나이 몇이냐고 물었냐? 그래, 나이 많이 먹었다. 그런데 지금 세상에 대해 품은 의구심이나 분노는 내 속의 그 어린 소년이 옛날 품었던 것들과 본질적으로 전혀 다르지 않아. 윤지도 지금 비명을 지르고 있어. 그 소리가 안 들리냐, 박해준? 넌 유치하기만 한 줄 알았더니, 거기다가 귀머거리로구나."

봉석의 눈에 얼핏 물기가 어렸다. 해준은 보지 못했는지 손을 흔들어댔다. 야야, 너무 어렵게 얘기하지 마라. 니 말대로 난 유치하니까 쉽게 하자, 쉽게. 도대체 그 어린애하고 니가 지금 당장 결혼을 하는 것도 아니겠고, 동거를 하자는 것도 아니겠고, 그렇지? 막말로 프렌치키스도 못 해봤을 거고, 섹스도 못 해봤을 거고, 안 그러냐? 암것도 할 수 있는 게 없잖냐. 걔 대학 들어가기까지 너나 걔나 서로 마음 변하지 않는다 자신할 수 있냐? 만에 하나 그렇게 되어 둘이 성인으로서 사귈 수 있게 된다 치자. 그래, 이 정신 빠진 놈아, 고작 그깟 것을 위해 니 팔자를 망쳐, 이 해골이 망가진 놈아? 봉석은 껄껄 웃었다.

"이런 무식한 놈. 모든 사랑은 금기로부터 출발하는 거다. 금기가 없는 사랑은 사랑이 아니라 해도 무방하다. 거래라 해도 좋다."

이런 정신 빠진 놈. 해준은 투덜대며 소주잔을 비웠다. 금선이 보낸 그 많은 반찬은 이미 바닥을 드러내고 있었다. 해준아 이놈아, '트리스탄과 이졸데'를 아냐? 셰익스피어의 『로미오와 줄리엣』의

원작이라 할 수 있는 이야기다. 바그너는 그 이야기를 저본으로 오페라를 썼다. 트리스탄과 이졸데는 운명적으로 사랑에 빠진다. 그런데 어쩌랴, 나라와 나라 사이의 조약으로 이졸데는 마크와 혼인을 하게 되는 거다. 마크가 누구냐? 나라의 왕이자 트리스탄의 삼촌쯤 되는 친척이다. 그럼에도 불구하고 트리스탄과 이졸데의 사랑은 더욱 뜨거워질 따름이다. 이 금기, 이 금기가 있기 때문에 이들의 사랑은 더욱 매혹적이고 운명적이고 아름답고 충일한 것이 되는 거다. 트리스탄과 이졸데는 자신들의 운명을 한탄하며 이런 노래를 부른다.

아아 우리는 이제 밤에 바쳐졌구나
짓궂은 낮은 우리를 질투하여
속임수로 우리를 갈라놓으려 하지만
우리는 더 이상 속지 않으리
……
사랑의 밤이여 영원한 진실이여
그대의 가슴에 나를 안아주오
이 세계로부터 나를 자유롭게 해주오……

알겠냐? 질투로 가득한 사악한 낮, 거짓으로 우리를 갈라놓는 낮, 밤이여, 나를 자유롭게 해주오, 이 세계로부터, 이 세계로부터……. 뭔가, 가슴을 치는 것이 없냐? 거짓과 위선으로 가득 찬 이 세상에 대한 야유 같지 않냐? 거기서 도피하여 밤으로 들어가는 거다, 연인들은. 나를 자유롭게 해주오, 이 세계로부터……. 이 허위와 위선과 금기의 세계로부터 떠나겠다는 거다. 어떠냐?

봉석의 말 한마디 한마디가 성준의 가슴을 종처럼 울렸다. 어디선가 들어본 적이 있는 말 같았다. 그가 꼭 들어야 할 이야기 같았다. 숨이 가빠오고 어둠 속에 커다랗게 금선의 얼굴이, 그녀의 흰 젖가슴이 떠올랐다. 이런 얼빠진 놈 같으니. 그건 이야기일 뿐이야. 해준이 야유하자 봉석은 반박했다. 이야기지만 어떤 현실보다 더 현실적으로 사랑의 운명을 설파하는 이야기다. 뭐가 어찌됐건 아무튼 이야기에 지나지 않아. 해준이 다시 반박했다.

"너희 이 노래 한번 들어봐라. 바그너의 걸작 중에 걸작이다."

봉석은 일어나 더듬더듬 오디오를 켜고 시디를 넣었다. 웅장한 볼륨으로 전주가 흘러나오고, 한 남자가 노래하기 시작했다. 봉석이 조금 전 부른 바로 그 노래였다. 독일어로 흘러나오는 노래의 가사를 성준은 무슨 뜻인지 전혀 알아들을 수 없었다. 봉석이 몇 마디 흥얼흥얼 따라 불렀다. ……님 미히 아우프 인 다이넨 쇼쓰 뢰제 폰 데어 벨트 미히 로스……. 알아들을 수는 없었으나, 그 절박하고 슬픈 곡이 성준의 마음속으로 거침없이 흘러들었다.

얼빠진 소리가 아니야. 너 정말 모르겠냐, 영문학도 박해준? 세상은 금기로 가득하다. 특히 사랑에 대해 그러하다. 동서고금을 막

론하고, 모든 아름다운 사랑의 이야기가 금기로 시작되는 원인이 뭔지 아냐? 사랑의 본질에 바로 그 금기에 대한 거역의 욕망이 감춰져 있기 때문이다. 세상의 모든 금기를 깨어 부수고 싶은 욕망이. 낙랑공주와 호동왕자, 금기다. 이몽룡과 성춘향, 금기다. 에스메랄다와 콰지모도, 거기에도 금기가 있다. 『젊은 베르테르의 슬픔』도 금기에 관한 이야기다.

"너 그런 얘기는 무슨 근거가 있어서 하는 얘기냐, 아니면 그냥 시 쓰는 거냐?"

해준이 따져 물었다. 봉석은 고개를 설레설레 저었다. 단순히 거기 그치는 것이 아니다. 근거가 없는 거라면 어째서 그 모든 사랑 이야기에서 연인들이 맞서는 것이 항상 권력, 체제, 이런 것이겠냐? 트리스탄과 이졸데, 국가, 조약, 체제, 이런 것에 맞서야 한다. 로미오와 줄리엣, 집안과 집안, 한 도시의 전통과 질서가 연인들의 목숨을 요구한다. 낙랑공주와 호동왕자는 어떠냐? 국가, 전쟁, 이런 것이 연인들 앞에 도사리고 있다. 이몽룡과 성춘향, 두 사람 앞에는 신분 질서의 벽이 가로막고 있어. 에스메랄다와 콰지모도는 어떠냐? 이 경우에도 종교와 교회, 당대 최고의 권력이 버텨 서 있다. 해준이 잘도 갖다 붙인다, 하고 투덜거렸으나, 봉석은 이야기를 그치지 않았다. 금기, 금기, 금기……. 그러나 그 금기는 과연 얼마나 타당한 것이냐? 얼마나 공정한 것이냐? 얼마나 의미 있는 것이냐? 대개의 경우 헛되고 무의미하고 부당한 것들이지. 그런데도 불구하고 그 금기는 얼마나 굳건하고 막강하고…… 난공불락이냐……. 사랑을 통하여 그 금기가 허구라는 것을 발견하고 사랑을 통하여 그 금기를 극복하는 것이다. 모든 사랑은 그 금기에 대한 도전이다. 그래서 금기로 뒤엉킨 이 세상에서 사랑이 성취되기가 이토록 힘든 것이다. 이놈의 낮의 세상에서 대부분의 경우에 사랑이 거래로 무너지고 마는 것이다. 순수하면 순수할수록 더 힘들어지는 것이다. 사랑하는 사람마다 그토록 고통과 슬픔과 아픔을 겪어내야 하는 것이다. 그러니 사랑에 고통과 헤어짐과 눈물이 따르는 것은 너무나 당연한 일이다. 지금 내가, 그리고 윤지가 당하는 고통은 그 사랑의 대가다. 낮이 우리에게 대가를 요구하는 것이요, 나는, 윤지는 모르지만, 적어도 나는 기꺼이 그 대가를 치를 것이다.

"아이고, 비장하기도 하다, 우리 시인 서봉석."

"뭔 말인지 모르겠냐? 이 자식, 이거 사랑을 해봤어야 알지."

"사랑은 못 해봤는지 모르지만 결혼도 하고 애도 낳았다, 이 미친 트리스탄아."

"너는 낮의 전령사 같구나."

"너 지금 말하는 꼴을 봐라. 이게 정상적인 사람이 말하는 법이냐? 넌 최악의 경우에는 미친놈이고 최선이라 해봤자 과대망상이거나 자기도취에 빠진 놈이야."

"아무래도 상관없다, 이 눈부시지만 공허한 낮의 전령 놈아."

봉석은 우하하, 웃음을 터뜨렸다. 해준도 따라서 웃기 시작했다.

이 미친놈. 이 썩을 놈. 이 얼빠진 놈. 이 노예 상인 같은 놈. 노예 상인이라고? 해준은 용태와 성준을 쳐다보며 말했다. 노예가 여기 둘이나 있구나…….

그들은 알아들을 수 없는 말과 욕설을 주고받으며 한참 동안을 킬킬거렸다. 팬티 바람으로 술잔을 쥐고 앉아 취하여 인사불성이 된 꼴토 침을 흘려가며 누웠다 앉았다 다시 누워 버둥거리며 웃어 대는 그들의 모습에서 진지함이란 찾아볼 수 없었다. 그들은 교사도 시인도 아니라, 그저 술꾼일 따름이었다.

성준은 당황했다. 장난에 불과한 것인가, 이 모든 말들이? 술주정에 불과한 것인가? 그 장난과 술주정에 성준이 속은 것인가? 그는 혼란스럽고 서운했다.

봉석은 말했다. 쓸데없이 진지하면 사기꾼이 되기 쉽다. 매사에 지나치게 진지할 필요 없어. 정치하는 놈들 봐라. 얼마나 진지하게 거짓말을 잘하냐? 얼마나 진지한 낯으로 사기를 잘 치냐? 학교 선생들 봐. 얼마나 진지하게 너희 등골을 빼냐? 느끼는 대로 움직이면 된다. 거기 니가 있고 세상도 있다. 느끼는 그대로 살고, 느끼는 그대로 말하고 표현하고 욕망하면 최소한 나쁜 짓은 않고 사기도 치지 않고 솔직하게 살 수 있다. 이놈의 세상, 평균이라도 되는 게 얼마나 힘드냐. 어제 그 징계위원들도 허벌나게 진지하더라, 씨발놈들. 해준이 맞받았다. 지금 너야말로 쓸데없이 너무 진지하다, 이 얼치기 시인아.

해준이 주문한 탕수육과 군만두와 고량주가 왔다. 그제야 해준은 방 안의 전등을 켰다. 난 어두운 게 좋다, 하고 봉석이 투덜거렸고, 해준은 허허, 웃어댔다. 캄캄한 데서 먹는 재주 있냐? 봉석과 해준은 끊임없이 농담을 주고받으며 킬킬거리며 고량주를 퍼마셨다. 봉석은 용태와 성준에게도 고량주를 권했다. 성준은 무심코 술을 꿀꺽 삼켰다가 목이 타는 것만 같아 깜짝 놀랐다. 이게 진짜 술이다. 해준이 말했다. 좋은 술이다, 내 속의 병과 아픔을 태우니까. 봉석이 말하자 다시 해준이 투덜거렸다. 알았다, 이 씨발 시인 놈아. 이제 그냥 보통 사람으로 좀 돌아와라. 역겨워서 술맛 떨어진다. 봉석이 흐흐, 웃어댔다. 한 번 시인은 영원한 시인이다, 씨발놈아. 이런 젠장.

용태는 그만 가자고 성준에게 눈짓을 보냈다. 그러나 성준은 가고 싶지 않았다. 봉석이 하는 한마디 한마디가 바로 그의 마음을 대변하는 듯 여겨졌다. 그가 맞서야 하는 것이 무엇인지, 그 정체가 비로소 드러나는 것 같았다. 그는 봉석이 하는 모든 이야기를 다 듣고 싶었다. 그의 모든 말을 기억해두고 싶었다.

성준은 오디오에서 시디를 꺼내 제목을 베껴 썼다. 물끄러미 그것을 쳐다보던 봉석이 물었다. 너 여자친구 있냐? 용태가 웃으며 대답했다. 쟤 여자친구 없어요. 성준은 대답했다. 있어요. 용태는 비웃었다. 있기는 뭐가 있어? 없어요. 성준은 고집스레 대답했다. 있어요. 용태가 의문을 품은 눈으로 성준을 쏘아보았다.

해준은 그 노래가 마음에 드냐, 하고 물었다. 성준이 그렇다고 대답하자 그는 고개를 설레설레 저으며 투덜거렸다.

"또 여기 한 놈 병드는 거 아닌지 모르겠다."

봉석이 단언했다.

"병이 아니다. 밤의 시민이 되는 거다. 휘황찬란하지만 위선으로 가득한 낮의 도시를 떠나 아직은 캄캄하지만 사랑이 허용되는 밤의 망명지로 이주하는 거다."

이주할 수 있는 것일까. 성준은 거의 포기했던 욕망이 다시 꿈틀거리는 것을 느꼈다. 금선의 숨소리를 들으며 잠들었던 밤이 생각났다. 나의 연인 금선. 그는 당장 금선에게 달려가고 싶었다. 가서 그녀에게 이 노래를 들려주고 싶었다. 그러나 용태는? 그는 뭐라 할 것인가? 성준에게 그는 낮의 전령사였다…….

"시 좀 고만 써라. 알아듣기 어려워. 시적으로 하지 말고 산문적으로 여기 좀 해봐. 어쩌겠다는 거냐?"

해준은 집요했다. 그는 진정 낮의 전령사 같았다.

"다시 말하지만 내가 잘했다고 고집하려는 게 아니다. 절대로 그렇지 않다. 이런 일 벌어지지 않았으면 좋았겠지. 하지만 벌어졌다. 어쩌겠냐?"

"그래서? 어쩌겠다는 건데?"

고량주 잔을 비운 봉석의 대답은 간단했다.

"기다릴 뿐이다."

"언제까지?"

"그야 나도 모르지. 내가 아는 건 초조하면 로미오와 줄리엣처럼 죽을 뿐이라는 거다. 트리스탄과 이졸데처럼 죽을 뿐이야. 나는 윤지가 그렇게 죽기를 바라지 않아. 난 윤지와 더불어 세상과 밤과 온갖 아름다움과 즐거움을 다 맛볼 거다."

"도대체 니가 기다리는 게 뭔데?"

다시 봉석은 노래를 시작했다. 아아 우리는 이제 밤에 바쳐졌구나 짓궂은 낮은 우리를 질투하여 속임수로 우리를 갈라놓으려 하지만 우리는 더 이상 속지 않으리…….

15

금선은 고덕동으로 집을 옮겨 작은 김밥집을 열었다. 가게는 1층, 2층에는 살림집이 있었다. 초등학교 후문 앞이었다. 뿐만 아니라 근처의 크고 작은 건물마다 작은 규모의 보습학원들이 자리 잡고 있었다. 시간에 쫓기는 학생들이 쉼 없이 드나들며 허기를 채웠다. 금선은 여러 가지 종류의 김밥뿐만 아니라 떡볶이와 라면도 팔았다. 성준은 기회만 생기면 가게로 가서 그녀의 일을 거들었다. 손님이 없을 때는 청소를 하고, 손님이 들어오면 물컵도 나르고 음식도 날랐다. 김밥을 말거나 떡볶이를 만들 줄 몰랐으므로 주방에 들어갈 수는 없었다.

그녀가 술집을 걷어치운 것은 용태에게만이 아니라 성준에게도 반가운 일이었다. 그는 금선과 가까이 살게 된 것이 좋았고, 그녀의 일을 거들 수 있다는 것이 즐거웠다. 가끔은 금선과 더불어 시장에도 다녔다. 근처에 대형 마트가 있었으나 금선은 천호동 시장이나 길동 시장을 이용했다. 다리품을 팔면 더 좋은 물건을 더 싼 값에 살 수 있다고 그녀는 말했다. 금선과 같이 시장 구경하는 재미가 쏠쏠했다. 가끔은 둘이 시장에서 국수나 떡 같은 것을 사 먹기도 했다. 성준에게는 그런 시간이 무척 즐거웠다. 감자나 배추, 무처럼 무거운 짐을 성준은 기꺼이 가게로 날라주었다. 금선은 그런 때면 너 없으면 어찌 산다냐, 하고 말했고, 성준은 그 말이 마치 사랑의 고백인 듯 기꺼웠다.

용태는 그를 의아한 눈으로 바라보았다. 넌 어떻게 된 놈이 늘 여기 나와 있냐? 성준의 대답은 늘 같았다. 지나가다 들렀다. 금선도 종종 그에게 말했다. 늘 나오지 않아도 된다. 성준은 여기가 좋아요, 하고 대답했다. 공부도 잘 되고요.

김밥집 바로 길 건너편에는 초등학교가 있고, 그 옆에는 작은 공원이 하나 있었다. 벤치와 운동장, 농구 골대가 설치되어 아이들이 밤늦게까지 뛰놀았다. 성준은 그 공원의 벤치에 앉아 도서관에서 빌린 책을 읽고 영어 단어를 외우다가 손님들이 금선의 가게로 들어가는 것이 눈에 띄면 재빨리 가게로 달려가서 손님 시중을 들었다. 식탁이 다섯 개뿐인 작은 가게였으나 손님이 몰리면 금선 혼자서는 힘이 부쳤다.

용태는 여전히 주유소에서 일을 하고는 있었으나, 개학을 하면 다시 학교로 돌아갈 것인지 아니면 아예 한 해를 쉴 것인지 고민 중이었다. 그가 어떤 선택을 하건 금선은 거기 응하기로 약속했다. 걱정이 되기는 했으나 어쩔 수 없는 일이었다. 용태는 나쁜 아이가 아니었다. 그런 아이가 공부를 그토록 지겨워한다면 그것은 결코 좋은 공부가 아닐 것이다. 용태가 학교를 그토록 증오한다면 그것은 결코 좋은 학교일 리가 없다. 금선은 그렇게 믿었다. 고등학교도 마치지 못하게 된다면 그것은 안타까운 노릇이지만, 사람이 사는 데 그다지 큰 배움이 필요한 것이 아니라는 사실을 그녀는 알고 있었다. 그녀 자신이 중학교도 마치지 못했으니까. 그들 모자 사이에 그런 문답이 오가는 동안 옆에서 그것을 지켜보던 성준은 혼란을 느꼈다. 단순하고 감동적인 결론이었다. 그러나 세상이 얘기하는 것과는 많이 달랐다.

자정 무렵이었다. 성준은 금선과 함께 가게 문을 닫을 준비를 하고 있었다. 전화를 받은 금선이 사색이 되어 성, 성준아, 하고 그를 불렀다. 우리 용태, 용태가……. 용태가 약탈 지역 현장에서 체포되어 종로 경찰서에 끌려가 있다는 것이었다.

금선은 부리나케 가게를 나와 택시를 잡았다. 그녀의 만류를 뿌리치고 성준은 같이 택시에 올랐다. 이놈이 거길 왜……? 그 위험한 데를……. 금선은 몇 번이고 같은 말을 반복했다. 사람이 다치고 불이 나고…… 그런다는데……. 금선을 안심시키기 위해 성준은 중고등학생들이 가끔 장난삼아 약탈에 끼어들었다가 붙잡히는 경우가 있다고 말해주었다. 그놈들 다 미친놈들이지, 어린것들이 뭣 났다고 그런 데를…….

성준은 진정 용태가 밉고 화가 났다. 가출에서 돌아온 지 얼마나 되었다고 이번에는 경찰서 출입이란 말인가. 못된 놈 아닌가. 어머니가 이다지 애를 태우는 것을 모른단 말인가. 자신도 모르는 사이에 그는 친구가 아니라 금선의 처지에서 용태를 바라보고 있었다. 두들겨 패주고 싶은 기분이 드는 적도 있었다. 그러니까 용태는 그에게는 자식이나 마찬가지였다. 어처구니없는 일이었으나 사실이었다.

1시가 지나서야 그들은 종로 경찰서에 도착했다. 용태는 유치장에 들어앉아서도 태평이었다. 엄마, 뭐하러 왔어? 그는 금선을 끌어안으려 했다. 이놈아, 거긴 뭐하러 가, 니가? 왜 가? 금선이 등짝을 후려치는데도 그는 익살스럽게 투덜거렸다. 잘만 하면 명품 양복 한 벌을 가지고 나올 수 있는 건데……. 웬일인지 약탈이 시작되고 얼마 지나지 않아 어디선가 길거리에 나와 있는 놈들은 다 잡아, 다 체포해, 하는 명령이 들려왔고, 명령이 떨어지자마자 사방에서 경찰들이 쏟아져 나왔다는 것이었다.

금선은 한숨을 치쉬고 내리쉬며 어쩐다냐, 인제 어쩐다냐, 하고 중얼거렸다. 재판에 징역살이에 그런 것을 걱정하고 있었다. 용태는 웃었다. 괜찮아요. 24시간만 지나면 나갈 수 있어요. 걱정하지 마요, 엄마.

금선이 형사들에게 빌기도 하고 애걸도 해보았으나 그 자리에서 용태가 나올 수 있는 길은 없었다. 약탈 지역에서 체포된 혐의자에 대해서는 약탈이나 폭동에 가담하지 않았다 할지라도 짧게는 24시간, 길게는 48시간 동안 구금한 다음에 비로소 훈방이냐 기소냐를 결정한다는 것이었다. 금선은 경찰서에서 나올 생각을 하지 않았다. 형사들이 집으로 돌아가라고 재촉을 하고 떠밀어서야 비로소 경찰서를 나섰다.

아무런 소득도 없이 돌아오는 택시 안에서 금선은 눈물을 흘렸다. 이놈이 별일 없어야 할 텐데. 큰일 벌어지지 말아야 할 텐데. 성준은 몇 번이고 내일이나 모레면 나올 거라고 말해주었다. 신문에 따르면 약탈 지역에서 체포된 중고등학생들은 학교에 연락을 취한 다음 훈방하는 선에서 처리되는 것 같았다.

성준의 전화로 문자가 왔다. 어서 돌아오라는 어머니의 재촉이었다. 또 하나의 어머니가 자식 걱정에 애를 태우고 있었다. 그녀는 지금 주간 당번이었다. 성준은 지금 가는 중이라는 문자를 보냈다.

"성준아, 니가 그놈 좀 타일러라. 다시 그 위험한 데 가지 말라고 좀 타일러줘."

금선은 성준의 손을 잡고 몇 번이나 부탁했다. 운전기사가 불쑥 끼어들었다.

"나도 거기 몇 번 가봤는데, 다 달아나고 잡히는 사람은 몇 안 돼요. 재수 없으면 잡히는 거죠, 뭐."

"왜 남의 물건을 빼앗고 훔친단 말이에요? 왜 남들한테 그 못된 짓을 해요?"

금선이 쏘아붙였다.

"꼭 그런 짓을 하러 가는 것은 아니고……. 거기 가면 재밌거든요."

"재미, 남의 물건 빼앗고 훔치고 불 지르는 재미?"

"꼭 그런 게 아니라니까 그러시네. 비슷한 사람들끼리 한꺼번에 길바닥에 나와 고함지르고 욕하고 싸움질하는 재미가 쏠쏠해요. 우리 같은 것들이 언제 길바닥에서 고함 한번 질러봅니까? 경찰들한테 언제 욕지거리 한번 해봐요? 서울 사람들이 며칠마다 한 번씩 다 나와서 하는 일을 뭐 그다지……. 경찰에 끌려간 사람이 학생이요? 학생이라면 십중팔구 바로 다음 날 나올 겁니다."

그러나 이튿날에도 용태는 풀려나지 않았다. 금선은 가게 때문에 면회를 갈 수 없었다. 밤이 깊도록 학원에 다녀오는 중고등학생들이 끊임없이 가게에 드나들었다. 그녀는 성준에게 가보라는 말은 차마 못하고 온종일 애를 태웠다. 내가 갔다 올까요? 그가 물었다.

"그래만 준다면 얼마나 고마울까. 그래도 괜찮겠냐? 아이고, 니가 우리 용태 때문에 지난번부터 아주……."

10시 무렵 성준은 혼자 버스를 타고 종로 경찰서로 갔다. 면회실에 마주 앉은 용태는 자신만만하게 내일이면 돼, 하고 말했다. 그저께 끌려온 고등학생 둘이 조금 전 나갔다는 것이었다.

"경찰들이 악착같이 48시간을 채우고 내보내는 것 같아."

용태는 개학해도 학교에 돌아가지 않겠다고 말했다. 왜? 석수장이가 되겠다는 것이었다. 석수장이? 성준은 그것이 무슨 일을 하는 것인지 짐작도 가지 않았다. 그런 직업은 조선 시대에나 있었던 것 아닌가, 하는 생각도 잠깐 들었다. 어째서 하필 석수장이란 말인가?

용태는 어제 약탈 지역에서 석수장이를 한 사람 만났다. 그와 같이 붙잡혀 경찰서로 끌려온 남자였다. 원당 근처에 공장을 가지고 있는 그 석수장이는 저녁 무렵 광화문에서 친구를 만나 저녁도 먹고 술도 한잔한 다음, 우연히 종각 근처를 지나가다 약탈에 휩쓸렸다.

"그 사람 밑에서 조수로 일하면서 기술 배우기로 했어."

"아직까지 그런 직업이 있냐?"

"집 지을 때 돌 들어가잖아. 무덤에 비석이나 상석 세우고. 무슨 불상이나 성모상 같은 것도 만들고."

들어봐도 성준으로서는 오직 막연하기만 했다. 정말 학교에 돌아가지 않겠다는 것인가? 용태는 일단은, 하고 자신 있게 대답했다. 이미 마음을 굳힌 것 같았다. 약탈 지역에서 만난 사장이라니. 성준은 기가 막혔다. 그 때문에 금선이 또 속을 썩일 것 같아 안타까웠다.

용태는 유치장 안을 가리키며 음성을 낮춰 말했다.

"저 안에 어떤 사람들이 있는지 아냐? 난 약탈엔 나 같은 것들이

나 끼어드는 줄 알았는데 그게 아니더라. 구청 직원에 삼성 다닌다는 놈에 대학생에 동네 슈퍼 사장에…… 참 희한하더라. 너도 틈나면 한번 가봐."

성준이 돌아왔을 때 금선은 텅 빈 가게에 혼자 앉아 막걸리를 마시고 있었다. 처음 그녀를 보았을 때처럼 그녀는 기운이 다 빠져나간 낯이었다. 작은 바람이라도 불면 촛불처럼 스러지고 말 것 같았다. 성준은 용태가 내일 석방될 것이라는 말을 전했으나 석수장이 이야기는 전하지 않았다. 나도 한 잔 주세요. 그가 청했다. 두 사람은 오랜만에 마주 앉아 막걸리를 마시기 시작했다.

모처럼 서늘한 밤이었다. 열어젖힌 앞뒤 문으로 바람이 오갔다. 공원의 나무들이 가지를 흔들며 바람을 맞아 환호했다. 숲을 지나는 바람 소리가 물 쏟아지는 소리 같았다. 그러나 그들 사이에는 유치장에서 옹색하게 잠을 청할 용태 생각이 떠나지 않아 대화가 온전히 이어지지 않았다.

"고맙다, 성준아."

문득 그녀가 말했다.

"니 맘 내가 다 안다."

내 마음을? 어떻게? 무엇이 고맙다는 것인가? 성준은 반가운 한편 가슴이 덜컥 내려앉았다. 뭔가 들켜버린 것 같기도 하고, 부끄럽고, 알 수 없이 미안하고, 한편으로는 반갑기도 하고……. 심사가 복잡해졌다. 내 마음의 무엇을 안다는 것인가? 자신의 마음에 무엇이 있는지 그는 알지 못했다. 점점 알 수가 없어졌다. 혼란스러울 뿐이었다.

"하지만 마음 바꿔 먹어라. 안 될 일이야. 용태 봐서도 그렇고, 널 봐서도 그렇고……. 무엇보다도 내가……."

머뭇거리며 그녀는 얘기를 이어나갔다. 그녀가 뭔가 오래 벼르던 이야기를 하고 있다는 것을 성준은 알 수 있었다. 그는 조용히 기다렸다. 그렇다. 그녀는 그의 마음이 이다지 복잡하다는 것을 안다는 것인지도 모른다.

"니 부모에게 상처 주는 짓이야. 뿐만 아니라 용태에게도, 또 너에게도. 난 더 이상 그런 짓 못한다. 그런 짓은 해서는 안 되지. 더구나 두 번씩이나."

두 번? 이것은 또 무슨 말일까? 성준은 이해가 되지 않았다.

금선은 띄엄띄엄, 한마디 하고 한참을 생각에 잠겼다가, 막걸리를 한 모금 마시고, 또 한참을 머뭇거리다가 한마디를 내놓는 식으로, 천천히 얘기를 계속했다.

"내가 말이다…… 내가 못된 짓 많이 하고 살았다. 내가…… 욕심 때문에 용태 아버지랑 결혼했다. 오직 내 욕심 때문에. 남의 집에 못할 짓 했다. 나 편하자고. 용태 아버지가 나랑 결혼하느라고…… 고생 많이 했다. 그때 내가 너무 살기가 힘들어서…… 꼭 죽을 것만 같았다. 그런 몹쓸 짓을 했어. 용태 크는 거 보면서 후회 많이 했다. 용태 아버지 그렇게 돌아가신 것도…… 내가 벌받아 그리된 것 아닌가, 하는 생각도 들고…….”

패종시계가 1시를 쳤다. 성준은 뭐라고든 항변해야 한다고 생각하면서도 아무 생각이 나지 않았다. 가슴이 뛰고, 숨이 가빠왔다. 머릿속으로 「트리스탄과 이졸데」의 노래가 울려 퍼지고 있었다.

“니 마음이 나에겐 말이다, 참 고맙고 귀허다. 정말로…… 어찌 말해야 좋을지 모르겠구나. 내가 모르는 척하면서도……. 어째야 쓰겠냐, 이 노릇을. 싫지가 않으니. 넌 너무나 착하고 순진하다. 너 닮은 여자 만날 거다. 그렇게 사는 거다. 나처럼 사는 건 온전히 사는 게 아니야.”

성준은 말하고 싶었다. 당신도 착하다. 나 닮은 여자 만나고 싶지 않다. 내가 원하는 것은 지금 바로 당신이다……. 트리스탄은 죽어가며 노래한다. 이것은 빛인가? 횃불인가? 횃불은 꺼졌다, 꺼졌다. 이졸데에게, 이졸데에게 가자……. 착한 것, 그런 것은 낮의 일이다. 나는 당신에게 간다, 당신에게 갈 것이다…….

“성준아, 알았냐? 내가, 니가, 아니, 내가…… 내가 험하게 산 사람이다. 세상 밑바닥 진구렁까지 몇 번이나 끌려 내려갔어. 볼 거 못 볼 거 다 보고 산 년이야. 생각하는 것만도 무섭고 소름 끼친다. 넌 꿈도 꾸어본 적 없을 정도로 세상은 험하고 무서운 데다. 더럽고 흉악한 데야, 이놈의 세상이. 내가 그런 꼴 다 보고 살았어. 일찌감치 죽어버려야 하는 건데……. 내가 용태 아버지 만나고, 용태 키우면서 사람 많이 됐다. 부끄럽고 참담하구나……. 이런 얘기는 너만 알고 있어라. 용태한테는 말하지 마. 상처 받을까 무섭다. 내가 용태 아버지에 대해 품었던 것도…… 그것도 사랑이 아니라 욕심이었을 거다. 용태 키우면서 그 죄 갚는 셈 치고 사는데……."

그녀는 눈물을 훔쳤다. 성준은 봉석에게서 들은 말들을 하고 싶었다. 사랑이란 금기로 하여 더욱 아름다워지는 것이다, 금기에 대한 도전이야말로 사랑이다……. 그러나 그 모든 말들이 그에게는, 그녀에게는 어울리지 않는 것 같았다. 왜인가? 입을 열 수가 없었다. 그는 금선이 말하는 세상 밑바닥 진구렁이 어떤 곳인지 전혀 짐작도 가지 않았다. 다만 금선의 말보다는 그 어조를 통하여 그녀가 겪은 두려움과 염증을 능히 짐작할 수는 있을 것 같았다. 그것은 사람이 쉽게 다가갈 수 없는 지옥에 대해 이야기하는 어조였다. 들을수록 가슴이 먹먹해지고 답답해졌다. 그러나 어쩌면 그곳이야말로 밤의 망명지는 아닐까, 하는 생각도 들었다. 아아, 이것은 빛인가 횃불인가…….

"널 보면 내가 젊어지는 것도 같고 착해지는 것도 같더라. 참말 고맙다, 성준아. 내 말 알아들었냐?"

성준은 알아듣지 못했다. 그는 묵묵히 막걸리를 따라 마셨다.

"그렇다 하여 여기 오지도 말라고 하는 건 아니다. 어떻게 이리 고마운 널 오라 마라 하겠냐, 내가. 너 알아서 편한 대로 해라. 얼마든지 와. 맛있는 거 해줄 테니까. 용태랑 우리 셋이서 틈나면 영화도 보러 가고, 맛나는 것도 먹으러 다니고, 그러자. 나중에 니가 크면 알게 될 거다. 이리된 게 잘된 일이라는 걸. 어려운 일 있으면 언제든지 와서 상의하고. 무슨 일이든. 내가 뭘 알겠느냐만, 니 부모가 훨씬 더 잘 아시겠지만, 아는 데까지는 나도 도와줄 테니까."

불쑥 성준이 물었다.

"나이가 몇 살이에요?"

금선은 어색하게 웃었다.

"내 나이? 서른여섯이다."

서른여섯이라면 서봉석 선생보다 한 살 많을 뿐이었다. 그는 다시 물었다.

"내가 어른이 되어서도 마음이 변하지 않으면요?"

금선은 웃었다. 어째서일까. 그 웃음은 의자가 삐걱대는 소리 같았다. 슬프고 공허하고…… 무의미한 웃음 같았다. 적어도 웃음은 아닌 것은 분명했다. 차라리 울음에 가까웠다.

"고맙다, 성준아. 내가 지금 얼마나 기쁘고 흐뭇한지 넌 모를 거야. 어른이 되어서도 변하지 않으면? 그래, 그때까지 내가 살아 있으면 그럼 니 뜻대로 하기로 할까."

한동안 두 사람은 아무 말도 하지 않았다. 성준은 마음속으로 난 변하지 않는다, 변할 리 없다, 하는 말을 뇌고 또 뇌었다. 뭔가 억울하고 슬프고 분하고 안타까웠다. 뭐라고든지 항변하고 싶었다. 금선이 그에게 막걸리를 따라주었다. 이거 마시고 이제 집에 가라. 어머니 걱정하신다.

성준은 가게를 나섰다. 거리는 텅 비어 있었다. 띄엄띄엄 가로등이 고개를 꺾고 아무도 오가지 않는 거리를 지키고 서 있었다. 가로등에 대달린 전등이 꼭 눈물처럼 보였다. 너도 무슨 슬픈 일 있냐. 울지 마라. 아무 소용 없다. 울어라. 아무 소용 없다. 이래도 저래도 아무 소용 없다…….

성준은 혼자 중얼거리며 울창한 나무들이 하늘을 가린 거리를 걸었다. 대기는 서늘했고, 바람이 나무들 사이를 유유자적 오갔다. 그는 본능적으로 집을 향하고 있었다. 어머니는 야간 당번이었다. 집은 비어 있을 것이다. 텅 빈 집, 그리고 사방이 막힌 비좁은 공간, 방 구석구석에 남아 있는 모기향 냄새와 살림살이 냄새와, 한숨 같은 정적……. 그런 것들이 떠오르자 그는 갑자기 갈 곳을 잃은 기분이었다.

어디로 갈까. 이 깊은 밤, 어디로 갈 수 있을까. 그는 위로받고 싶고, 울고 싶고, 마음속에 있는 얘기를 다 털어놓고 싶었다. 부상당한 트리스탄은 브리타니에 있는 자신의 성으로 갔다. 성준에게는 성이란 없었다.

지금 금선은 혼자 용태 때문에 걱정에 잠겨 있었다. 도대체 왜 그가 금선에게 가서는 안 되는 것인지 그는 알 수 없었다. 금기, 그리고 금지일 뿐이었다. 그러나 그는 그곳으로 돌아가지 않았다. 돌아갈 수 없었다.

막걸리 때문인지 머리가 지끈거렸다. 공원이 눈에 띄었다. 그렇다. 그곳은 방학이 시작되기 얼마 전, 윤지와 성준이 들어갔던 느티나무 공원이었다. 그는 그날 윤지와 함께 앉았던 벤치를 찾아 공원을 깊숙이 가로질렀다. 공원은 트리스탄의 성처럼 적막했다. 바람에 몸을 맡긴 미루나무 나뭇잎들이 코러스처럼 합창했다. 오 밤이여, 오 밤이여……. 성준은 벤치에 앉아 휴대전화에 이어폰을 연결하고 귀에 꽂았다. 서봉석 선생네 집에 다녀온 이래 그가 듣고 듣고 또 들은 노래였다. 트리스탄의 비장한 외침이 흘러나와 단숨에 그의 밤과 공원을 가득 채웠다.

　　아아 우리는 이제 밤에 바쳐졌구나
　　짓궂은 낮은 우리를 질투하여
　　속임수로 우리를 갈라놓으려 하지만
　　우리는 더 이상 속지 않으리……

성준은 더 이상 속고 싶지 않았다.

　　사랑의 밤이여 영원한 진실이여
　　그대의 가슴에 나를 안아주오
　　이 세계로부터 나를 자유롭게 해주오……

그는 진정 자유로워지고 싶었다. 그러나 그는 속지 않는 길도, 자유로워지는 길도 알지 못했다. 아직은. 언젠가 알아낼 수 있을까. 언제? 문득 그는 금선에게 조금 전 한 말을 떠올렸다. 내가 어른이 되어서도 마음이 변하지 않으면, 이라고 그는 말했다. 그는 가정법을 썼다. 변치 않을 것이다, 하고 말하지 않았다. 물론 의식적으로 말을 고른 것은 아니었다. 그는 그 말로 자신의 마음이 충분히 표현되었다고 생각했다. 거기 금선은 그때까지 내가 살아 있으면, 이라고 가정법을 써서 대답했다. 그들은 가정법으로 묻고 가정법으로 대답했다. 아니, 가정법으로 물었으므로 가정법으로 대답하는 것은 어쩌면 당연했다. 잘못된 질문이었다. 무의미한 질문이었다. 대답 역시 마찬가지였다. 그들이 묻고 대답한 것은 성준이 어른이 되었을 때의 서로에 관해서가 아니라 지금의 서로에 관해서였다. 그들이 확인한 것은 지금 서로의 마음이었다. 그러니까 적어도 무의미한 질문과 대답만은 아니었다.

그때 성준은 다시 보았다. 그 새까만 짐승이었다. 그놈은 공원 울타리를 순식간에 타넘어 긴 몸뚱이를 바닥에 낮게 깔고 그 시퍼런 눈으로 좌우를 잠깐 살피더니, 재빨리 운동장을 가로질러 숲으로 뛰어들었다. 고양이인지 아닌지, 확인할 틈도 없을 만큼 재빨랐다. 잠깐 사이에 그놈은 이미 시야에서 사라져버렸다. 입에 뭔가를 물고 있었던가? 성준은 급히 그 뒤를 쫓았다. 솎아베기를 잘하여 띄엄띄엄 늘어선 소나무들 사이를 헤집고 들어서면서 성준은 그날의 윤지를 생각하고 있었다. 저놈을 쫓아가서 그녀가 본 것이 무엇일까. 성준은 소나무 둥치 밑에서 그놈을 발견했다. 시퍼런 눈동자가 날카롭게 성준을 쏘아보았다. 숲은 캄캄했고 놈은 새까맸다. 윤지도 저것을 보았을까? 고양이인지 아닌지 한눈에 판단할 수가 없었다. 그 눈에 두려움이나 다급함 따위는 없었다. 그저 성준을 응시할 뿐이었다. 차고 예리한 섬광을 뿜어내는 그놈의 눈은 마치 신민을 내려다보는 군왕의 눈빛처럼 침착하고 당당했다. 윤지는 저것을 보며 무엇을 생각했을까? 다음 순간 그 시퍼런 두 눈은 획, 번득이는 호(弧)를 그리며 어둠 속으로 사라져버렸다.

다시 벤치에 돌아와 앉았을 때 성준은 문득 윤지가 보고 싶어졌다. 어째서 그녀가 갑자기 이토록 그리워지는 것인지, 그는 이유를 알 수 없었다. 그녀를 어쩌면 영영 볼 수 없을지도 모른다는 것이 너무나 두렵고 억울하고 슬펐다. 그는 고개를 들어 그녀가 사는 아파트 건물을 올려다보았다. 공원 너머, 도로 건너, 15층짜리 콘크리트 아파트 건물은 용처럼 거대했다. 그녀를 도와줄 방법이 전혀 없다는 것이 다시금 안타까웠다. 그는 마술에 걸려 난쟁이로 전락한 사람처럼 무력했다. 저 거대한 콘크리트 덩이 속에 지금 마술에 걸린 윤지가 갇혀 있었고, 저 어둠 속 어딘가에 용이 숨어서 그녀를 지키고 있었다. 누군가, 이야기 속의 용맹스러운 왕자처럼, 당당히 나서서 그녀를 구출해내야 했다. 누군가가. 그러나 성준은 무력했다.

성준 자신이 마술에 걸려 있었다. 무엇이 지금, 바로 지금 그를 금선에게 돌아갈 수 없게 만드는 것인가? 도대체 무엇이?

16

길거리에서 마주친 용태는 그에게 물었다. 왜 이제 가게에 안 나오냐? 나한테 화났냐? 성준은 일단 대학에 진학하기 위해 최선을 다하기로 마음먹었다고 대답했다. 용태는 지친 낯이었으나 눈빛은 생생했다. 석수 공장에서 퇴근하여 집으로 돌아가는 길이라고 했다. 그는 돌 만지는 일이 굉장히 재밌다고 했다.

"다 잊고 몰두할 수 있어. 아무것도 생각 안 나. 돌하고 나밖에 없어."

그러나 출퇴근에 시간이 너무나 많이 걸렸다. 전철을 타고, 버스를 타고 두 시간을 가야 비로소 공장에 닿을 수 있었다. 돌아오는 길도 마찬가지였다. 석수 공장 임 사장은 공장에 방이 있으니 거기서 생활해도 좋다고 하지만 아직 그럴 생각까지는 없다고 했다.

"나 한자도 배운다."

한자를? 뭐하러?

"돌장이 일을 하려니까 배우는 수밖에 없겠어. 비석 같은 데, 다한자로 쓰잖아. 요샌 한글로 쓰는 경우도 있지만, 아직까지는 한자로 쓰는 경우가 더 많은가 봐. 그래서……."

그는 가방에서 부스럭대며 책을 꺼내놓았다. 천자문 책이었다. 책 사이에 신문지들이 끼여 있었고, 그 신문지에는 삐뚤빼뚤한 붓글씨로 한자들이 쓰여 있었다. 공원 벤치에 신문지들을 늘어놓자 하늘 천부터 따 지, 검을 현 누를 황, 크고 작은 글자들이 마치 서투른 그림 같았다.

"붓으로 쓴다는 거야? 돌로 쪼는데 웬 붓?"

성준이 묻자 용태는 껄껄 웃었다.

"붓으로 써야 겨우 외워지더라고. 아직은 집 우 집 주까지밖에 못했어. 내 평생 공부를 하고 싶어 하게 될 줄은 정말 몰랐다, 젠장."

성준은 용태와 헤어져 도서관으로 향했다. 그는 늘 도서관에 처박혀 지냈다. 아침에 도서관에 들어가면 자정이 다 되어서 집으로 돌아갔다. 어머니가 출근 전에 도시락을 싸놓기도 하고, 그 자신이 아무렇게나 도시락을 싸 가기도 했다. 학원 수업이 있는 날에는 공부를 하건 잡념에 사로잡혀 시간을 보내건 학원의 빈 강의실에 머물러 있다가 자정이 가까워져서야 학원을 나섰다.

강의를 들을 때 외에는 언제나 이어폰을 귀에 꽂고 살았고, 그래서 트리스탄과 이졸데는 끊임없이 그에게 사랑의 노래를, 환희와 비통에 찬 사랑의 노래를 들려주었다. 그들의 노래는 그를 위로했고, 동시에 그리움에 잠기게 했다. 그리운 것이 구체적으로 무엇인지 그는 알 수 없었다. 금선인가? 그러나 그는 금선을 늘 지켜보며 산 지난 열흘 남짓한 동안에도 이런 그리움에 시달리지 않았던가.

차라리 금선이 늦봄길에 살던 때가 나았다. 멀리 떨어져 오직 그리워할 수 있을 뿐이었지만 그러나 그때는 주저할 필요가 없었고 그의 사랑은 충일했다. 열정으로 늘 가슴이 더웠다. 그녀가 한동네로 이사를 와 아침저녁으로 언제나 볼 수 있게 된 이래 뭔가가 달라졌다. 뭔가 잘못되기 시작했다. 그것이 무엇인지는 알 수 없었으나, 잘못된 것은 분명했다.

윤지의 아버지가 연락을 한 것은 성준이 도서관에 들어선 지 두어 시간이 지났을 때였다. 성준은 열람실에서 복도로 나와 전화를 받았다.

"나 심윤지 아비 되는 사람이다."

성준은 깜짝 놀랐다. 심주석은 집으로 와줄 수 있는지 물었다. 무슨 일인데요? 윤지가 보고 싶어 한다는 것이었다. 나를? 어째서? 어째서인지는 주석도 알지 못했다. 소문으로는 윤지는 아버지 어머니에 의해 부산으로 끌려 내려간 지 오래였다. 성준은 아직까지 윤지가 서울에 남아 있다는 것에 놀랐다. 개학은 이제 겨우 사흘을 남겨두고 있었다.

"윤지가 좀…… 아프다."

주석은 침통한 어조였다. 윤지는 밥을 먹지 않았다. 이른바 단식 투쟁이었다. 휴대전화를 돌려주기 전에는 아무것도 먹지 않겠다고 고집을 부렸다. 벌써 열흘이 넘어가고 있었다. 성준은 화가 났다. 그렇다면 왜 휴대전화를 돌려주지 않는가? 어른들은 어째서 자식들의 의사를 묵살하는 것을 아무렇지도 않게 생각하는가?

주석은 전철역 근처 제과점에서 만나자고 제안했다. 성준은 부지런히 도서관에서 나와 전철을 탔다.

누군가가 어깨를 쳐서 돌아보니 영우였다. 그는 순식간에 어떻게 지냈냐, 어떻게 지냈다, 바다에 갔다 왔냐, 난 산에 갔다 왔다, 사람 구경만 하고 왔다, 고속도로에서 일곱 시간을 보냈다, 아버지와 어머니는 술만 마셨다, 여름철만 되면 산이나 바다로 가서 며칠 동안 인터넷도 못하고 친구도 만나지 못하고 쿡 처박혀 지내야 한다는 것이 지긋지긋하다, 공부 많이 했냐, 난 전혀 못 했다, 대학이고 공부고 때려치워 버리고 싶은 생각뿐이다, 하는 이야기들을 쏟아냈다. 성준이 내릴 채비를 하자 영우는 갑자기 그의 귀에 대고 속삭였다.

"나 어제 약탈 지역에 갔다 왔다. 누구를 봤는지 아냐?"

그는 성준의 반응을 한참 살핀 다음에야 다시 말했다.

"교장선생. 그 사람이, 기가 차서, 그 사람이 차에다가 화염병을 던지는 걸 봤어. 컨버터블, 외제 차. 순식간에 타버리더라."

정말? 영우는 고개를 끄덕였다.

"나도 믿을 수가 없어서, 정말 교장인가, 얼굴을 제대로 보려고 애를 썼는데…… 너무나 재빨리 사람들 사이로 사라져버렸어."

그는 전철에서 내리는 성준의 옷자락을 붙들고 서서 말했다. 아무한테도 말하면 안 돼. 알았어?

성준은 믿을 수가 없었다. 교장선생이? 약탈 지역에? 게다가 화염병을 던져? 처음 교장을 약탈 지역에서 봤다는 말을 들었을 때에는 그는 반쯤만 귀를 기울였다. 주둥이가 하는 말을 모두 믿어서는 안 된다는 것을 그는 잘 알고 있었다.

도대체 그놈의 약탈 지역에서는 무슨 일이 벌어지고 있는 것일까. 어째서 용태도 그의 석수장이도 영우도 교장선생도 봉석의 징계위원들도 거기로 몰려드는 것일까.

제과점에는 주석 혼자 앉아 있었다. 면바지에 티셔츠를 입은 그의 얼굴은 초췌했다. 성준이 다가가 고개를 숙여 인사를 했다.

"나랑 같이 우리 집에 가서 우리 윤지를 좀 만나자."

윤지는 성준을 한 번만이라도 만나게 해주면 밥을 먹겠다고 했다. 휴대전화를 돌려주지 않아도? 돌려주지 않아도. 주석은 부산으로 내려가라고 윤지를 설득해달라고 부탁했다. 그러나 부모님 말도 듣지 않는 윤지가 성준의 말을 들어줄 것인가? 성준은 자신이 없었다.

"너도 소문은 들었겠지만 대부분 거짓말이고 과장이다. 원조교제라니, 우리 윤지가 그런 짓을 할 리가 있냐. 다 헛소리다. 너도 알지?"

주석은 초조한 낯으로 성준의 눈치를 살폈다. 성준이 무엇을 알고 무엇을 모르는지, 무엇을 믿고 믿지 않는지 알아내고 싶은 것이 분명했다. 그놈의 원조교제. 누구의 입에서 처음 나온 말인지는 모르지만, 그것은 마녀사냥처럼 관련된 모든 사람들에게 공포와 고통의 원천이 되어 있었다. 성준은 그런 소문 전혀 믿지 않는다고 말했다. 주석은 크게 안심한 얼굴이 되었다.

"학교 아이들도 그런 소문 아무도 믿지 않지?"

그는 기대에 차서 물었다. 성준은 대답할 수가 없었다. 이를테면 성준이나 용태는 사건의 진상을 알고 있었으므로 그런 소문을 믿을 리 없었다. 성준은 그 사실을 이야기해줄 수도 있었다. 안 될 일이 어디 있으랴. 그러나 다른 아이들은? 그들은 원조교제가 마치 흔해빠진 식탁의 메뉴인 듯 그 말을 입에 달고 살았다.

"윤지한테 학교에서 벌어지는 일, 다 얘기할 필요는 없을 것 같다. 아이가 충격을 받을 수도 있으니까 쓸데없는 소리는 하지 말고……."

어른들은 어째서 다 이런 식인가. 성준은 슬그머니 화가 났다. 주석은 그러니까 사전 검열을 하고 있는 셈이었다. 이런 말을 해라,

이런 말은 하지 마라. 봉석의 집에서 밤늦게까지 술을 퍼먹던 날이 생각났다. 봉석은 그렇지 않았다. 박해준도 그렇지 않았다. 그날 성준은 봉석과 해준에게서 자신과 다름없는 사람을 보았다. 비슷한 고민과 불안, 비슷한 슬픔과 걱정에 시달리며 비슷한 꿈을 꾸는 인간을. 파탈이라고 했던가. 위선이 없고 꾸밈이 없는 팬티 바람의 인간들을.

"천하에 철면피한 선생 놈 하나 때문에 우리 윤지가 지금 꼴이 말이 아니다. 니가 잘 좀 위로해주고 정신 차리게…… 응? 옛날 친구였잖냐?"

그 천하에 철면피한 선생 놈이야말로 이제 성준이 가장 좋아하고 가장 존경하는, 그가 만난 가장 솔직한 선생님이었다. 그렇게 말하지 마세요, 하고 반박하고 싶었으나 성준은 참았다. 그렇다. 윤지 아버지도 어쩌면 팬티 바람으로 누군가와 마주 앉을 때가 있기는 할 것이다. 누구에게나 아무 때든 그렇게 대할 수는 없을 것이다. 학교에서 서봉석이나 박해준이 그럴 수 없듯이.

"할 말, 하지 말아야 할 말, 윤지 부모님께서 다 정해주신 대로, 제가 꼭 그대로만 말해야 하는 건가요?"

성준이 될 수 있으면 공손한 어조로 물었다. 그러나 그 질문의 내용은 충분히 명백했다. 주석은 당황하여 멀거니 성준을 쳐다보다가 허둥거렸다.

"아니, 아니다. 그럴 수가…… 그럴 리가……. 그냥 아이가 충격을 받거나 상처를 입을까, 걱정이 되어 니 도움을 청하다 보니……."

할 말 못 할 말을 정해주려면 어째서 성준의 도움이 필요한 것인가. 그 자신이 하면 될 것 아닌가. 성준은 이해할 수 없었다. 짜증이 났다. 윤지를 보고 싶기는 했으나 갑자기 가기가 싫어졌다. 별로 유쾌한 일이 못 될 것이라는 생각이 들었다. 그러나 윤지를 보고 싶었다. 그녀에게 봉석의 안부를 전해주고 싶었다. 봉석에게도 윤지의 안부를 전해주고 싶었다. 그가 이 지경에 빠진 봉석과 윤지를 위해 해줄 수 있는 최소한의 일이었다.

주석은 제과점에서 아내와 오랜 시간 동안 통화를 하고 상의를 한 다음, 케이크를 하나 샀다. 윤지의 집으로 가기까지 주석은 충고를 늘어놓았다. 공부 열심히 해라, 지금의 일 년이 나중에 크나큰 보상으로 되돌아오거나 무거운 후회로 되돌아온다, 부모 말씀 잘 들어라, 세상에 부모처럼 자식 사랑하는 사람은 없다……. 다 옳은 얘기 같았으나 어디서나 들을 수 있는 얘기들이었다. 성준은 귀를 막아버리고 싶었다. 트리스탄과 이졸데의 노래를 듣고 싶었다. 그러나 참고 예예, 대꾸해주었다.

윤지의 어머니는 성준을 보자마자 덤벼들어 눈물을 쏟았다. 성준이구나, 이렇게 의젓하게 컸구나. 그래, 너 옛날에 우리 윤지랑 친하게 지냈지. 초등학교 때. 어머니는 안녕하시냐? 아버님도? 우리 윤지가, 우리 윤지가……. 그거 다 헛소리다. 헛소문이야. 하나도 믿지 마라.

반듯하게 정리된 아파트였다. 성준이 사는 좁고 갑갑한 열다섯 평짜리 아파트와는 달랐다. 깨끗하고 넓은 거실, 넉넉한 공간을 두고 놓인 소파와 텔레비전과 오디오 시스템과 책장과……. 집에 들어와 보니 성준은 자신과 윤지 사이의 거리가 어떤 것이었는지 실감할 것 같았다. 이 거리는, 그러나 또 하나의 금기에 지나지 않았다. 이제 그는 그런 것을 알고 있었다.

"밥을 먹게만 해줘. 밥을 먹게만 해주면 된다."

주석과 명숙은 당부했다.

명숙이 그를 윤지의 방으로 안내했다. 윤지야, 성준이 왔다. 조금 전 주석이 산 케이크와 과일과 커피를 내려놓고 명숙은 나갔다.

윤지를 보고 성준은 깜짝 놀랐다. 그가 상상하던 것보다 훨씬 더 참혹한 꼴이었다. 그 붉고 예쁜 입술이 타고 갈라져 물집투성이였다. 얼굴이 말 그대로 반쪽이었다. 안색은 거무스레했다. 눈을 제대로 뜨지 못했다. 이마를 찡그리고 가늘게 눈을 뜨고서야 그녀는 성준을 알아보고 손짓을 했다.

아아, 이게 무슨 짓인가. 사랑이라는 것은 도대체 얼마나 잔인한가. 사람을 병들게 하고 고통의 구렁텅이에 뒹굴게 하고 죽음에 뛰어들게 만드는, 이놈의 사랑이란 도대체 무엇인가. 그것은 진정 축복인가. 차라리 저주가 아닌가. 성준은 윤지의 비쩍 마른 얼굴을 보며 눈물이 솟으려는 것을 애써 참았다. 그는 미소를 지어내기 위해 노력했다.

"미안해, 성준아."

"왜 밥을 안 먹냐? 뭘 하건 밥은 먹어야지."

성준은 일부러 농담을 하듯 투덜거렸다.

"먹을 거야, 먹어야지."

윤지는 침대에서 일어나 앉았다. 그녀는 성준이 그녀를 어떻게 생각하는지 알고 싶어 했다. 성준은 말했다. 네가 느티나무 공원에서 얘기한 너의 모든 기쁨과 눈물과 행복과 두려움을 믿는다.

"부탁이 있어. 누구에게 부탁해야 하나, 생각해봤는데, 니 생각만 났어. 다른 사람은 아무도 떠오르지를 않았어."

윤지의 부탁이란 성준이 추측할 수 있는 내용이었다. 그녀는 봉석의 안부를 알고 싶었다. 성준은 단숨에 아는 모든 사실들을 얘기해주었다. 윤지는 눈을 빛내며, 눈물을 흘리며 들었다.

"너의 기쁨과 눈물과 행복과 두려움만이 아니라 서봉석 선생님의 그 모든 눈물과 그리움과 탄식도 고스란히 다 믿어."

애써 흐느낌을 억누르고 귀를 기울이는데도 그녀의 눈에서는 눈물이 거침없이 흘러내렸다. 그것이 고통에서 나온 눈물인지 기쁨에서 비롯된 눈물인지 성준은 구별할 수 없었다.

그녀가 다소나마 진정되기를 기다려 성준은 가방 속에 늘 가지고 다니던 「트리스탄과 이졸데」 시디를 꺼냈다. 봉석의 집에서 처음 듣고 바로 그다음 날 동네 레코드 가게에 가서 구입한 물건이었다. 그는 윤지에게 그 시디를 주었다. 그에게는 복사해둔 시디도 있었고, 엠피스리로 변환한 파일도 있었다.

"지금 들어보고 싶어."

성준은 책상 위의 오디오에 시디를 넣었다. 음악이 흘러나왔다. 비장한 전주, 트리스탄과 이졸데가 콘월로 가는 배를 타고 있었고, 그 배 위에서 그들은 운명의 묘약을 같이 마신다……. 그들은 불붙 듯 맹목적인 사랑에 빠지고, 사랑의 환희와 함께 그 암울한 운명을 함께 노래한다…….

"나에게도 비슷한 일이 벌어진 것 같아."

상준은 금선에 대해 짧게 이야기했다. 구체적으로 그녀가 누구 인지는 말하지 않았다. 바로 며칠 전 금선이 들려준 이야기까지. 윤지는 다시금 눈물을 쏟았다.

"우린 왜 이 모양일까. 얼마 전까지 우리에겐 우리 둘뿐이었는 데."

그 말을 들은 순간 성준의 뇌리에 한 가지 생각이 스쳐 갔다. 그 생각은 거의 의식할 수도 없을 만큼 순간적으로 짧게, 그러나 강하 게, 면도날이 살을 베듯, 그렇게 스쳐 갔다. 어쩌면 이 모든 일은 나 와 금선 사이에서 벌어지는 것이 아니라, 윤지와 봉석 사이에서 벌 어지는 것도 아니라, 오직 나와 윤지, 윤지와 나, 두 사람 사이에서 벌어지고 있는 것인지도 모른다……. 나와 윤지가 어린 시절 마주 쳤던 금지와 금기, 포기와 좌절이 지금 여기 이르러 있는 것인지도 모른다 ……. 만일 바그너가 이 이야기를 가지고 오페라를 쓴다면 그 주인공은 나와 윤지일 것이다⋯⋯. 그리하여 나중에 나는, 윤지는 어디에 이르러 있을 것인가? 그곳은 콘월의 성일까, 브리타니의 성일까? 야만의 태양이 지배하는 곳일까, 부드럽고 따뜻한 밤의 망명지일까?

명숙이 문을 노크하고 들어왔다. 죽 먹을래, 윤지야? 윤지는 먹겠다고 대답했다. 성준은 그녀가 죽을 먹기 시작하는 것을 보고 그녀의 집을 나왔다.

주석은 그를 배웅하겠다고 따라나섰다. 승강기 안에서 주석은 물었다.

"너희 어릴 때 윤지랑 너랑 나랑 만화영화 같이 본 적이 있는데, 기억나냐?"

성준은 그렇다고 대답했다.

"너희 그때 얼마나 예쁘고 귀여웠는지 아냐? 그 예쁘고 귀엽던 우리 아이가⋯⋯ 두어 달 사이에 저 지경이 되고 말았다⋯⋯. 서봉석이란 놈, 저 철없는 어린것을⋯⋯."

그의 눈시울이 붉게 충혈되는 것을 성준은 보았다.

"서봉석 선생님 참 좋은 분이세요."

그러나 주석은 듣는 것 같지 않았다.

"너희는 아직 어리다. 세상도 사랑도 그리 쉽고 만만하기만 한 것이 아니라는 걸, 그것이 얼마나 가차 없고 무자비하고 돌이킬 수 없는 책임과 무게를 동반하는 것인지, 아직 몰라. 부모들이란 아이

들의 그런 짐을 덜어줄 책임이 있어. 그게 너희에겐 그다지도 못마
땅하고 나쁜 짓이냐?"

성준은 뭐라 대꾸할 말이 없었다. 승강기가 1층에 멎었다. 성준
은 안녕히 계세요, 하고 인사를 했으나 주석은 계속 성준을 따라 나
왔다. 계단 아래에서 주석은 다시 말했다. 이제 그의 눈에 고인 눈
물이 확실히 보였다.

"너희는 항상 부모를 원망한다만, 그래, 그 책임과 무게를 감당
할 자신은 있냐? 각오가 되어 있는 거냐? 아직 그게 뭔지도 모르는
주제에……."

그는 성준을 마치 적이라도 되는 듯 한참 동안이나 쏘아보다가
갑자기 돌아서서 아파트 안으로 들어가 버렸다.

아파트 단지를 빠져나오는 동안 성준은 생각이 복잡했다. 윤지
아버지의 저 눈물을 어찌 진실이 아니라 할 수 있겠는가. 어찌 윤지
의 눈물, 봉석의 눈물만이 진실이겠는가.

그러나 성준은 기꺼이 밤의 전령사 역할을 떠맡기로 했다. 그에
게도 그 자신 몫의 진실이 있었고, 그에 따라 지금 그가 할 수 있는
일을 선택해야 했다.

아직 시간이 있었으므로 그는 봉석에게 전화를 했다. 전에 만났
던 도로변 편의점에서 그들은 만났다. 반바지에 슬리퍼를 끌고 텁
수룩한 머리에 야구 모자를 쓴 봉석의 차림은 여전했다. 성준의 이
야기를 들은 그는 말없이 편의점으로 들어가 깡통 맥주를 둘 사가

지고 나왔다. 맥주 하나를 성준 앞으로 밀어놓으며 그는 물었다.

"또 윤지 집에 갈 수 있을 것 같으냐?"

글쎄. 갈 수 있을까. 개학이 바로 며칠 앞이었다. 그러니까 윤지는 그 전에 부산으로 내려가게 될 것이다. 기회는 그 며칠이 남아 있을 뿐이었다.

맥주를 다 비우기까지 봉석은 말이 없었다. 그는 찌푸린 낯으로 생각에 생각을 거듭했다. 집으로 가자. 여기선 안 되겠다. 그는 벌떡 일어나 성큼성큼 앞장서 걸어갔다. 집에 들어서자마자 그는 성준에게 휴대전화를 달라고 요구했다. 성준이 왜냐고 물었다. 그는 녹음을 해야겠다고 말했다. 무슨 녹음? 윤지에게 들려줄 말을. 성준이 머뭇머뭇 전화기를 내놓자 그는 전화를 들고 방으로 들어갔다.

성준에게는 새로운 숙제가 생겼다. 무슨 수로 저 녹음을 윤지에게 들려줄 것인가.

봉석은 좀처럼 나오지 않았다. 성준은 쪼그리고 앉아 일기를 쓰기 시작했다

8월 27일

윤지의 아버지에게도 사랑이 있었을 것이다. 그녀의 어머니에게도. 그들은 어떤 금기와 마주 서야 했을까.

나의 아버지와(아버지, 속히 돌아오세요. 제발요.) 어머니도,

거리의 평범한 아저씨 아주머니 들, 그들도 한때 사랑에 빠져 기쁨과 슬픔, 환희와 절망에 휘둘린 적이 있었을 것이다. 그들은 어떤 금기에 맞서 눈물을 흘리고 고통에 빠져 절망했을까. 어떻게 그것을 이겨내고 극복했을까.

나는 금선에게서 진실을, 작은 진실을 보았다. 그 진실은 기꺼웠으나 동시에 가혹했다. 나는 윤지에게서 진실을, 무자비한 진실을 보았다. 서봉석 선생님에게서도, 그리고 윤지의 부모님에게서도 진실을 보았다. 어느 것도 소홀히 할 수 없는 나름의 무게를 지닌 진실이었다.

나는 어떤 점에서는 윤지 부모님의 진실을 외면했다. 어째서? 사람들의 진실은 서로 상충할 수도 있다는 것을 나는 알았다. 그것이 무섭고 슬프다.

아니, 나는 지금 잘못된 어휘를 사용하고 있는지도 모른다. 진실이 아니라 욕망, 이라 해야 하는 것일까. 사람들의 욕망은 서로 상충할 수도 있다. 그것은 너무나 당연한 일, 어제오늘 새로이 깨달은 것은 아니다.

사랑이 아니라 욕망인가? 사랑과 욕망은 어찌 다르고 같은 것일까?

나의 욕망, 혹은 사랑, 혹은 진실은, 금선의 욕망, 혹은 사랑, 혹은 진실은 이 금기투성이의 세상에서 얼마나 버텨낼 수 있을까?

싸움과 같구나, 사랑은, 진실은, 욕망은.

이 금기를 깨지 못하고, 이 금기투성이의 세상 속으로 고스란히 들어가 버린다면 나 역시 그 금기, 허위와 위선, 그런 것들과 구별할 수 없는 존재가 되어버릴 것 아닌가. 그 금기와 금지 속에 허우적거리는 존재에 불과할 것 아닌가……

지금 서봉석 선생님과 윤지를 통하여 나는 그 금기, 금지, 허위와 위선이 얼마나 가혹하고 무시무시한 것인지, 얼마나 무자비한 힘으로 사람을 휘두를 수 있는지를 목격하고 있는 셈이다. 과연 내가 거기 맞설 수 있을 것인가. 나를 잠시 껴안아 준 다음, 금선은 말했다. 가라.

내가 어머니에게 금선을 사랑한다, 말한다면 어머니는…… 아아, 상상하기도 두렵다.

성준은 자신이 쓴 것을 읽어보았다. 놀라운 일이었다. 자신의 마음이, 얼마간 불만스럽다고는 하지만, 그 몇 줄의 글에 온전히 담겨 있었다. 어째서 이렇게 된 것인지 그는 알지 못했다. 불과 얼마 전까지만 해도 아무리 일기를 쓰려 노력해도 두어 줄 쓰고 나면 아무것도 쓸 것이 없어 난감할 따름이었다. 그런데 지금은 자신도 모르는 사이에, 지극히 자연스럽게 그의 마음이 글로 옮겨지고 있었다. 사랑이 나를 문장가로 만든 것인가? 웃음이 나왔다. 문장가라니. 그러나, 사랑이, 슬픔이, 아픔이, 그런 것에서 비롯된 생각이 글을 만들어내고 있는 것 같았다. 얼마든지, 아버지에 대하여, 어머니에 대하여, 윤지에 대해서도, 자신과 금선에 대해서도 얼마든지 써 내려갈 수 있을 것 같았다. 그의 마음속에는 하고 싶은 말들이 쌓여 있었다. 이제껏 일기를 쓰면서도 그런 말들을 해보려 한 적이 없었다는 것이 놀라웠다. 왜 시도해보지도 않았을까.

봉석이 방에서 나왔다. 성준은 얼른 일기장을 가방에 쑤셔 넣었다. 봉석은 그에게 휴대전화를 건네주었다. 그의 얼굴은 어둡고 창백했다. 윤지를 다시 만날 수 없게 되면 어떻게 해야 하는 것일까. 봉석은 그의 말이 채 끝나기도 전에 대답했다. 만나게 될 거야. 전혀 의심할 것 없다는 어조였다. 어찌 보면 더 이상 관심도 없는 듯 여겨질 정도로 무심한 어조였다.

봉석은 책상 앞에 앉았다. 노트북의 모니터가 밝아지자, 거기 몇 줄의 시행(詩行)이 떠올랐다. 그는 마지막 행에 커서를 가져다 놓더니, 역화살표 키로 시행들을 지워나가기 시작했다.

어젯밤 콘월의 성에서 트리스탄의 왕 마크를 만났다
그는 제 발을 아작아작 깨물어
먹고 있었다
맛나냐 내가 물었으나
그는 대꾸도 않고 제 다리를 가슴을 어깨를 깨물어
먹어버렸다

피가 쏟아지고 뼈는 호두처럼 부서지고
힘줄이 첼로 줄처럼 땅땅 끊어졌다

성준이 읽을 수 있었던 것은 거기까지였다.

"같이 가볼래요, 윤지네 집에?"

문득 성준이 물었다. 이제껏 생각해본 적이 없는 일이었다. 그러나 일단 얘기를 하고 나자 괜찮은 생각인 것 같았다. 같이 윤지의 집 초인종을 누르고, 놀라는 윤지 부모의 시선을 무릅쓰고 당당히 거실로 들어서는 광경을 생각하자 알 수 없이 통쾌했다. 봉석은 멈칫하다가 벌떡 일어나 부지런히 옷을 갈아입었다. 와이셔츠를 입고 넥타이를 매고 양복바지를 입었다. 어쩌면 그들은 윤지를 만날 수 없을지 모른다. 윤지 부모가 호락호락 봉석 앞에 윤지를 내놓을 리 없었다. 그러나 윤지 부모는 봉석을 보면, 그의 말을 들어보면 그가 결코 그들이 생각하듯 나쁜 사람이 아니라는 것을, 철면피도 변태도 아니라는 것을 알게 될 것 아닌가.

양복저고리까지 입었음에도 불구하고, 봉석은 더 이상 학교에서 본 담임선생님 같지 않았다. 그렇다. 수염과 머리칼 때문이었다. 수염은 텁수룩이 자라 얼굴의 반을 뒤덮고 있었고, 머리칼은 제멋대로 뒤엉켜 있었다.

봉석은 갑자기 생각을 바꾸었다. 그는 다시 책상 앞에 주저앉았다. 성준이 기다렸으나 그는 한참 동안 꼼짝도 하지 않았다. 성준은 안 가요, 하고 물었다.

"안 가는 게 낫겠다. 신중하지 못한 짓인 것 같아. 아무것도 변화시킬 수 없을 거야. 윤지만 더 초조하게 만들 뿐. 아직은 기다릴 때다."

봉석은 의자에 앉은 채 우울한 낯으로 성준을 배웅했다.

17

성준은 윤지에게 봉석의 녹음 편지를 전할 수 없었다. 틈만 나면 혹시 기회가 생기지나 않을까, 하는 미련을 품고 느티나무 공원 근처에서 서성거리며, 때로는 아파트 단지 안으로 들어가 지켜보기를 며칠, 그러나 개학이 되자 더 이상 그 짓도 할 수 없게 되고 말았다.

개학을 하면서 그는 녹음 편지 전하는 것을 포기하는 수밖에 없었다. 이미 윤지는 부산으로 내려갔을 것이다. 봉석의 녹음 편지는 여전히 그의 전화기에 남아 있었다. 그는 윤지의 휴대전화로 전화를 해보았다. 변함없이 고객의 사정으로 통화가 불가능하오니……, 하는 낯선 여자의 메시지가 흘러나왔다. 그녀가 부모에게서 아직 전화를 돌려받지 못했다는 것을 그것으로 알 수 있었다.

2학년 1반에 새로 배정된 담임은 미술을 가르치는 여자 선생이었다. 그녀는 자신의 이름을 칠판이 가득 차도록 커다란 글씨로 배병 진, 이라고 쓰고 나서 학생들의 출석을 부르는 것으로 첫 조회를 시작했다. 그녀는 심윤지의 이름도 권용태의 이름도 부르지 않았다. 이미 출석부에 그 두 학생의 탈락이 반영되어 있었다. 학급 전원에 대해 개인 면담을 할 테니까 그날부터 종례가 끝나면 다섯 명씩 교무실로 찾아오라고 지시하는 것으로 조회는 끝났다. 처음부터 끝까지 그녀는 무표정했다. 기계적으로 입술만이 움직이는 인형 같았다. 의식적으로 그런 태도를 유지하려고 애쓰는 것이 분명했다. 그것이 부자연스러운 짓이라는 것은 틀림없었다. 어째서 그런 부자연스러운 짓이 필요한 것인지, 성준은 알 수 없었다.

그녀가 교실에서 나가자 영우는 성준에게 다가와 투덜거렸다.

"도대체 우리 반엔 왜 꼭 예술가 떨거지들이 담임으로 들어오냐?"

예술가라니? 누가 예술가란 말인가?

"서봉석도 예술가고 배병진도 예술가잖아."

영우는 성준이 알지 못하는 많은 것을 알고 있었다. 아마 그의 어머니 덕분일 것이다. 서봉석은 이미 대학을 졸업하자마자 신춘문예 당선으로 데뷔한 무명 시인이었다. 그동안 시를 발표하지 않았을 뿐이었다. 배병진은? 그룹전 경력 두어 차례의 역시 무명 화가였다.

"우리 아버지가 그러더라. 예술가 떨거지들은 본성이 건달, 양아치, 거지, 깡패, 노숙자 그런 것들하고 아주 비슷하대."

서봉석이 건달 비슷하게 변한 것을 본 적이 있었으므로 성준은 반박하지 않았다.

"그거 참 좋은 건가 보다."

이게 뭔 소린가, 하는 낯으로 영우는 그를 쳐다보았다. 여자 반장 성진서가 교단으로 올라갔다. 그녀는 손뼉을 딱딱 치며 내 말 들어, 내 말 들어봐, 하고 큰 소리로 외쳐댔다.

"특히 남학생들이 잘 들어야 해. 한 학년에 담임이 두 번이나 바뀌는 일이 벌어지는 걸 원하는 사람은 없을 테지?"

아이들은 아직 그것이 무슨 소린지 이해하지 못했다.

"여자 선생님이 담임이 되었다고 벌써 남자애들 침 질질 흘리는 모양인데, 침 흘리는 건 좋아. 하지만 제발 부탁이다. 원조교제만은 하지 마. 알았어?"

학생들이 와그르르 웃어댔다. 성준은 다시금 윤지를 떠올렸다. 그 거무죽죽하던 얼굴과 물집투성이가 되어버린 입술은 다 나았을까. 부산에서 학교는 다니기 시작했을까.

그가 전날 밤 녹음 편지를 전하지 못했다고 봉석에게 전화를 했을 때에 봉석은 전혀 걱정하지 않았다. 전할 수 있게 될 거야. 그러나 어떻게? 윤지는 이미 부산으로 떠나버렸을 텐데. 봉석은 거듭 말했다. 며칠이나 지났다고 조바심이냐? 걱정 마. 전할 수 있어.

가끔 성준은 전화 속에 녹음된 봉석의 음성을 들었다. 느리고 차분한 그의 어조는 성준 앞에서 초조히 생각에 골몰하던 모습과는 사뭇 딴판이었다. 쾌활하고 명랑했다. 거의 사무적이라 할 만큼 가볍고 심심한 어조로 그는 말하고 있었다.

— 미안하다, 윤지야. 아무 도움도 되지 못해서. 힘들지? 이놈의 세상이 쉽사리 없는 틈을 내주는 곳이 아니거든. 우선은 부모님 말씀 잘 들어, 윤지야. 부산 이모님 댁으로 가야 한다면서? 학교를 그만둘 수는 없지? 그렇다 하여 여기 학교를 계속 다니기도 불편할 거고. 부산으로 학교를 옮긴다는 건 아주 멋진 생각이야. 부산, 참 살기 좋아. 조금만 나가면 바다고, 싱싱한 생선회도 얼마든지 먹을 수 있고. 아, 부럽다, 윤지.

걱정할 거 전혀 없어. 내가 틀림없이 널 찾아낼 거야. 머지않아 가끔 소식 전하면서 지낼 수 있어. 여기 있을 때처럼. 서울과 부산, 마음만 먹으면 얼마든지 하루에 오갈 수도 있는 거리야. 케이티엑스 있잖아.

나? 나야 걱정할 게 뭐 있어? 학교 그만둔 건 오히려 잘된 일이고. 시 좀 쓰면서, 시집도 준비하고, 직장도 알아보고…… 그러다 보면 금방 시간 갈 거야.

걱정 마, 윤지야. 슬퍼하지 마. 불안해하지도 마. 조바심도 버려. 건강, 제일 중요해. 알았지? 심심할 땐 공부도 좀 하고. 하, 이

거 선생티 낸다고 할까 봐 무섭다. 아무튼 너 할 일 하며 기다리면 돼. 나머진 내가 다 알아서 할 거야.

안심해. 난 여기, 항상 네 곁에 있을 거야. 잊지 마. 난 항상 거기 있어.

'생각은 얼마든지 급진적으로, 그러나 행동은 신중하게.' 내가 한 말 잊지 않았지? 자기 생각이 항상 옳다고 확신할 수 있는 존재는 세상에 아무도 없으니까.

안녕, 윤지. 나의 윤지, 안녕.

그러니까 윤지는 지금 무척이나 초조할 것이다. 불안할 것이다. 조바심이 날 것이다. 슬플 것이다. 하루 빨리 이 녹음 편지를 그녀에게 전해줘야 했다. 그러나 어떻게? 아무리 생각해봐도 방법이 없었다. 윤지 이모네 부산 주소를 알아내는 수밖에 없을 것 같았다. 그러나 어떻게? 그가 생각해낸 단 하나의 대안은 시간이 나는 대로 메신저에 접속을 하고 윤지 또한 접속하기를 기다리는 것이었다.

개학을 한 지 일주일쯤 지났을 때 수업을 마치고 집으로 돌아가는 길에 그는 용태와 마주쳤다. 그는 길 위에서 커다란 배낭을 메고, 배낭보다 더 큰 가방을 들고, 땀을 뻘뻘 흘리며 버둥거리고 있었다. 그는 성준을 발견하자 숨을 헐떡거리며 가방부터 내밀었다. 같이 좀 들자.

그는 원당 석수 공장으로 가는 길이었다. 웬 짐이 이리 많은가?

공장에서 숙식을 하기로 작정했다는 것이었다.

"너무 멀어. 시간이 많이 걸리고. 사람이 완전히 녹초가 되고 말아. 그래도 일주일에 한 번쯤은 엄마 보러 올 거야."

그렇다면 금선은 혼자 남을 것이다……. 그것이 성준에게 가장 먼저 떠오른 생각이었다. 혼자 일하고 혼자 잠들 것이다……. 가끔은 혼자 막걸리를 마시고, 혼자 죽고 싶다, 하고 한탄할 것이다. 그러나 그녀는 성준에게 말했다. 가라. 아니, 언제든 놀러 오라고도 말했다.

"너 얼굴이 왜 그리 썩었냐? 공부하기 힘드냐?"

용태는 주머니에서 명함을 꺼내 성준에게 내밀었다. 벌써 명함까지? 그것은 용태의 명함이 아니라 석수장이의 명함이었다. '원당 석공예 대표 임호기'라는 이름 뒷면에 주소와 전화번호가, 그리고 간단한 약도까지 인쇄되어 있었다. 그들은 가방을 맞잡아 들고 전철역으로 내려갔다. 개찰구에서 헤어지려다가 성준은 전철 요금을 지불하고 플랫폼까지 따라갔다.

"학교 때려치운 거, 후회 안 하냐?"

성준이 물었다.

"뭐, 조금은……. 하지만 지금은 이 일을 하고 싶어. 재미도 있고. 일단 해보고, 잘 안 되면 내년에 다시 학교로 돌아가면 되는 거고."

그는 전혀 문제 될 것 없다는 얼굴이었다. 그는, 그의 생각은, 그의 움직임은 이다지 가벼웠다. 가출도 하고, 되돌아오고, 약탈에도 참여해보고, 경찰서에도 끌려가고, 다시 나오고, 석수장이도 되어보고……. 어째서 성준은 그렇게 할 수 없는 것일까. 그는 용태가 부러웠다. 성준에게는 두렵고 조심스러운 것이 너무나 많았다. 금기들, 이 무수한 금지 사항들, 오나가나 마주치는 이 넘어설 수도 부딪칠 수도 없는 벽들. 이런 것에 익숙해지는 것을 봉석은 사회화 과정이라고 불렀다. 그렇게 그는 어른이 될 것이다. 그렇게 그는 금기투성이 인간이 될 것이다. 윤지의 부모 같은, 저 가면을 쓴 교사들 같은. 아아, 생각만 해도 징그럽고 끔찍스럽고 싫었다.

"천자문 공부도 열심히 하냐?"

용태는 쑥스러운 낯으로 웃었다.

"아직 벌일 열 베풀 장까지밖에 못했다. 돌로 쫀다고 생각하면서 공부를 하니까 그럭저럭 기억이 잘 되더라."

그는 손가락으로 허공에 한자를 써 내려갔다. 하늘 천 따 지 검을 현 누를 황……. 그는 진정 천자문을 재밌게 공부하고 있었다. 벌일 열 베풀 장까지, 그는 막힘없이 글자들을 완성했다. 그 가운데에는 성준이 한 번도 써본 적이 없는 글자들도 있었다.

"돌장이가 좋은 게 또 하나 있더라. 뭔지 아냐? 삼겹살. 만날 저녁은 삼겹살이야. 목에 낀 돌먼지를 씻어내준다는 거야."

용태는 흐흐 웃어댔다. 전철이 들어왔다.

"구경하러 와. 내가 한잔 쏠게."

용태는 제 몸뚱이보다 더 큰 가방을 질질 끌고 객차 안으로 들어 갔다. 닫힌 유리문 너머 손을 흔들어대는 그의 얼굴은 성준에게는 낯선 활기로 차 있었다. 그는 정말 구경을 가고 싶었다. 도대체 석 수장이가 하는 일이 무엇이기에 저다지 즐거울 수 있는 것일까?

18

밤늦게 학원에서 빠져나와 집으로 돌아가는 길은 늘 지루하고 피곤했다. 얼굴은 흙빛이 되고 코에서는 시커먼 먼지가 묻어 나왔다. 손등도 더럽고 눈에서는 모래같이 딱딱해진 눈곱이 밀려 나왔다. 어머니가 야간 당번인 날은 텅 빈 집으로 돌아가는 발걸음이 더욱 무거웠다.

성준은 전철에서 내려 지상으로 올라오자 지친 발걸음을 옮겨 느티나무 공원으로 들어갔다. 개학한 이래 생긴 버릇이었다. 공원 벤치에 앉아 멀거니 윤지가 살던 아파트를 넘겨다보기도 하고, 가끔 공원에 사람이 드문 날이면 담배를 한 개비 피워보기도 했다. 맛을 알 수 없었으나 왠지 가끔 담배 생각이 났다. 공원에는 어둠이 가득했고 텅 빈 벤치에 누군가 남기고 간 빈 종이컵이 바람에 떨리다가 떨어져 또그르르 굴러갔다. 어느새 나무들이 친구처럼 익숙해졌다. 나무들은 묵묵히 그를 지켜봐 주고 그의 머리 위에 장난스럽게 나뭇잎을 떨어뜨렸다. 담배를 꺼내려다가 성준은 다시 집어넣었다. 담배보다는 밥 생각이 간절했다. 어머니가 끓이는 무챗국을 먹고 싶었다. 어서 집으로 돌아가 라면이라도 끓여 먹어야 할 것 같았다.

그는 다른 날보다 서둘러 공원을 나와 어두운 길을 걸었다. 문득 금선이 생각났다. 가라, 하고 말하던 그녀, 놀러 와라, 하고 말하던 그녀. 성준은 불현듯 찾아가 보자, 하고 마음먹었다. 자정이 가까워오고 있었다. 금선은 혼자 있을 것이다. 아직 영업을 하고 있을지도 모르지만, 만일 영업을 끝내 문을 닫은 뒤라면 어떻게 해야 할까. 문을 두드려야 할까. 어쩌면 그곳에서 남은 김밥에 라면이라도 얻어먹을 수 있을까. 그러나 그녀는 온종일 장사에 시달려 성준 못지않게 지쳐 있을 것이다…….

모퉁이를 돌자 길 건너편에 금선의 김밥집이 보였다. 아직 불이 켜져 있었다. 아니, 불이 켜져 있을 뿐 아니라 금선이 가게 앞에 내놓은 의자에 우두커니 앉아 담배를 피우고 있었다. 가게 출입문은 활짝 열려 있었다. 가게에 손님은 없는 것 같았다. 성준은 멈춰 섰다. 다가가야 할까, 말아야 할까. 가라, 하던 그녀가, 놀러 와라, 하던 그녀가 번갈아 떠올랐다. 그가 막 용기를 내어 길을 건너기 위해

한 걸음을 내디뎠을 때에 저편 어둠 속에서 비대한 몸집의 남자가 한 사람 나타났다. 그는 기우뚱거리며 금선에게 다가가 그녀의 손을 잡아 쥐고 가게 안으로 끌었다. 뭐 하고 있어? 모기 뜯어. 들어와. 그가 말하는 소리가 이편까지 건너왔다. 성준은 멈춰 섰다.

그 남자, 바로 그 남자였다. 늦봄길 평양주점에서 체크무늬 남방을 입고 금선을 장 마담, 장 마담, 하고 소리쳐 부르던 사람. 성준과 맞붙어 싸움질을 벌인 사람. 금선이 외상으로 도배를 하는 단골 필요 없다고 소리치던 그 사람이었다.

성준은 도대체 어떻게 된 영문인지 알 길이 없었다. 어째서 저 사람이 여기 와 있는 것일까? 성준은 멈춰 선 채 그 광경을 넋을 잃고 지켜보았다. 금선이 그의 손을 뿌리쳤다. 그러나 냉정한 몸짓도 화가 난 몸짓도 결코 아니었다. 가게 주인과 손님 사이에 오갈 수 있는 그렇고 그런 몸짓으로 보이지도 않았다. 먼저 들어가요. 나 담배나 끄고 나서……. 체크무늬 남방을 입었던 남자는 술에 취했는지 노래를 흥얼거리며 가게 안으로 들어갔다. 언제나 나를 언제나 나를 기다리던 너의 아파트……. 그의 노래가 성준이 서 있는 곳까지 건너왔다. 성준의 가슴이 얼어붙은 듯 차가워졌다. 금선은 담배를 밟아 끄고 토막의자에서 일어났다. 성준은 지금 금선과 그 남자 사이에서 벌어진 일이 무엇을 의미하는 것인지를 생각하고 또 생각했다. 그러나 도무지 알 길이 없었다. 조금 전 본 그 광경을 부정하고 싶었다.

그때 금선이 그를 발견했다. 성준과 그녀의 눈이 마주쳤다. 그녀의 얼굴이 묘하게 일그러졌다. 성준이 처음 보는 야릇한 표정이었다. 그들이 마주 보는 그사이에 그녀의 야릇한 얼굴에서 차츰 웃음이 떠올랐다. 희미하고 어색하고 무안스러운 웃음, 그러나 분명히 웃음이었다. 왜 웃지, 저 여자는? 성준은 그 웃음을 이해할 수 없었다. 그가 지켜보는 사이 웃음은 점점 더 완연해졌다. 더 이상 어색하거나 무안스러운 낯빛도 아니었다. 그냥 웃음, 어쩔 수 없는 웃음이었다. 그 웃음이 성준에게는 끔찍스럽고…… 무서웠다.

그는 돌아서서 금선을 등지고 발걸음을 떼어놓기 시작했다. 더 이상 그녀를 쳐다보고 있을 수가 없었다. 그 괴상한 웃음을 보고 있기가 싫었다. 평양주점에서의 그날의 승리는, 그의 도취도 그러니까 전혀 무의미한 짓에 지나지 않았다. 금선은 멀어지는 성준을 붙잡지 않았다. 그를 부르지도 않았다. 쫓아오지도 않았다. 모퉁이를 돌며 그는 뒤를 돌아보았다. 금선은 이미 그 자리에 없었다. 가게 출입문도 어느새 닫혀 있었다. 가게 앞에 빈 의자가 남아 있는 것이 보였다.

이해할 수 없다. 그의 발걸음은 점점 더 빨라졌다. 이해할 수 없다. 도대체 어떻게 저럴 수가 있단 말인가. 눈물이 솟았다. 그는 애써 눈물을 참았다. 눈물을 흘려서는 안 될 것 같았다. 눈물을 흘리는 자신이 용서가 되지 않았다. 도대체 이게 무슨 짓이란 말인가. 그것이 누구에 대한 원망인지 그 자신도 알 수가 없었다. 갑자기 울렁증이 솟아 그는 아파트 단지 입구에서 허리를 꺾고 구역질을 했다. 별로 나오는 것도 없이 쓰디쓴 위액만이 솟구쳤다. 하필이면 경비실 앞이었다. 시민 아파트 단지 전체에 넷밖에 없는 경비실 중하나였다. 늙은 경비원이 나와 소리를 질렀다. 이놈의 자식, 어린놈이 벌써 술 퍼먹고 어디다 토해, 토하길……. 너 어디 사는 놈이냐? 성준은 구역질을 억지로 참으며 부지런히 발을 떼어놓았다.

고양이가, 고양이 한 마리가 그를 빤히 쳐다보고 있었다. 그놈은 바로 그의 눈앞, 아파트 단지 내 도로 한복판에 앉아 있었다. 성준이 허겁지겁 다가가는데도 피할 생각도 하지 않은 채 오도카니 앉아 그를 빤히 쳐다보고 있었다. 너 나 모르겠냐, 하는 낯이었다. 달려가서 저놈을 걷어차 줄까. 그는 돌연 그런 충동에 사로잡혔다. 그러나 다음 순간 곧 싱거운 짓이라는 생각이 들었다. 그는 부지런히 발을 옮겼다.

허덕이며 집 안에 들어선 그는 가방을 등에서 벗어내 떨어뜨리고 털썩 현관에 주저앉았다. 사방이 벽으로 막힌 갑갑한 공간이 그의 거친 숨소리로 부풀어 오르는 듯했다. 조용하지 않다, 이곳은. 처음 의식한 듯 그는 집 안을 둘러보았다. 냉장고가 부르르르, 모터를 열심히 돌리고 있었다. 밖에서 차가 떠나고, 멀리 도로에서 경적이 울리고, 오토바이가 치달리고……. 도대체 어떻게 된 일일까. 입안에 구역질의 냄새가 남아 있었다. 그는 황급히 화장실로 들어갔다. 발걸음이 꼬여 하마터면 넘어질 뻔했으나 가까스로 화장실

문틀을 붙잡고 균형을 되찾았다. 그는 찬물로 입을 가신 다음 벌컥벌컥 쇠 냄새가 나는 물을 한참 동안이나 마셨다. 입안에 쓴 냄새는 여전했다. 오랜 시간을 들여 양치질을 했다. 눈초리에 남은 눈물 자국이 보였다. 세수도 했다. 그러니까 놀러 와라, 하는 말은 빈말이었던가. 사람들이 그냥 인사치레로 흔히 하는 말, 놀러 와. 가라, 라는 말은 진심이었던가.

밥상이 차려져 있었다. 식어버리기는 했으나 참치김치찌개가 뚝배기에 담겨 있었다. 그가 좋아하는 메뉴였다. 어머니가 야간 당번에 나가면서 상을 봐놓는 일은 드물었다. 자고 일어나면 출근하기 바빴다. 무슨 기분 좋은 일이라도 있었던 것일까. 그러나 이제 그는 식욕을 전혀 느낄 수 없었다. 멀미라도 난 듯 머리가 어지러웠다. 속이 여전히 울렁거렸다.

성준은 책상 앞으로 가 컴퓨터를 켰다. 낡은 컴퓨터는 물레방아 소리를 내다가, 고장 난 선풍기 소리를 내다가, 쯔쯔쯔, 혀를 차는 소리, 덜걱덜걱 바람 빠진 자전거 굴러가는 소리 끝에 겨우 켜졌다. 그는 습관적으로 메신저에 접속했다. 그 순간, 딸랑, 하는 방울 소리와 함께 'gigivenus님이 접속하셨습니다'라는 알림창이 떠오르고, 곧이어 문자창이 떠올랐다. 성준은 화들짝 놀라 자판으로 손을 가져갔다.

gigivenus   성준이?

윤지였다. 그는 부리나케 자판을 두들겼다. 적어도 그 순간 그는 금선도, 조금 전 벌어진 일도 다 잊고 있었다. 윤지가 마침내 나타났다는 것이 기쁘고 반가울 뿐이었다.

기러기1245   윤지?

gigivenus   안 들어오는 줄 알았다. 아까부터 기다렸어. 정말
             다행.

기러기1245   다시 컴 생겼어? 휴대전화는?

gigivenus   없어. 컴은 있어. 근데 인터넷은 차단.

기러기1245   ㅇㅜㄴ

gigivenus   여긴 학원.

기러기1245   아. 나도…….

gigivenus   학원?

기러기1245   아니. 학원에서 오는 길.

gigivenus   ㅊㅋㅊㅋ. 공부에 올인?

기러기1245   그냥.

gigivenus   서봉석 선생님은?

기러기1245   기다려. 너한테 줄 게 있어. 아, 엠피스리로 변환시
             켜야 해.

윤지에게 휴대전화가 없기 때문이었다. 만일 휴대전화가 있다 해도 녹음 파일은 전화기에 따라 호환이 되는 수도 있고 되지 않는 수도 있어서 우선 변환을 시켜야 했다. 성준은 마음이 분주해 손이 떨리고 숨이 찼다.

기러기1245   변환 먼저······.
gigivenus   내가 할게 그냥 보내. 뭔데?

성준은 컴퓨터에 옮겨두었던 서봉석의 녹음 파일을 전송했다.

기러기1245   서봉석 녹음. 인터넷은 언제? 휴대전화는 언제나?
gigivenus   지금 맹렬히 이모를 설득 중. 학원도 그저께 겨우 등록.
기러기1245   다행.
gigivenus   어머니는 어제 서울행.
기러기1245   이제껏 어머니도 부산에?
gigivenus   말도 마.
기러기1245   잘 지내?
gigivenus   잘 지낸다고까지야······. 그냥.
기러기1245   학교 재밌어?
gigivenus   재미는. 억지로. 할 수 없이.
기러기1245   몸은?

gigivenus 바다는 좋아.

기러기1245 아, 바다. 왕따 같은 건?

gigivenus 없어. 나 가야 해. 늦었어. 이모가 금방 차 가지고 나
　　　　　 타날 거야. 왜 이리 느리지?

기러기1245 내 컴 고물. 시간 좀 걸려.

　'파일을 전송 중입니다'라는 문자창에 나타난 전송률 막대를 성
준은 초조히 지켜보았다. 남쪽으로 까마득한 거리 너머 부산의 한
학원 컴퓨터 앞에서 윤지도 그 전송률 막대를 안타깝게 지켜보고
있을 것이다.

gigivenus 니가 준 시디 만날 들어. 너무 좋아.

기러기1245 나도.

gigivenus 이러다 들키겠다. 우리 이모 눈치가 번개. 잔소리는
　　　　　 90단.

기러기1245 ㅋㅋㅋ.

gigivenus 선생님은?

기러기1245 시 쓴대.

gigivenus 파면?

기러기1245 사표. 언제 다시?

gigivenus 몰라. 곧.

문자창이 떠올랐다. '파일 전송이 완료되었습니다'

gigivenus   아, 가야 해.
기러기1245   어서 가. 잘 지내.
gigivenus   너도. 안녕.

윤지는 사라졌다. 그 뒤에도 성준은 한참 동안이나 멍청히 모니터를 들여다보고 있었다. 윤지와 한 대화의 내용을 읽고 또 읽었다. 조사가 무참히 생략되고 어미들이 잘려 나간, 최소한의 명사와 동사로 이루어진 그 대화는 마치 단말마의 비명처럼 여겨졌다. 처참하다는 생각이 들었다. 그러나 그 나름의 아름다움도 있는 것 같았다. 결핍, 불안, 절박함, 그런 아름다움도 있는 것 아닐까. 이 잠깐 동안, 그들 두 사람 사이에 모니터의 작은 창 위에서 오간 대화는 아직도 마치 작열하듯 그의 뇌리를 뒤흔들고 있었다.

잠시 후에야 비로소 봉석에게 전화를 해줘야겠다는 생각이 들었다. 그는 얼마나 반가워할 것인가. 그는 부지런히 봉석의 전화번호를 눌렀으나 봉석은 전화를 받지 않았다. 몇 번이고 거듭 전화를 해봐도 마찬가지였다. 전화를 꺼둔 것 같지는 않았다. 벨이 울리고 울리다가 음성 사서함으로 넘어가고 요금이 청구된다는 통지로 이어졌다.

초조히 반복하여 봉석에게 전화를 하던 어떤 순간, 문득 성준은 금선과 그녀의 남자를 다시 떠올렸다. 불길한 생각이 머리를 스쳤다. 언젠가, 언젠가…… 오늘 금선의 옆에 체크무늬 남방이 나타났듯 봉석의 옆에 체크무늬 스커트의 여자가 나타나는 일이 벌어지는 것은 아닐까. 도대체 봉석은 지금 이런 시간에 어디에서 무엇을 하고 있는 것일까? 누구와?

그날 밤, 끝내 전화를 하지 못한 채 그는 잠들었다. 꿈을 꾸었다. 늦은 밤 그가 금선의 가게 앞에서 본 광경과 똑같은 꿈이었다. 다른 점은 꼭 하나, 금선의 팔을 잡아끈 사람은 체크무늬 남방의 남자가 아니라 바로 서봉석이었다.

19

이튿날 성준은 아침 일찍 집에서 나오기는 했으나 학교로 가지 않았다. 그는 집에서 나오자마자 서봉석에게 전화를 했다. 전화벨이 한참 동안 울리고, 음성 사서함으로 넘어가고, 그러면 성준이 전화를 끊었다가 다시 하기를 몇 번이나 거듭한 다음에야 봉석은 전화를 받았다. 볼멘소리로 성준은 물었다.

"어젯밤에 어디 있었어요?"

아아……. 봉석은 알 수 없는 신음 소리 같은 것을 웅얼거렸다.

"어디 있었어요?"

한참 뒤에야 지금 몇 시…… 그런 소리가 들려왔다. 술에 취한 건지 잠에 취한 건지 그는 말을 제대로 하지 못했다. 온전히 듣지도 못하는 것 같았다. 성준은 전화를 끊고 봉석의 집으로 향했다.

편의점 옆 골목을 걸어 올라가면서 성준은 어쩌면 봉석의 체크무늬 스커트는 이미 그의 옆에 누워 있을지도 모른다고 생각했다. 그것을 확인해야 했다. 그는 부지런히 연립주택 2층으로 올라갔다. 봉석의 집 현관문은 잠겨 있었다. 그는 문을 두들겨댔다. 만일 체크무늬 스커트가 그와 함께 있다면 그때는 어떻게 해야 하는 것일까? 윤지에게 뭐라고 얘기할 것인가? 벌써 그 꼴을 보아버린 듯 참혹하고 화가 났다.

한참 동안 문을 두들긴 다음에야 봉석은 문을 열었다. 속옷 바람에, 머리칼은 수세미 꼴이었고, 아직도 술이 덜 깨어 불그레한 얼굴에 침 흘린 자국과 베개 자국이 역력했다. 성준은 그를 밀치고 집 안으로 들어갔다. 봉석이 영문을 몰라 멀거니 그를 쳐다보았다. 두 개의 방, 하나의 화장실, 그것만 살펴보면 그만이었다. 성준은 술 냄새로 가득 찬 안방으로 들어갔다. 옷이 여기저기 함부로 동댕이쳐져 있었고, 봉석은 이제 막 빠져나온 이부자리에 다시 널브러졌다. 다른 사람은 없었다. 성준은 이번에는 작은 방문을 열어젖혔다. 책뿐, 책 냄새와 먼지 냄새 뿐, 체크무늬 스커트 따위는 보이지 않았다. 화장실 역시 비어 있었다.

봉석은 이미 반쯤 잠들어 있었다. 성준은 비로소 말했다.

"윤지하고 연락이 됐어요. 선생님 녹음 파일, 전했어요."

봉석은 벌떡 일어나 앉았다.

"어떻게? 언제?"

성준은 가방에서 종이를 한 장 꺼냈다. 프린터로 출력한 윤지와 그의 대화 내용이었다. 봉석은 그것을 잡아채어 읽기 시작했다. 다 읽고 나자 그는 냉장고로 가서 물병을 꺼내 한참 동안을 들이켰다. 성준이 보기에 그는 뜻밖에 크게 반가운 것 같지 않았다. 의구심에 차서 그는 봉석의 일거수일투족을 지켜보았다. 봉석은 소파로 가서 앉았다. 오늘 일요일이냐? 그가 물었다. 아니었다. 노는 토요일 이냐? 아니었다.

"그런데 넌 왜 학교 안 가고 여기로 왔어? 어서 학교로 가."

성준은 투덜거렸다. 선생인 것처럼 굴지 마요. 한 번 스승은 영원한 스승이라더라. 봉석은 늘어지게 하품을 했다. 그의 태도는 성준의 예상과는 달리 너무나 심상했다.

"반갑지 않아요?"

성준이 물었으나 그는 대꾸하지 않았다. 그는 다시 gigivenus와 기러기1245 사이에 오간 단말마의 대화을 꼼꼼히 읽어 내려갔다. 성준은 기다렸다. 봉석은 그 짧은 대화를 몇 번이고 거듭 읽었다. 성준이 보지 못하는 무엇인가를 그 대화에서 찾아내려는 것 같았다.

"너희 목소리가 들리는 것 같구나."

하더니 그는 킬킬 웃었다.

간밤에 그는 술을 마시고 노래방으로 2차를 갔다. 박해준을 포함하여, 친구들 몇이 함께 있었다. 노래방에서 나와 포장마차에 들러 다시 소주와 맥주를 마시고, 새벽 3시가 지나서야 귀가했다. 집으로 들어서자마자 옷을 벗어 팽개치고 쓰러져 잠들었다. 이제껏 휴대전화를 들여다볼 틈이 있을 리 없었다. gigivenus와 기러기1245 사이의 대화에는 줄마다 시간이 찍혀 있었다. 12:29:47, 12:29:52, 그런 식이었다. 그사이 두 사람의 손가락은 자판을 날아다녔을 것이다. 그사이 봉석은 노래방에서 주인 몰래 사들인 맥주를 마시며 친구들과 악을 쓰는 중이었을 것이다.

봉석은 화장실로 들어가 샤워를 시작했다. 물소리와 함께 그가 마구 고함을 질러가며 노래를 부르는 소리가 들렸다. 곡조도 박자도 엉망이었으나, 그 곡이 어떤 곡인지를 성준은 알 수 있었다. 사랑의 밤이여 영원한 진실이여 그대의 가슴에 나를 안아주오 이 세계로부터 나를 자유롭게 해주오 그대의 가슴에 나를 안아주오 이 세계로부터 나를 자유롭게 해주오……. 그러나 이제 성준은 더 이상 그 노래를 부를 수 없었다.

욕실에서 나온 봉석은 성준을 흘끗 쳐다보고 말했다.

"뭐야? 어서 얘기해봐."

무슨 얘기를?

"어서 얘기해. 할 얘기 있다고 얼굴에 쓰여 있잖아."

성준은 어디에서부터 이야기를 시작할지 막막했다. 두 달쯤 전 비가 쏟아지는 늦봄길의 진창을 걷어차며 처음 그 골목을 걸어 올라가던 날이 벌써 까마득했다. 참으로 긴 세월이 흐른 듯했다. 그날의 소년은 이미 사라지고 없었다. 성준은 그 소년보다 늙고, 두려운 게 많아지고, 환멸과 의심도 많아지고…… 늙어버린 것 같았다. 어쩌면 트리스탄과 이졸데마저 믿을 수 없었다. 그것은 이야기에 지나지 않았다. 그렇지 않은가?

성준은 자신과 금선과 그 체크무늬 남방을 입은 남자 사이의 악연의 전말을 들려주었다. 사라져버린 그날의 승리감과 도취에 대해서도 이야기했다. 봉석은 성준의 눈을 찌를 듯 깊이 들여다보았다.

"니 꼴이 지금 어떤지 아냐? 위기에 처한 나라 꼴을 걱정하는 늙고 무력한 충신 같다."

성준은 대꾸하지 않았다. 봉석은 느릿느릿 일어나 주방으로 갔다. 그는 양파와 호박을 부지런히 씻고 잘랐다. 멸치와 다시마로 육수를 만들고, 된장을 풀어 넣었다. 채소를 다루고 칼을 쓰는 솜씨가 능란했다.

"내가 자취 생활 경력이 벌써 이십 년이다. 뭐 먹고 싶은지 말만 해. 파스타? 재료 없어서 안 된다. 탕수육? 재료 떨어져서 안 된다니까. 브쌈? 재료 떨어져서 안 된다고 했지? 된장찌개? 좋지. 알았어. 훌륭한 메뉴지. 콩나물 좀 넣으면 해장으로도 그만이다. 다행히 콩나물은 좀 남은 게 있다."

순식간에 그는 밥상을 내놓았다. 밥은 전자레인지에 넣고 이 분을 돌리면 완성되는 레토르트 식이었다. 이미 집에서 밥을 먹고 나온 성준으로서는 별로 입맛이 당기지 않았으나 그럭저럭 편의점

레토르트 밥 하나쯤은 먹을 수 있었다.

"산에 가자."

숟가락을 놓자마자 봉석은 성준을 재촉하여 집을 나섰다. 비탈진 골목을 걸어 올라가기 시작하여 몇 분 사이에 그들은 아차산 산책로에 이르렀다. 잠자리들이 끈질기게 그들의 머리 위를 따라다녔다. 나무들은 이미 가을을 준비하고 있었다. 단풍나무는 무수한 붉은 손으로 바람을 향해 손짓했고, 바람이 불 때마다 은행나무 잎이 아무 미련 없다는 듯 뚝뚝 떨어졌으며, 감나무에 매달린 주황색 감들은 아침 햇살을 받아 눈부셨다.

거대한 바위를 기어오르자 적송 숲이었다. 한강이 어느새 발아래 놓여 있었다. 강 건너 아파트 단지들은 흉물스러웠다. 산의 시선으로 내려다보자 그것이 얼마나 인공적이고 기형적인 구조물인지 알 것 같았다. 바위 위에 아슬아슬하게 난 길을 따라 봉석은 별로 말도 없이 산을 오르고 또 올랐다. 그는 아무것도 보지 않고 아무 생각도 없이 그저 산을 오르는 데에만 열중하고 있는 듯했다. 성준은 그 뒤를 따르기가 벅찼다. 곧 땀이 흐르고 다리가 아팠다.

아차산 정상에 오르자 비로소 그는 발을 멈추고 물을 들이켰다. 성준이 숨을 헐떡이며 다가가자 그는 물통을 건네주었다. 바람이 몰아쳐 숨을 막았다. 성준은 털썩 그 자리에 주저앉았다. 숨을 돌리고 나서야 그는 사방을 둘러보았다. 한강 쪽은 그나마 급한 벼랑을 뒤덮은 다복솔과 그 아래 느긋하게 벋어나간 물줄기가 서늘했다. 그러나 도심 쪽으로는 콘크리트 건물들이 당장 산의 멱살을 틀어쥐고야 말겠다는 듯 산 중턱까지 바짝 다가와 있었다. 빽빽한 콘크리트 덩어리들이 끝도 없이 이어져 남산 밑까지 뒤덮여 있었다.

"여기에도 슬픈 사랑 이야기가 있다."

봉석은 바보온달과 평강공주 이야기를 들려주었다. 바보와 울보가 있었다. 바보는 동네에서 가장 가난한 집구석, 늙고 병든 어미를 모시고 사는 나무꾼이었다. 울보는 고구려 평원왕의 막내딸 평강공주였다. 공주와 나무꾼, 이들이 어떻게 만났겠냐? 바보와 울보였기 때문에 만난 거다. 또한 서로 만났기 때문에 그들은 울보가 되고 바보가 된 거다. 바보 울보가 아니었다면 만날 수 없었을 것이고, 만나지 않았더라면 바보 울보가 되지 않았을 거다. 역설이냐? 그래, 역설이다. 사랑이 또한 역설이다. 나를 버리면 사랑할 수 없지만, 그러나 나를 버리듯 사랑하지 않을 수 없지 않냐. 그렇지 않다면 사랑이라 할 수 있겠냐. 어째서 하필이면 그들이 바보로, 울보로 기록되었겠냐? 금기의 표현이었을 거다. 그들이 맞붙어 싸우고 죽어버려야 했던 바로 그 금기. 아아, 굉장하지 않냐. 바보와 공주다! 울보와 장군이다! 이런 것들을 어찌 한 짝으로 만들 수가 있었겠냐? 바보를 위해 공주는 울보가 되고, 공주를 위해 바보는 장군이 되었다. 어떠냐? 이것을 사랑의 힘이라 하겠냐, 사랑의 운명이라 하겠냐? 어떠냐? 넌 울보를 위해 장군이 될 수 있겠냐? 그런 각오가 되어 있냐?

성준에게는 그런 이야기가 귀에 들어오지 않았다. 그가 알 수 없는 것은 금선이었다. 동시에 가라, 하고 와라, 하는 그녀의 변덕이었다. 그녀의 배신이었다. 바보와 울보라니, 그런 것은 그에게는 먼 나라의 옛이야기에 지나지 않았다.

"지금 더 고통스러운 것은 어쩌면 그 여자일지도 모른다. 너보다 더 슬플지도 모른다. 사람이란 언제나 자신이 최선이라고 믿는 것만을 선택할 수 있는 존재가 아니다. 때로는 차선이라는 것을 알면서도, 때로는 최악이라는 것을 알면서까지도 어쩔 수 없이 그것을 선택해야만 하는 경우도 있다. 넌 그런 선택 해본 적 없냐? 전혀 없냐? 그런 때 억울하고 분하고 슬프지 않더냐?"

성준에게는 알 듯 모를 듯 한 얘기였다. 그러나 위로가 되지는 않았다. 체크무늬 남방의 남자가 그녀의 손을 잡아끌던 광경이, 성준을 발견하고서도 기묘하게 일그러지는 미소로 그를 지켜보기만 하던 금선의 모습이 아직도 눈앞에 선했다. 미소라니? 도대체 그 미소를 어떻게 이해해야 하는 것일까? 아니, 그녀의 전부를, 그와 그녀 사이에서 벌어진 모든 일들을 이해할 수 없었다.

올라왔으니 한잔 안 할 수 없지? 봉석이 배낭에서 맥주를 꺼냈다. 낮술이 사람 잡는 거다. 조심해서 먹어라. 봉석은 그렇게 말하면서도 단숨에 한 깡통의 맥주를 비워냈다. 우우, 숨을 몰아쉬며 그는 허공에 대고 큰 소리로 내뱉었다. 아아, 무섭다. 존나 무서워! 무엇이 무섭다는 것인가? 성준은 이해할 수 없었다. 그는 사라졌던 윤지를 되찾지 않았는가. 성준을 돌아보며 그는 싱긋 웃었다. 내 운명을 열일곱 살 먹은 어린아이의 손에 맡겼다, 나는. 어떠냐? 그 사실을 받아들이는 수밖에 없다. 어떠냐?

성준은 받아들이는 수밖에 없다는 말이 무슨 뜻인지 알 것 같았다. 성준 역시 받아들이는 수밖에 없다는 것인가. 금선의 선택을, 금선이 그럴 수도 있는 사람이라는 것, 어쩌면 그럴 수밖에 없었던 사정이 있었으리라는 것을. 그러나 억울하고 슬펐다. 그녀도 열일곱 살 먹은 어린아이의 손에 자신의 운명을 맡기는 것이 존나 무서웠을까. 그러나 그녀는 고맙고 귀하다고 말하지 않았던가. 윤지가 하던 말이 생각났다. 행복하고 무섭다.

바람은 나무들 사이로 한가롭게 오가다가 돌연 휩쓸어버릴 듯 강한 완력으로 그들을 떠밀었다. 햇살은 나뭇잎 사이로 흩어지고, 나뭇잎이 떨어지고, 나뭇잎과 그늘과 햇살은 시시각각 뒤바뀌는 무늬를 땅 위에 수놓았다.

"참 이상하지 않냐. 어째서 금기와 사랑은 늘 동반하는 것일까. 아니다. 사랑을 통해서만 비로소 금기가 보이는 거다. 사랑을 통해서 비로소 낙랑공주는 나라라는 게 뭔지, 권력이라는 게 뭔지, 전쟁이라는 게 뭔지 알게 되었을 거다. 그 전에는 그냥 천진하고 철없고 행복한 어린 공주에 지나지 않았을 거다. 그리하여 나라의 보물을 찢어버렸을 거다. 거역이다. 비단 나라에 대한 거역이 아니라 세계의 모든 것에 대한 거역. 밤의 망명지를 선택한 거다. 그럴 수밖에 없었던 거다. 그런 거다, 성준아. 누구에게나 사랑은 아름답고 달콤하고 황홀하지만 그 못지않게 슬프고 아프고 두려운 거다. 때로는 자신을 잊을 만큼 황홀한 마술 같지만, 때로는 자신을 배신해야만 비로소 이룰 수 있는 가혹한 것이기도 하고, 때로는 자신을, 자신의 모든 것을 버리고서도 이룰 수 없는 무서운 거다. 사랑에 빠진 모든 사람들이 정도의 차이는 있겠지만, 누구나 느낄 거다. 그 양면을 다 알아야 비로소 사랑의 정체를 깨닫게 되는 거 아니겠냐."

"무슨 복합미분방정식처럼 어려운 거네요."

성준이 투덜거렸다.

"그거 어려워서 어디 아무나 할 수 있겠어요?"

"그래. 여기엔 항수(恒數)가 없으니까. 사람은 항상 변하거든. 사랑과 배신, 늘 함께 다녀. 사랑의 황홀함, 배신의 참혹함, 같이 다녀. 사랑의 맑은 이슬을 맛본다는 것은 그 배신의 참혹함을 각오한다는 뜻이다. 너에게는 그런 순간이 조금 일찍 닥친 것뿐이고. 나와 윤지? 다를 게 뭐 있겠냐? 언제 그 순간이 닥쳐올지 몰라. 그런 것도 각오해야겠지. 사람은 매 순간마다 변해. 사람이 변하니 그가 하는 사랑이 변하는 것은 당연하지. 사랑하는 자들의 운명은 아슬아슬하게 그 변화의 행로에 기대어 있는 거 아니겠냐. 윤지는 아직 어려. 언제 어떤 일을 체험하고, 어떻게 변할지, 귀신도 모르지. 그 아슬아슬한 줄에 난 내 운명을 걸고 매달려 있는 거다. 그 줄은 언제 끊어질지 몰라. 다시 말하지만 사람은 항수가 아니거든."

"사람이 변하는 게 꼭 어려서만은 아닐걸요."

봉석은 고개를 끄덕였다. 그의 눈빛이 나뭇잎처럼 흔들렸다.

"옳은 말이다. 내 마음에도 때로 돌풍이 부니까."

성준은 멀리 유유한 곡선으로 굽이치는 한강을 바라보았다. 푸른 그 물줄기 위로 교량이 외줄처럼 아슬아슬했다. 사람은 예측 불가능하다. 미래도 예측 불가능하다. 저 물줄기, 그 역시 예측 불가능했다. 해마다 여름이면 한두 번씩 그 물줄기는 무섭게 팽창하여 괴수처럼 도시를 위협했다. 언제 그 괴수가 출현할지 아무도 예측할 수 없다…….

세상에 예측 가능한 것은 오직 수학뿐이라고 말한 것은 수학 선생이었다. 이등변삼각형처럼 정연하고 차분하고 안정적이다. 바람이 분다고 이등변삼각형의 내변의 각이 달라지는가? 지진이 벌어지고 쓰나미가 몰아친다고 하여 파이의 값이 달라지는가? 그런 일은 절대로 없다. 그래서 그 질서는 더욱 경건하고 아름답다. 거기 매혹되어 나는 수학을 공부하기로 했다. 작은 키에 몸집도 유난히 작은 그는 지독한 근시였고 콘크리트 복도를 걸을 때에도 외나무다리를 건너듯 언제나 조심스러운 발걸음이었다. 예측 불가능한 세계에서 살아가는 유일한 방법이 그런 것이라는 듯. 아무리 그렇게 산다 해도 여전히 그의 세계는 예측 불가능으로 뒤덮인 이 세계였다. 수학을 공부한다 해도 그것이 달라지지는 않았다. 누구나 근시가 될 수는 없었다.

지난 몇 달 금선으로 하여 얼마나 행복한 기대에 차 있었는지가 생각났다. 이제 그런 기대는 사라졌다. 그 자리에는 얼얼한, 그러나 간헐적으로 온몸을 몸살처럼 쥐어뜯는 통증과 결코 사라지지 않는 배신감이 자리 잡았다. 어쩌면 그는 처음부터 이렇게 될 수도 있다는 것을 항상 각오하고 있었다. 그녀가 전혀 그의 마음을 알지 못할 수도 있다는 생각도 하지 않았던가. 그렇다. 사랑이란 참으로 아슬아슬한 짓이었고, 사람은 변덕스럽기 이를 데 없는 존재였다.

어째서 금선에게 매달렸던가? 어떻게 그렇게 되고 말았을까? 스스로도 알 수 없었다. 어느새 그렇게 되어 있었다……. 그녀가 없는 세상을 상상할 수조차 없게 되었는데 돌연 그녀는 사라졌다. 아니, 사라지지 않았다. 저기 있는데 오직 그에게서만 사라졌다.

천천히 산에서 내려와 거리에서 헤어질 때 봉석은 말했다. 어째야 할지 모르겠냐? 단순화시켜볼까? 바보와 울보다. 바보를 위해 공주는 울보가 되고, 공주를 위해 바보는 장군이 되었다. 어떠냐? 넌 울보를 위해 바보가 될 수 있냐? 그런 각오가 되어 있냐? 기꺼이 바보를 위해 울보가 될 수 있겠냐?

그 말을 남기고 그는 터덜터덜 골목길로 사라져버렸다. 그것은 어쩌면 봉석 자신을 다짐하기 위한 질문인 것 같았다.

20

그날 밤, 성준은 금선의 가게 앞 공원에 앉아 있었다. 양쪽 귀에 꽂은 이어폰에서는 트리스탄과 이졸데의 운명이 급전직하 나락으로 밀려가고 있었다. 트리스탄은 마크 왕과 그 기사들에게 부상당하여 브리타니의 성으로 숨어든다. 오 피여, 오 나의 피여, 즐겁게 흘러내려라……. 그는 이졸데를 기다리지만 뒤늦게 그를 찾아 나선 그녀가 들어서자 이내 숨을 거두고 만다. 이졸데는 그의 시신을 끌어안고 울부짖는다. 나예요, 내가 왔어요, 당신과 함께 죽기 위하여 여기 이졸데가 왔어요, 어서 일어나요, 한 시간만이라도 일어나 깨어나 나와 함께 있어줘요…….

자정이 가까워지자 성준은 금선의 가게가 내다보이는 벤치로 옮겨 앉았다. 근처 학원에서 나온 고교생들이 서넛 가게로 들어갔다. 이졸데는 여전히 노래하고 있었다. 당신과 결혼을 하기 위해 기쁨에 겨워 저 험한 바다를 건너 이졸데가 와 여기 서 있는데, 결혼식이 아니라 이제 장례식을 치러야 하는 건가요. 이렇게 가혹하게 저를 벌하시나요……. 금선은 손님들에게 돈을 받아 앞치마 주머니에 쑤셔 넣었다. 고교생들이 떠났다. 성준은 마음을 가다듬었다. 후르르, 가슴이 떨렸다. 트리스탄과 이졸데의 운명 때문인지 이제 스스로 결정지어야 할 그 자신의 운명 때문인지 알 수 없었다. 이제 결정을 지어야 한다. 콘월의 성이냐 브리타니의 성이냐. 바보냐 울보냐.

　금선이 의자를 하나 가지고 나와 가게 앞에 놓고 앉았다. 가게 안에서 체크무늬 남방이 거대한 배를 뒤룩거리며 걸레질하는 것이 보였다. 금선은 담배를 피우며 허리를 툭툭 두들겨댔다. 그것은 성준의 어머니가 늘 하는 동작이었다. 아아, 어머니. 그는 조급해지는 마음을 다잡았다. 조용히, 침착하게, 할 말을 잘 정리하여, 이삿짐이라도 부리듯 차곡차곡, 정연하고 당당하게……. 그러나 그럴수록 마음이 뒤엉키고 배신감은 사무쳤다. 초조하면 죽을 뿐이다, 하던 봉석의 얼굴이 떠올랐다. 어찌할 것인가?

　그때였다. 금선이 깜짝 놀라 의자에서 일어나더니 난감한 낯이 되어 왼쪽 저편을 쳐다보았다. 그녀의 눈을 따라 시선을 옮기던 성준은 소스라쳐 그 자리에 고스란히 얼어붙었다. 그의 입에서 으으,

신음 소리가 새어 나왔으나 그 자신은 의식하지 못했다. 숨이 쉬어지지 않았다. 천지가 다 숨을 죽이는 듯했다.

금선의 가게 건너편 길모퉁이에 성준이 서 있었다. 성준이? 어떻게? 그러나 금선의 가게 건너편 모퉁이 부근에 서 있는 것은 분명 성준, 그 자신이었다. 그는 가방을 메고, 이제라도 걷기 시작할 듯 한쪽으로 몸을 기울인 채, 그러나 움직이지는 못하고 벼락이라도 맞은 듯 넋이 빠진 낯으로 금선을 쳐다보고 있었다. 한참이 지나서야 금선의 얼굴에 희미하게 웃음이 떠올랐다. 계면쩍은 웃음, 긴장한 웃음이었다. 아, 그녀는 어제 저렇게 이상하게 웃었다, 하고 성준은 상기했다. 그러나 그 웃음에서 차츰 긴장감이 사라졌다. 길모퉁이의 성준은 감당할 수 없다는 듯 크게 뜬 눈을 두어 번 깜빡거렸다. 금선은 가게 쪽을 돌아보았으나 이내 사로잡힌 듯 우뚝 서 있는 성준을 다시 쳐다보았다. 금선의 웃음은 이제 완연했다. 편안하게 어서 와, 하고 말할 듯한, 범상히 또 왔냐, 하고 말할 듯한 웃음이었다. 다시 보면 어쩔 수 없잖니, 하고 말할 듯한 뻔뻔스러운 낯인 것 같기도 했다. 길모퉁이의 성준은 갑자기 그녀를 등지고 돌아서더니 땅을 차고 걸으며 멀어져가기 시작했다. 그 순간 금선의 얼굴에서 웃음이 사라졌다. 그녀는 의자에 주저앉아 두 손에 얼굴을 묻었다. 가게에서 체크무늬 남방이 나와서 금선의 어깨를 잡아 일으켜 세웠다. 두 사람은 가게 출입문을 향해 돌아섰다. 금선은 가게로 들어가려다 멈칫, 성준이 사라져간 쪽을 돌아보았다. 체크무늬 남방이 다시 그녀를 끌었다. 가게 문이 닫혔다.

성준은 벤치에 앉아 그 모든 광경을 지켜보았다. 그 자신이 허덕허덕 멀어져가는 것도 보았다. 잠시 후 가게의 전등이 꺼졌다. 성준은 여전히 꼼짝도 못하고 벤치에 앉아 있었다. 가게 2층에 전등이 들어왔다. 창에 희미하게 그림자들이 스치고, 거기서 흘러나오는 희미한 말소리들이 거리에 흩어졌다. 사위가 조용한 탓일까. 그 희미한 소리들이 2층으로 올라간 그들의 움직임을 낱낱이 헤아릴 수 있을 만큼 명료했다. 문 여닫는 소리, 두런두런 말소리, 하품, 한탄, 짧은 웃음……. 그러나 그 소리는 곧 희미해졌다. 모든 소리들이 사라지면서 온 세상이 그의 마음처럼 정적 속으로 함몰해 들어갔다. 가게 2층의 전등도 꺼졌다. 근처의 가로등만이 눈물을 매달고 고개를 꺾어 텅 빈 거리를 내려다보고 있었다. 그 모든 광경을 성준은 꼼짝도 못하고 충격 속에서 오래오래 지켜보았다.

성준은 공원에서 빠져나왔다. 텅 빈 거리가 좌우로 펼쳐져 있었다. 사람 하나 차 하나 보이지 않았다. 온 도시가 다 잠들고 나 혼자만이 깨어 있다, 하고 생각하자 비장스러운 기분이 배 속에 묵직하게 자리 잡았다. 그는 천천히 도로를 건너가 가게 앞으로 걸어갔다. 의자가 놓여 있었다. 금선은 떠나갔다. 의자는 남았다. 성준은 그 의자에 앉았다. 숨 가쁘던 가슴의 고동은 사라졌다. 머리가 터질 듯하던 충격도 사라졌다. 거리는 조용하고 어둡고 서늘하고 아름다웠다. 소나무와 백양나무, 은행나무와 플라타너스가 서늘한 밤의 품에서 편안히 쉬고 있었고, 이따금 잠꼬대처럼 평화롭게 나뭇잎이 떨어졌다. 나무들의 그림자, 나무와 나무 들 사이의 어둠마저 한층 표정이 선명하여 뭔가 각별한 이야기라도 건넬 듯했다.

그는 오랫동안 거기 앉아 그 거리를 바라보았다. 무엇을 기다리는지 알지 못하는 채로 그는 무엇인가를 기다리고 있었다. 영원히 기다릴 수도 있을 것 같았다.

마침내 그놈이 나타났다. 먼저 모습을 드러낸 것은 눈이었다. 공원 깊은 곳 어둠 속에서 돌연 시퍼런 한 쌍의 눈이 나타났다. 마치 어둠이 번쩍 눈을 뜬 것만 같았다. 그 눈은 움직이지 않고 성준을 예리하게 쏘아보았다. 성준은 숨을 죽였다. 그 눈에서 눈을 뗄 수 없었다. 얼마나 시간이 지났는지 그는 알 수 없었다. 그 눈만이 남고 세상 모든 것이 사라진 것 같은 순간들이 지났다. 이윽고 그 눈이 천천히 움직이기 시작했다. 여전히 그 눈은 성준을 날카롭게 쏘아보고 있었다. 세상의 모든 어둠이 그 눈과 함께 움직이는 듯했다. 그 눈이 울타리를 훌쩍 뛰어넘었다. 그 눈의 정체가 가로등 불빛 아래 마침내 드러났다. 땅바닥에 낮게 몸을 깔고 그를 주시하는 그놈을 보고서야 성준은 비로소 그것이 커다란 고양이라는 것을 알았다. 발끝부터 머리끝까지 새까만 털로 뒤덮인 그 고양이는 몸 전체가 예리한 칼날을 연상시켰다. 그렇게 늘씬하고 날렵했다. 그놈이 다시 천천히 움직이기 시작했다. 성준은 기다렸다. 무엇을 기다리는지 아직 그 자신도 알지 못했다. 그놈은 자신만만하게, 천천히 도로를 건너오다가 우뚝 멈춰 섰다. 그 눈은 여전히 성준을 주시하고 있었다. 성준은 언젠가 그 고양이를 본 적이 있다는 것을 깨달았다. 그렇다. 바로 어제였다. 여기 왔다가 충격과 배신감에 짓눌린 채 집으로 돌아가던 길에 아파트 단지 내 도로 복판에서 한참 동안이나 그를 쏘아보던 바로 그놈이었다.

그놈이 다시 움직이기 시작하여 도로를 건너 성준을 향해 다가왔다. 성준은 기다렸다. 운명처럼 그놈은 무표정하고, 운명처럼 그놈은 당당했다. 그놈은 성준 바로 옆에 와서 멈춰 서더니 고개를 꺾어 올려 그를 쳐다보았다. 성준도 그놈을 쳐다보았다. 성준은 그 눈에서 뭔가를 보았다. 그놈 역시 성준에게서 뭔가를 본 것이 분명했다. 그놈이 성준 옆에 앉았다. 앞다리를 세워 늘씬한 몸을 곤두세운 그놈의 태도는 옥좌에라도 앉는 듯 늠름하고 자약(自若)했다. 꼬리가 힘 있게 꺾여 그놈의 몸체 옆에 척 달라붙었다.

바람이 불어 나뭇잎들이 일제히 박수치듯 흔들렸다. 성준은 의자에, 고양이는 그 옆 보도에, 그들은 오래도록 거기 나란히 앉아 있었다. 세상의 마지막 순간을 지켜보는 듯 그들은 눈도 깜빡이지 않았다. 성준은 언젠가부터 자신이 그리기 시작한 원이 다 그려져 이제 그 원이 닫혔다는 것을 깨달았다. 그 원이 닫히는 무거운 소리를, 그 메아리가 오래오래 어둠 속에 퍼져나가는 것을 들었다고 생각했다.

얼마나 시간이 지났을까.

고양이가 문득 말했다. 시작됐어.

성준이 고양이를 내려다보며 물었다. 뭐가?

고양이는 그를 쳐다보지도 않은 채 대답했다. 약탈.

약탈. 종각. 불현듯 피가 더워지는 것을 느끼며 성준은 벌떡 일어섰다. 의자가 그의 발치로 나동그라졌다. 가자!

고양이가 눈을 번득이며 훌쩍 뛰어올랐다. 당장!

고양이는 화살처럼 날카롭게 어둠 속으로 치달렸다. 성준은 그 뒤를 따라 부지런히 발걸음을 옮겼다. 어서 와. 고양이가 재촉했다. 성준은 그 뒤를 쫓았다. 어느새 그는 고양이와 나란히, 고양이처럼 엎드려, 고양이처럼 빠르게 달리고 있었다.

그는 알았다. 거기 가면 그는 아버지를 만나게 될 것이다. 어머니도 만나게 될 것이다. 트리스탄과 이졸데를 만나게 될 것이요, 그들의 왕 마크를 만나게 될 것이다. 아차산에서 무참히 죽은 바보를, 그리고 그의 울보를 만나게 될 것이다. 금선을 만나고, 어쩌면 그녀의 체크무늬 남방도 만날 것이다. 성준은 그런 것을 그냥 단번에 알 수 있었다. 의심의 여지가 없었다. 그는 천자문으로 만든 깃발을 불타는 하늘 높이 휘두르는 용태를 만날 것이요, 망치와 정을 휘두르며 폭도를 독려하는 그의 석수장이도 만나게 될 것이다. 윤지의 아버지와 어머니도 만나게 될 것이다. 성준의 아버지 어머니와 윤지의 아버지 어머니는 네온사인과 세일 광고와 화려한 정가표와 대차다 조표로 무장한 햄버거 가게를 향해 나란히 서서 일제히 화염병을 투척할 것이다. 팬티 바람으로 거대한 배를 드러낸 박해준은 핸드 마이크를 들고 파괴된 자동차 위에 버텨 서서 파탈, 파탈, 하고 우렁차게 구호를 외쳐댈 것이며, 교장선생은 아가리를 있는 대로 벌려 커다란 슈퍼라지 피자 덩이를 한꺼번에 쑤셔 넣을 것이다. 성준은 밤의 전령사들을, 무수한 밤의 전령사들을 만날 것이다. 아아, 무엇보다도 그는 윤지를 만날 것이다. 그녀는 바람처럼 덤벼들어 봉석을 끌어안을 것이다.

밤이 그의 뇌수 속으로 거침없이 흘러들었다. 바람이 그의 몸뚱이를 관통하고 빠져나갔다. 그는 그 모든 것을 만날 것이다. 그는 알았다. 전 세계가 발가벗고 그의 앞에 놓여 있었다.

작은 위안

계절이 바뀌고 비가 내린다. 겨울의 자취들, 아직 여기저기 눈에 띄는데 바람 끝은 이미 봄기운으로 가득하고, 봄을 기다리는 마음은 바람보다 더 바쁘다.

중고등학교 시절은 고통스러웠다. 나는 불만에 찬 작은 문제아였다. 입시로 인한 중압감에서부터 부모님이 적극 반대하는 나의 진로에 대한 고민, 그리고 학교와 세상에 대한 불만 따위에 시달리며 산다는 짓을 가까스로 지탱해냈다.

그 시절 나의 유일한 위안이 책을 읽는 일이었다. 책을 통하여 나 자신을, 그리고 나를 둘러싼 이 세계라는 곳이 얼마나 불합리하고 불가사의한 곳인지를, 인간이 얼마나 교활하고 비열하고 잔인한 존재인지를, 그러나 그 같은 인간이 때로는 얼마나 영웅적이 되기도 하고, 혹은 얼마나 아름다울 수 있는지를 조금씩 알게 되었다. 왜 나는, 왜 어른들은, 왜 이 세계는, 어째서 산다는 일은…… 하는 의문으로 밤을 꼬박 새우고 충혈된 눈으로 학교에 가면, 막상 나의 의문에 대해서는 한마디도 답해주지 않은 채 온갖 쓸데없는 규율을 강제하는 학교는 감옥 같았다.

내 안에는 아직 그 작고 외로운 소년이 있다. 지금 내가 이 세계에 대해 품은 의문이나 불만은 옛날 그 소년의 그것과 본질적으로 다르지 않다.

이 작은 책은 내 안의 그 작은 소년이 쓴 소설이다. 그 시절 나의 작은 방 책상 앞에 엎드린 소년이 생각난다. 나에게 그 소년이 품었던 모든 의문에 대한 현명한 답이 없다는 것은 참 안타깝고 부끄러운 일이다. 아직도 답을 찾는 중이라는 것으로 어른이 된 나를 위안할 수는 있을지 모르나, 불면의 그 소년에게도 위안이 될지는 모르겠다.

그 모든 질문들에 대한 답을 대신하여 이 책이 작은 위안이나마 되어주기를 바랄 뿐이다.

아름다운 3월, 모원재(慕遠齋)에서
최인석

창비청소년문학 28

약탈이 시작됐다

초판 1쇄 발행 • 2010년 3월 12일

지은이 • 최인석
펴낸이 • 고세현
책임편집 • 이하나
펴낸곳 • (주)창비
등록 • 1986년 8월 5일 제85호
주소 • 413-756 경기도 파주시 교하읍 문발리 513-11
전화 • 031-955-3333
팩시밀리 • 영업 031-955-3399 편집 031-955-3400
홈페이지 • www.changbi.com
전자우편 • ya@changbi.com
인쇄 • 상지사P&B

ⓒ 최인석 2010
ISBN 978-89-364-5628-3 43810